赵国梁 著

逆楼书馆

文汇
出版社

图书在版编目（CIP）数据

近楼书话 / 彭国梁著. — 上海：文汇出版社，
2017.7

（开卷书坊. 第六辑）

ISBN 978 - 7 - 5496 - 2122 - 4

Ⅰ. ①近… Ⅱ. ①彭… Ⅲ. ①随笔—作品集—
中国—当代 Ⅳ. ①I267.1

中国版本图书馆 CIP 数据核字（2017）第 120912 号

近楼书话

作　　者 / 彭国梁
策　　划 / 宁孜勤
主　　编 / 董宁文
责任编辑 / 鲍广丽
装帧设计 / 观止堂＿未　泯

出 版 人 / 桂国强

出版发行 / 文汇出版社
　　　　　上海市威海路 755 号
　　　　　（邮政编码 200041）
经　　销 / 全国新华书店
照　　排 / 南京理工大学资产经营有限公司
印　　刷 / 上海宝山译文印刷厂
版　　次 / 2017 年 8 月第 1 版
印　　次 / 2017 年 8 月第 1 次印刷
开　　本 / 880×1230　　1/32
字　　数 / 214 千
印　　张 / 9.625

ISBN 978 - 7 - 5496 - 2122 - 4
定　　价 / 38.00 元

目　录

兄妹书缘

　　现在，我的桌上摆着三本书，其中两本是黑格尔的《美学》第一、二卷，商务印书馆，一九八二年十月第三次印刷；另一本则是花城出版社和三联书店香港分店联合出版的《沈从文文集》第七卷，一九八三年五月版。这三本书的封底上都盖有"大庸县新华书店"的紫色图章，因为岁月的缘故，有些模糊不清了。在《沈从文文集》第七卷中，夹有一张两寸多宽、四寸多长的黑白照片。这是一张在书中夹了二十多年有些发黄也有些霉斑的照片，照片上是沈从文张兆和夫妇并排站在一座山前。照片的背面，有我曾经写的一行字："一九八三年湘西大庸新华书店贾茵赠。"

　　一九五七年，沈从文回过一次湘西，当时还写过《新湘行记》等几篇文章。一九八二年五月，沈从文张兆和夫妇在黄永玉等人的陪同下，再一次回到了他阔别了二十五年的故乡——湘西凤凰。据当时陪同者之一的颜家文先生后来回忆，沈从文张兆和夫妇的那一次湘西之行大约二十天，在凤凰就待了将近十天。有天下午，在黄永玉家楼子前面的岩坪里，县上的几位民间艺人为沈先生等演唱傩愿戏《搬先锋》中的一节，在锣鼓的伴奏声中："正月元宵烟花光，二月芙蓉花草香……"当唱到"八月十五桂花香"时，沈先生也手舞足蹈地跟着唱了起来，且边唱边流泪。沈先生说："这些曲子，我小时候都会唱，小时候读书，常听人唱通晚，这也是我经常逃学的原因。"

贾茵寄我的这张照片，就是沈从文夫妇那次回故乡时照的。

她怎么会把这么一张珍贵的照片寄给我呢？还有那几本在当时来说非常难得的好书。这话就得从一九八二年的夏天说起了。

一九八二年，我还在永州冷水滩的一个子弟学校教书。暑假，在长沙望麓园《新创作》杂志编辑部协助工作。当时，有一位叫冠丹的编辑拿着一叠诗稿给我，叫我看看，并回封信，说这是湘西大庸新华书店的一个小姑娘写的，并特地补充了一句："那小姑娘长得挺不错的。"就这样，我和那长得挺不错的小姑娘开始了长达两年多的书来信往。

没有见过面，相互之间就有着很大的想象空间。湘西，一座美丽的小县城，城外的小河边，沙滩上弥漫着芳香的脚印，一个弯腰拾着贝壳的小姑娘，自称是他的妹妹。永州，潇湘河畔的一个小镇上，一个大学刚毕业且热爱着诗歌的男人，也厚颜着说是她的老兄。夜晚，灯下，老兄就给远方的朦胧的妹妹描述着自己胡思乱想的清晨亦或黄昏。于是，小妹妹就告诉他，应该找一个嫂嫂了。老兄就说，小镇上确实有一个女孩子经常来找他，就是脾气有些倔，容易生气。小妹妹说，那不行，她心目中的嫂子应该是温柔而又贤惠的。后来，兄妹间就不谈找嫂子的事了。开始慢慢地谈诗或某一本有意思的书。老兄偶有几首小诗发表，妹妹就用精致的小本子剪贴着，说要剪贴成一本她想象中的诗集。那时候好像还没有电话的概念，通信是唯一的交谈，而这种交谈最折磨人的同时也是最充实的便是等待。

　　本文开篇提到的那三本书，便是在这样的等待中等来的。黑格尔的《美学》，看起来还有些似懂非懂。黑格尔说："如果谈到本领，最杰出的艺术本领就是想象。"于是，有相当长的一段时间，兄妹间就想象来想象去地各抒己见。黑格尔又说："要煽起真正的灵感，面前就应该先有一种明确的内容，即想象所抓住的并且要用艺术方式去表现的内容。灵感就是这种活跃地进行构造形象的情况本身。"怎么样捕捉灵感呢？灵感就像窗外飞翔的蝴蝶，美而神秘。因此，又有一段时间，蝴蝶频繁地往返于一座小城和一个小镇之间。黑格尔的《美学》共有三卷四册，第三卷有两册，其中一册我是在广西桂林买的，一册则是在长沙买的。现在这四册《美学》是否也称得上别有一番情趣的殊途同归呢？

　　再说《沈从文文集》第七卷和这张珍贵的照片。沈从文无疑是湘西的一种骄傲。贾茵多次在信中和我谈沈从文，谈湘西。当我看完了"文集"第七卷中的《长河》和《小砦及其它》等，我就开始陆续地寻找着《边城》以及沈从文的其他著作了。记得有一本沈从文的早期作品选《神巫之爱》，我是一字一字轻轻地朗诵着读完的。不用说，我对沈从文和湘西的着迷，是有着妹妹贾茵的一份大功劳的。至于那张照片贾茵是怎么得到的，一九八二年沈从文夫妇的湘西之行，贾茵是否有机会到过他们的身边，好像当时的信中都写过，但我而今实在是不记得了。

沈从文说："这世界一切既然都在变，变动中人事乘除，自然就有些近于偶然与凑巧的事情发生，哀乐和悲欢，都有他独特的式样。"一九八四年八月，我便调到了距长沙十五公里的椰梨小镇，在长沙县的文化馆任一名文学专干。有一天，忽然收到一份来自北京的电报，一看，是贾茵的。她说某月某日某次列车抵长，她和母亲将到小镇来看我，要我去火车站接她们。我们从未见过面，但通了两年多的信，在车站的出口处自然就像见到了久别的亲人，没有半点的陌生。记得那次，我是陪着她们母女上过岳麓山的，而且，我和贾茵还瞒着她的母亲到烈士公园去划过一次船。

后来呢？后来贾茵还到长沙东郊的一所警察学校学习过；后来，我又调到长沙市的一家媒体当起了编辑和记者。某一天，我接到贾茵的信，说她要结婚了，一位姓杨的帅小伙深爱着她。她寄来了一张他们的合影，委托我到"凯旋门"照相馆去放大。放大之后，我好像还去配了一个不错的镜框，然后托她单位来长沙的同事捎回去了。再后来，听说贾茵当上了一名法官，还到北京的政法学院读过书。再后来，渐渐地就没有她的消息了。

前不久，我接到南京董宁文《我的书缘》一书的稿约，便勾起了我二十多年前的这一段"兄妹书缘"，虽有些幼稚甚或可笑，但从始至终这一种稍稍带点柏拉图似的友谊，却是没一点杂质的。

二〇〇五年十一月五日

我的笔名——"贾梁"

贾梁。这两个字看起来似乎有些陌生，但实在又非常亲切。贾梁，我唯一用过的笔名。说陌生，是因为已有十余年没用过这笔名了；说亲切，是因为这两个字曾经有十余年很频繁地出现在一张叫《空中之友》的小报副刊"月亮岛"上。

一九八七年至一九九六年，我颇悠闲地做着"月亮岛"的岛主。《空中之友》是长沙市广播电视局旗下的一张周报。这报名也不记得是谁取的，反正大家都觉得好，就一直沿用至今。一九八七年之前，我曾在电台编"长篇连播"和"文学百花园"，但我的眼睛却一直在关注着《空中之友》上的"月亮岛"。"月亮岛"有一种梦幻的色彩。"月亮岛"上生长着诗、散文、人物专访、摄影、书法，还有绘画和篆刻等。说句不好意思的话，那时候我最大的理想就是成为"月亮岛"某棵树上的一只鸟，而且树上有我自己做的窝。终于，一个偶然的机会，我成了"月亮岛"副刊的一个编辑和记者，当时的那一份得意与满足，现在想起来，都有些好笑。

"月亮岛"上每一期都要署上责任编辑的大名，同时，每一期又有我为绘画、摄影配的诗，还有出外采访写成的文字。如果都用本名，感觉上有些不太好，也怕读者见了烦，怎么着都得用个笔名。于是，"贾梁"二字也就应运而生了。

残雪的第一篇专访《残雪永远神秘》是贾梁写的；宋祖英的第一篇专访《一泓清溪在眼前》也是贾梁写的；还有贾梁写李维康、耿其昌夫妇的《夫妻双双把家还》；写徐俐的《美哉，潇湘女》……有一个时期，"月亮岛"上几乎每一期都有"贾梁"的专访文字。一九九七年，我出了一本小书叫《浮光掠影》，那上面的文字大都是用"贾梁"的笔名发表在《空中之友》上的。"贾梁"也算是《空中之友》报的一支主笔吧。当时，《新闻出版报》的特约记者陈惠芳先生还写过一篇介绍贾梁的文章，题为《"胡子专访"美名扬》，刊载在一九九二年七月二十日的《新闻出版报》上。

在我做着"月亮岛"岛主的日子里，出门在外，总会有人见我就"贾梁兄"长，"贾梁兄"短地叫着，我听了自然也十分地受用。有一个小女生，从初中到高中，都是《空中之友》的忠实读者，后来，她考上了东北的一所大学。有一天，我收到了她的一封信，她在信中说，开始，她以为"贾梁和彭国梁"是同一个人，后来她终于搞清楚了，原来贾梁和彭国梁是两个人。而且，她还说，她特别喜欢贾梁为一些照片配的诗，几乎每一首她都抄在一个日记本里了。她说第一首是写波涛中一只小船的："不知什么缘故/连波涛也不说话了/任一片绿色/斑斓/有一点忧郁/船形地孤独/红红地是谁在眺望/那岸以及那岸上/生长的想象。"

也不知有多少人问过，这"贾梁"笔名的由来。"你不会是想和贾宝玉攀亲吧？"我说那怎么可能呢，那公子哥"无故寻愁觅恨，有时似傻如狂。纵然生得好皮囊，腹内原来草莽"。有盘根究底便说："你未必是想和那林黛玉的老师贾雨村先生扯上关系？"我说此言差矣，那贾雨村出场时倒还有些意思，"玉在椟中求善价，钗于奁内待时飞"显得抱负不浅；酒后对月抒怀："时逢三五便团圆，满把晴光护玉栏。天上一轮才捧出，人间万姓仰头看。"也似乎有些大家气象。遗憾的是，这家伙把官帽一戴，三下两下就进了酱缸。"贾不假，白玉为堂金作马。"一张"护官符"，就让他成了行尸走肉。也有人瞎猜，说"贾梁"是否寓含着一种人生的哲理，与那"黄粱一梦"有些牵连，我说"梁"和"粱"是不一样的。谁也别再打破砂锅了，男子汉大丈夫，有什么不能说的？贾梁者，湘西贾茵之兄也。

贾茵，湘西一座小城一位可爱的姑娘，我曾在《兄妹书缘》一文中有过交代。我之所以借了她的姓，纯粹是想套一种"兄妹"的近乎，用北方人的话说，就是"套瓷"。

二〇〇六年八月五日

无聊才读书

　　这是我唯一的一枚闲章。十多年前，我在一张名叫《空中之友》的广播电视报主持一个"月亮岛"副刊。这"月亮岛"三字每期一换，大都是书法爱好者的自然来稿。偶尔也请著名的书法家写写。有一位叫林广大的先生，给我寄了不少"月亮岛"三字的篆刻。于篆刻我是外行，便找出其中我看着顺眼的刊登了几次。就这样，我们成了朋友。我记得那时正和江堤、陈惠芳三人鼓捣着"新乡土诗派"，又是办内刊《新乡土诗研究资料》，又是以三人的名义同时向各种报刊推出系列的新乡土诗，还相继出版了《世纪末的田园》《家园守望者》《湖南新乡土诗派诗选》等青年新乡土诗群诗选。有一次，林广大说想为我刻一方章。我说，就把我和江堤、陈惠芳三个人的名字刻在一起吧！他说好，但最好是你们三人的亲笔签名。于是，在一个不规则的半椭圆的石头上，便有了我们三个怪头怪脑的名字。这一方特别的签名章，我们盖在新出版的几本诗集上，然后送给臭味相投的东南西北的朋友。现在，江堤已英年早逝，陈惠芳也淡出了诗坛，我把这一枚签名章拿在手里久久地看着，抚摸着，想起从前，发呆，且心中有阵阵酸楚。

林广大刻了那一枚我们三人合在一起的签名章后不久，有一次，他又说，想为我个人刻一枚闲章，问我刻什么好。刻什么好呢？就刻"无聊才读书"吧！

我现在也想不清当时怎么就选了这么几个字。为赋新词强说愁吧！我那时怎么会"无聊"呢？我那时很喜欢热闹，一双手伸出去，到处握着。握机会、握友情、握小小的得意。直握得人飘飘然，晨昏颠倒。我曾经到一座庙里去数罗汉，按年龄数到属于我的那一尊时，只见那罗汉一脸的傻笑，那罗汉的名字叫"助欢尊者"，也就是说，我就像那罗汉一样，是一位能让人高兴和开心的人。还有高人给我看手相和面相，说我的相是福相，凡和我相处的人，总有着特别的好运。我感到，如果是一味药，我有点像甘草；如果是厨房中的调料，则近味精。

在韶山路上，有一"神聊茶座"，隔三岔五便有一班朋友聚在一起"海式聊天"，我自然是那里的常客。我曾经还写过一篇题为《聊天》的文章，开头便说："我喜欢聊天。因为天无边无际，因为天高深莫测，因为天大肚能容。我说的聊天，是一种能让人的精神得到深层的愉悦，能使人的智慧进行轻松漫步的聊天。"古人云：与君一席话，胜读十年书。能与那样的"君"聊天，谁还想去读书呢？然而，不知哪一天，"神聊茶座"说不见就不见了。那些铁嘴铜牙的聊友呢，也都大隐隐于市，神龙见首不见尾了。而我则鬼使神差地将家搬到了离市中心有着相当距离的捞刀河畔。再加上，我为之操劳的一本《创作》杂志，也被某些好心人接了过去。因此，我就躲进了我的小楼。偶尔站到屋顶上，打量打量远方的热闹。想起曾经紧握过的那一双双手，转瞬皆成虚空。

　　无聊。既无聊，何不读书？忽然就想起林广大曾经为我刻的那一方闲章来。闲章还在，只是印泥早已干枯。我翻出一本一本曾盖有这闲章的书来。丰子恺。沈从文。废名。王了一。周作人。林语堂。梁实秋。翻到哪本读哪本，渐渐地，我的心开始静下来。

　　一些与篆刻治印相关的书，我也开始留神。比如《篆刻大字典》。又比如钱君匋的《鲁迅印谱》和《茅盾印谱》。钱君匋刻茅盾印谱时，因目疾日甚，实在是难以独自完成了，只好请自己的五六位学生加入进来。所以《茅盾印谱》中，钱君匋只刻了三十余方。河北美术出版社出有一套《古图形玺印汇》，其中有人物形玺印，兽、畜形玺印，鸟形玺印，带纹饰的文字印，虫鸟篆文印等，很是好玩。去年，我从旧书店又淘到广西美术出版社出版的"中国近代印坛三大家"：齐白石、吴昌硕和黄牧甫三人的篆刻集各一大册。齐白石一生刻印三千余方，其中不少的闲章是颇值得玩味的，如：一夜吹香过石桥、也应惊问近来多少华发、叹清平在中年过了、老眼平生空四海、寻思百计不如闲等。齐白石也有不少闲章是与读书相关的，随便翻翻就有：一息尚存书要读、老悔读书迟、吟诗一夜东方白、苦吟一似寒蛩号、恨不十年读书等。

书是养人的，我明显地感觉到我被书养得充实了起来。这些年，我除了读书和写作，大多的时间，都在书房和书店之间来回着。我陶醉在书的世界，仿佛有些不食人间烟火了。因此，我也就隐约地听到有人在说："这个胡子消沉了。"

我当然知道说我消沉者"消沉"的意思，但我对消沉却有着另外的诠释。我以为消和长、沉和浮都是相对的。此消彼长、或沉或浮，也许云深不知处自有天意。我是一棵树，我消沉在书的森林里；我是一滴水，我消沉在书的海洋中。我愿意。我乐意。这恐怕是谁都奈何不了的。梁实秋在《麻将》一文中引用了梁启超先生的一句名言："只有读书可以忘记打牌，只有打牌可以忘记读书。"

我似乎还是喜欢聊天的，这自然是指我心向往之的那种聊天。如果套用梁任公的名言，则是：只有读书可以忘记聊天，只有聊天可以忘记读书。这么说来，林广大先生给我刻的这枚闲章我依然偏爱着：无聊才读书。

二〇〇六年十一月一日

读谷林

今天心情很好，我把窗帘拉开，让一线阳光照在书桌上。

闲闲地，我又拿起了《答客问》。张阿泉问、谷林答、止庵编，单看这三个人的名字，再加上左上角的一帧小画，便感到了一种难得的雅致。好多次，我把这书从前往后翻，又从后往前翻。我甚至压根就没看其中的文字，就看看谷林"草草作答"的照片，就看看他那几本自己的或收藏的书影，就看看他抄的周作人的《老虎桥杂诗》，整个的身心仿佛就格外的舒坦。

在我的眼中，这本书已不仅仅是一本书那么简单。也就是说，谷林也不仅仅是谷林了。它是一种象征，一种梦。阿泉说："谷林先生回答的文风，确宛如炉边絮语，随意，温暖，简净，清醒自持，蕴涵着一脉成熟之美，我们当回忆录读可，当随笔小品读亦可。"我读"谷林",既不是当回忆录读的,也不是当随笔小品读的。我读着读着,脑子里真的就出现了谷和林。弯弯的稻穗,在雨中或在阳光中,它都是那么饱满而又低调;还有林,那么的宽容,又那么的大度。有飞禽走兽,有花花草草。总是那么坦诚地面对风霜雨雪,总是那么随缘地迎送春夏秋冬。

谷林的《书边杂写》我老早就买了,但没看。因为《答客问》的缘故,我又把《书边杂写》找出来。谷林提到的一些书,我有的,我也一一地找了出来。比如《吕叔湘译文集》《伊利亚随笔选》《胡适书评序跋集》《胡适散文选集》《梁实秋读书札记》《儿童杂事诗图笺释》等。这一段时间,不知不觉地,我就被一张叫作《答客问》的网网住了。

确实是一种象征一种梦。从《答客问》的成书过程便可看出,凡是对谷林有着偏爱的,其读书的趣味大都非常纯正。谷林有一种特殊的人格魅力,而这种魅力仅有知识是不够的,还得有非同一般的襟怀和情趣。虽然谷林有点怪"子明兄""把我那本不成器的小书原来自拟的书名,改定为《情趣·知识·襟怀》",但我以为,这一改真的是改得恰到了好处。

谷林是一位智慧而又可爱的老人,他本身就像一个博物馆,保存了那么多传统的美好的且已经十分稀缺了的东西。《答客问》仅仅是"博物馆"入口处摆放的一本精美的导游册,或者是竖着的镌刻在一方红木上的前言。

二〇〇五年三月三十一日

满头龙水

近日，看叶灵凤先生定居香港时写的一本小书《世界性俗丛谈》，觉得非常有意思。其中有一篇《花丛里的情人》，说的是法国一位叫波利费的爵士与朝中一位美丽的妇女幽会，恰逢法国皇帝佛朗济也去敲门，"情急之下，贵妇人只好叫她的情人暂时躲在房内壁炉架下，好在这时正是夏天，壁炉不用了，四周围许多盆高大的棕榈树和其他花草遮掩起来以作掩饰，情人就这么躲在那些绿叶丛中，倒是十分隐秘。于是贵妇人开了门，皇帝就兴冲冲地上了床与她作乐，哪知云收雨散之后，佛朗济皇帝忽然内急要小便，他是皇帝，一切都放纵惯了的。这时就匆匆起床，走到壁墟前面，对着那些花树像淋花似的淋了起来。躲在里面的那个情人，就这样给皇帝没头没脑地淋了一头热尿，缩在那里动也不敢动，同时还要连气也不敢透。"

　　这位波利费爵士，后来写回忆录，记下了这一难忘的经历，"但是，一直等到佛朗济皇帝去世后才敢出版。"这个小故事叶灵凤先生是把它当成佛朗济皇帝一则"有趣轶话"来写的。我看过之后，感到叶先生的这则"轶话"有趣倒是有趣，只是写得过于平实，缺少适当的夸张和抒情。如果用张艺谋的《英雄》手法，那佛朗济皇帝的尿自然就不是一般的尿，而是雨露，而是甘霖。你波利费应该是世界上最幸福的人。当皇帝来到你面前时，你应该全身酥软地等待着，等待皇帝大人"解龙袍、抬龙头、出龙水、龙体归位"。你说，皇帝压根就没穿龙袍。那是你的眼睛有问题，"皇帝的新衣"你都看不见，那你还算一个爵士吗？

　　好了，尊敬的爵士先生，你已经是一个伟大的爵士了，因为你不但在皇帝战斗过的地方战斗过，而且，你还头顶着一头龙水。这一辈子你最好不要洗头，你顶着一头龙水四处演讲，估计掌声和酬金都会十分的可观。或者，你把那一头沾满了龙水的稀世珍发剃下来，然后用一个水晶或更珍贵的盒子装着，随着时间的推移，你的盒子以及你的光头都将价值连城。有一位艺人珍藏了一个伟人的烟屁股，据说那烟屁股现在都在散发着一种空前绝后的芳香。

　　"幸亏佛朗济皇帝始终不曾发现花丛里有一个人，所以他小便完毕之后，就上床又作乐了一次，然后就兴尽起驾而去。"幸亏。幸亏。要是万一不幸发现了"有一个人"呢？那后果是可以设想的。也许皇帝大人不会以作风的名义处罚你，但以贪污受贿、草菅人命或者随便一个什么罪名就可以让你那一颗沾满了龙水的头在地上打滚。因此，我估计，从那以后，你是再也不敢到那贵妇人的房里去作乐了的。眼前有乐作不得，皇帝作乐在前头。即便是你作乐在前头，但只要皇帝他老人家来了，那你的头也就不是头了。只有等到皇帝大人归天了，而你的那一头尿臊气还没有散去，你才可以把你的头伸出来，回忆回忆。爵士先生，也真是难为了你。

二〇〇五年一月十二日

车库书店

就在长沙的韶山北路，就在韶山北路的维一星城地下停车场，就在停车场入口的右侧，有一小小的书店，名叫元丰书店。将一个书店开在地下车库内，确实有些特别，有些怪。可你要是进去过一次，那你说不定就会经常地回头，就像我一样，成为那里的常客。

我总是喜欢先到人民路的艺术书店转一转，然后再过马路到窑岭的两个旧书店看看。转得头发晕了，看得眼发花了，我便往韶山北路一拐，就到了那地下的车库书店。比如今天，大约是晚六点钟，我就出现在那门口了。

门锁了。门上挂着一块纸牌牌，上书："我外出一会儿，马上回来，请稍等。"

于是，我就很老实地等了起来。一边等一边打量着门两边的对联："古今来许多世家无非积德，天地间第一人品还是读书。"二〇〇一年九月，我和龚明德陪流沙河夫妇江南行，在南京的凤凰台饭店，沙河先生为开有益斋题词，其词曰："数百年世家无非积德，第一件好事还是读书。"这对联原是清代翁同龢为南浔张静江故居撰写的。沙河先生去掉了四个字，改了一个字。翁老先生的对联是这样写的："世上几百年旧家无非积德，天下第一件好事还是读书。"世间和天下看起来是有些多余。世家仿佛也要比旧家适合一些。沙河先生毕竟是沙河先生。正当我聚精会神地咬文嚼字时，老板来了，门开了。

老板姓李，名智刚。他有四兄弟。四兄弟都在做着书的生意，除他外其他三个都在定王台。在定王台的，以批发为主，只有他专做零售。而且，他零售的又是非常有讲究的社科书。

进得门来，我就往那红木的沙发上一坐。喝茶！老板递过来的是一杯铁观音。这种感觉真好。就像一个人在野外走路，走得累了，正好就遇到了一个凉亭，而且凉亭内还有茶桶和茶杯。老板健谈。谈书又谈收藏。这书店曾经是做服装生意的。有一面墙的书柜是由挂衣服的柜子改的。有两面墙的书柜，除了书之外，还放着不少的瓶瓶罐罐。看上去似乎都有些年代，也有些艺术。那些都是老板的收藏，每个星期六的早上，他便在清水塘的古玩市场上流连。有一方砚台我感觉不错，他便把那砚台拿下来，翻来覆去地向我展示着讲解着。我准备买一本丰子恺插图的《李叔同说佛》，他连忙向我推介，说还有一种线装的版本，好贵，要八百多元。李叔同说：行善，最乐；读书，便佳。我说古吴轩出版了我的一本书《跟大师开个玩笑》，他说他二哥帮他进了一件。紧接着，他便从高高堆着的书中抽出一本，撕开塑料膜，把书翻开，习惯性地向我介绍起来，刚介绍了两句，便发现介绍错了对象，我和他便都笑了起来。

有些人到了书店，并不买书，只是坐下喝茶，聊天，还要问，这样的顾客多了，你怕不怕赔钱？老板说，你今天不买，说不定下次会买。你有所思而来，也将有所感而去，我想让每一个爱书人都有一种好的感觉。爱书人的感觉好了，我自然就赚钱了。老板说着说着，又拿出几张春节前自制的书签递给我：一头鹿，一个太阳还是月亮，反正其中隐隐约约着一尊佛像，右上角还有一个寿字。连起来，便是福禄寿了。左上角一行不太清晰的字：祝读书人新春快乐万事顺意。这样的一种书签捏在手里，即便在这阴湿的早春，也是有着一份温暖的。

从车库书店出来，继续往北，我还喜欢到一个叫甘长顺的面馆吃上一碗面，然后再到袁家岭西北角的另一个特价书店去。渐渐地，这么一条购书的路线便固定了下来。假设，哪一天我在这条路线上走，而又不到那车库书店去喝上一杯茶并和那老板聊一聊书和收藏的话，那么，那一天我是注定了要犯路线错误的。

二〇〇五年二月二十一日

如烟如酒定王台

　　抽烟的人，要是伸手往口袋里一摸，没烟了，他就会浑身的不自在。这不自在的时间一长，那身体里面就好像有什么东西在抓。这就是一种瘾。此时此刻，唯一解决的办法就是：一支烟。烟来了，那就好。嘴里含着一支烟，比什么都重要。那缭绕着的烟，像梦幻一般，让人着迷。喝酒的人，也一样。酒瘾一来，恨不得立马就有一只酒瓶飘然而至。三杯两盏之后，乾坤就是醉里的乾坤，日月也即壶中的日月。

　　我不抽烟，但曾经抽过，我知道其中的妙处。

　　我不善饮，但颇有酒兴，且时常地追求一种薄醉与微醺。

　　绕来绕去，说了这么多，还没有进入正题。我的正题是：定王台。定王台如烟如酒，这是一点都不假的。因为，我逛定王台，上瘾！

这些年来，要是有人打我的手机，我的回答经常是这样的：我在定王台。或者：我在去定王台的路上。或者：我刚从定王台出来。

到定王台干什么呢？淘书。

淘书和买书是有区别的。买卖讲的是一手交钱一手交货。而淘，其情其趣，都在过程。从一楼到四楼，从这一家到那一家，不慌不忙地，左翻翻，右看看。右看看，左翻翻，不慌不忙地，从那一家到这一家，从四楼又到了一楼。

不知不觉，一晃，就过了一个下午。

不知不觉，一晃，就过了一个星期。

我要是三天两天没去定王台，脚就发痒。有时候，我也想控制控制，可脚就是不听指挥。好几次打的从定王台过，明明是想到另一个地方去，可一到定王台，就习惯性地下车了。仿佛只有到了定王台，心才踏实。

一楼进门往右，有作家出版社的书，也有百花文艺社的书，还有珠海出版社的书；一楼进门笔直往里走，有岳麓书社的书，有河北教育和山东画报的书；再往里走，有广西师大的书，也有北岳文艺的书；上二楼，来一个一百八十度的大转弯再向右，有上海古籍社的书；上四楼……哪一家出版社的书图文并茂，印制精良；哪一家出版社的书有思想有良知；哪一家出版社制造的都是垃圾，可以毫不谦虚地说，闭上眼睛，我都能数个八九不离十。

早两年，我也写过一篇有关定王台的小文，其中有这么一段："有的人在书市，就像到了百货商店，在那里吃喝喧天；也有的像一个演讲者，在那里高谈阔论；而我只想一个人静静地在其中流连。我不想碰见熟人，我怕熟人握着我的手摇来摇去，更怕熟人与我讨论哪本书好哪本书不好。我也不想和卖书的老板过于亲热，每当他们向我推荐什么好书时，我总是无言以对，因为我不知怎么回答。我像一只老鼠掉进了一只大米缸，我又像一个守林者在自己熟悉的森林中行走。"

有不少老板主动地给我让利，打很多的折，我从心里充满了感激。

也有一些老板铁板一块，你就是天天在他那里买书，他也不为所动，我依然对他十分敬重。这买书卖书，毕竟是一件愿打愿挨的事。

有些门面，我从来就不去光顾。就像抽烟一样，我知道，那里没有我喜欢的牌子；而有些门面，我则把它当作了自家的菜园子，频频地进进出出，这也如同饮酒一般，我好的就是那一口。

上瘾有什么不好呢？只有上瘾了，过程才会愉快。

这真是：定王台如烟如酒，胡子我亦醉亦痴。

二〇〇四年三月二十八日

我是一条又勤又懒的书虫

　　《灵魂的出口》，一本不怎么起眼的小书，很值得玩味。科运特·布赫兹，一个德国的插画家，他画了好多与书相关的封面和插图。某一天，他把这些富含着诗意的画作带到了出版社。"为什么不把画中的故事写出来呢？"出版社的人灵机一动，一本非常有意思的书的创意便出来了："于是，我们把布赫兹的画寄给四十六位不同国籍的作家，请他们把藏在画中的故事说出来。"

　　我对这本小书非常偏爱。我对那"四十六位不同国籍的作家"兴趣不大，我非常偏爱的是布赫兹的画。一位先生站在书上，书就飞了起来；一只黑豹，口里含着书，在雪天，走在一根悬空的钢索上；在海上，书成了航标灯；在乡村的公路旁，书便是房子；舌头，从书中伸了出来；一位绅士，正在脱帽向书致敬；小女孩站在高高的书上，看窗外的风景；把耳朵贴在书上，听；月光下，草地上，一个男孩睡着了，身上盖着书……

在这"四十六个不同国籍的作家"中，没有一个中国人。那么，我就毛遂自荐，充当第四十七个吧！我为一幅一幅的画题诗，总题为《布赫兹的书封画》。"一本书／挂在高高的电线杆上了／不知是谁／干的好事／／书中的人物／触了电怎么办呢／但愿他们／都是一根根／绝缘的／木头／／风在书的周围／急得窜来窜去"……

绕了这么大一个弯，说一本书，明眼人一看便知，我开始走火入魔了。我现在一说到书，眼睛就开始发亮，要是遇到一本我心目中求之不得的好书，那份喜悦，简直就会有点失态。我有一个朋友，碰巧在上海的城隍庙买到了几本珍贵的"民国版子"，第二天天还没亮，他就从床上爬了起来。他把那些"民国版子"一一摊在床上，然后跪着，一本一本地捧到鼻子底下，闻。一边闻还一边啧啧有声，那书在他的眼中，简直比什么情人还情人。我和他比，虽然还有一点距离，但我知道，如果再这么发展下去，估计我的痴迷度也会让人笑掉大牙的。

前不久，《诗刊》有一个信息栏目："诗人现在时"，李小雨女士来电话问我，我说八个字可以概括我现在的状况：那就是：淘书、看书、编书、写书。这八个字又有四个字是重复的：书。书。书。书。

淘书。长沙有一个定王台书城，四层楼，有好几百个门面。开始，我是一个门面一个门面去翻去找，后来发现，真正经营社科书、文学书、美术类书的，也就那么几家，于是，范围渐渐地就小了。这个书城是以批发为主兼零售的，零售一般都可以打个八折。因为我实在是去得太多，一个大胡子又十分显眼，不知从哪一天开始，那些老板都主动给我让利，有时哪怕买一本书，也按批发价给我，这让我在淘书的过程中，自然就有了一种冬暖夏凉的感觉。还有新华书店旗下的几个店，我也是隔三岔五的去转转，还有几条老街上的几个旧书店，那更是我打发时间的好地方。我曾在一本散文集的后记中写道，"别以为他去书店有什么神圣，其实，就像有些人抽烟喝酒下围棋打麻将一样，有瘾。彭胡子三天两头不到书店去窜一窜，心里就不踏实。去了，即使一本书没买，他也过了干瘾。"

看书。在看书这一点上，我和五柳先生应该是知音。"好读书，不求甚解。每有会意，便欣然忘食。"有不少的中外名著，我想，既然都说好，我是不是也该好好地看一看呢？于是，牙关一咬，看吧！可看着看着，就开始打瞌睡了。之后，我就得出了一条规律，凡是我看着看着打瞌睡的书，我就放自己一马，尽量不和自己过不去了。何苦呢？

我喜欢看一些杂七杂八的书，甚至很没档次很没文化很没觉悟的书，我也照看不误。原则就是：有趣。而且，我这人看书还有一大毛病，那就是从来就不喜欢正襟危坐。躺在床上看，歪在沙发上看，蹲在厕所里看，或者把脚架在桌子上看。用老婆的话说，就是坐没坐相，躺没躺相，看没看相。

好逸恶劳，大概是人的一种本性。我承认，我是一个对懒充满了无限热爱的人。我还经常地为我的懒找一些冠冕堂皇的理由，比如："懒得应酬，懒得争长争短，懒得在是是非非里灰头土脸，懒得在人前人后装腔作势。"说起来真有点不好意思，我还明目张胆地在我书房的墙上挂着一幅画，画上有一行字：读书，经常是懒的一种借口。

编书。我怎么会想起要编书呢，这自然得益于我的看书。看书，特别是看到了一些有意思的书，我就想要与人分享。还有，一些有趣的话题，张三李四王五都在谈，各有特色，各有春秋。于是，我又想，为什么不把这些妙文汇集在一起呢？我算了算，从一九八九年我编第一本《悠闲生活絮语》至今，把由我主编和与人合编的书加在一起，差不多有八十本了。而且，这些书除了一套"新青年文丛"之外，基本上都是由一篇篇精美的散文组成的。其中，悠闲系列、中国文化名人真情美文系列、百人侃系列等都还产生了比较好的社会影响。

开始，我是由看书想到要编书。现在，我则是借着编书来进行大量的阅读。编和看，互动着。最近，我和杨里昂先生合作主编了《跟鲁迅评图品画》《我们的端午》《我们的中秋》等，实在是让我在中外美术方面，在中国传统节日等民俗方面大开了眼界。

编着编着，在行内便有了小小的名气。于是，出版社的朋友，便又给我交了不少的任务。我想懒，可现在背后却有人拿着鞭子。不知不觉间，我开始变成一条埋头拉犁的牛了。

我和一个出版社的朋友说："我就像一个木匠，我帮你做好了一张凳子，你满意了，你说，再帮我做一张桌子吧，于是，我又帮你做了一张桌子。桌子你又验收了，又要我做柜子。在做的过程中，我的手艺有了明显的提高。我得感谢出版社，给我提供了一个一个的平台。"

编书，我自有我的原则，那就是：无论什么选题，首先，我要觉得有趣，而且，在做的过程中，要愉快。我是一个讲究过程的人，我希望我工作着同时享受着。或者说：我享受着，同时在工作着。

因为懒，我变得勤快了；因为勤快，我想继续地偷懒，这二者怎么样才能和谐呢？我不断地琢磨着。

写书。怎么说呢？诗集，我已出了四五本，散文集，我也出了两本。用一位朋友的话说，就是："虽不曾大红大紫，但保持着一份沉稳的努力。"总得有些突破吧，总得在某个领域走出一条自己的路子来吧。诗集和散文集，出来出去，都是在一个小圈子内流传，何不将我这些诗化的文字与其他的一些艺术品种进行杂交呢？袁隆平先生的杂交水稻不就是一个典型的范例吗？

杂交，对，杂交。将诗和文与漫画杂交：《闲文闲画》《怪文怪画》《痴文痴画》《情文情画》《色拉情画》《第三只眼看家》《是是非非》等都已陆续地出版。其中，前四本还在香港的三联书店出版了；将诗和文与世界名画杂交：《跟大师开个玩笑》上下册，前不久已交到了出版社；将诗和文与摄影杂交：《太阳起床，我也起床》《月光打湿了草帽》已由岳麓书社出版。现在，我的手中还有几本图文类的书，正在整理之中。

我似乎又勤快了起来。我有一种感觉，我真正的写作生涯开始了。

其实，我不想做一头牛，也不想做一个木匠，我还是愿意做一条又勤又懒的书虫。想懒就懒，想勤就勤，我是自由的。因为是一条不怎么起眼的书虫，所以压力也不是太大。我想善待自己，我想在自己感觉良好的天地里生活着，我以书虫的名义，淘书、看书、编书、写书，品尝着书的美味，沐浴着书的芳香，我在书中自得其乐。

二〇〇四年八月二十七日

也谈靠山

　　建房子，讲靠山，从古到今，天经地义。山环水抱，那自然是妙不可言。某某山，远远望去，真的就像一张官帽椅。试想，将一座设计别致的房子往那中间一放，用李保田式的四川话说："几多的安逸啊！"

　　几个朋友喝酒聊天，便经常能听到关于靠山的话题。

　　某某官至几品，你是和他一起扛过枪的渡过江的或者分过赃的嫖过娼的，那你这靠山就靠稳了。你靠山吃山，你可以像愚公一样一锄一锄地挖山，然后再一担一担地零卖；你也可以雇一些力士，到那山上去大加砍伐，然后再把那些砍伐的东西运到市场上，卖个好价钱。

　　最近，某某靠的那个山垮了。一场雨还不大，那山就泥石流了。

　　某某没有发达时，曾经想去靠一座山，没靠上。后来斗转星移，自己变成了一座比那山还高的山。原先那山从善如流，转过来再靠他这座山，某某得意地拍着那座山的肩膀，那座山就像一个受宠若惊的孩子。

　　某山远看像山，有花有草的，高高的树上还有鸟在盘旋。可近看，那山你就得有选择性地欣赏了。这里是蛇，那里是虫，还有一堆堆狗屎牛屎，甚至还有腐臭的搞不清来历的什么残骸，近处无风景，保姆眼里无伟人啊！

　　闲来无事翻《宅运》。《宅运》是家学渊源的风水大师孟东篱先生的"景观谭"系列中的一种，其中在谈到"户外冲煞"时有个小标题，叫"给自己找个靠山"。他说，"靠山不可一概而论，依着山势与走势的不同而各有所主。"他说，"靠山中有'贵星山'和'金星山'二种，一主财运，一主吉昌。但也有一种靠山是不吉的，那便是'廉贞山'。"他说，"靠山并不是都能给人带来好运的，如果山形峥嵘，怪石嶙峋，就是凶相，称为'廉贞山'，无论对事业还是健康都是不利的。"如果你不幸处在"廉贞山"的格局之中，怎么办呢？孟东篱先生说："化解方法有二：一是把见山一面的窗户经常拉上窗帘，以阻隔廉贞的煞气；二是在这组窗户对面的墙上悬挂大幅山水字画，也可起到同样的作用。"

　　"廉贞山"，这名字有意思。廉明、贞洁。看起来听起来是几多的堂皇。可你要是把它当作靠山，那有时候恐怕就不是破财就能够消灾的。好在孟东篱先生善解人意，为那些靠错了山

　　的人指出了一条出路。即保持距离，并把窗帘拉上，眼不见为净；同时，悬挂大幅山水字画，增强自身的抵抗力。

　　孟东篱先生还说："中国最大，也最标准的'靠山'要属北京的景山。景山是一座人工堆砌的小山，当初堆砌的目的就是给山下的紫禁城人为地打造出风水的'靠山'。"孟先生的这个说法有没有科学根据呢？想当年，清王朝大概也是靠着"景山"的吧？也许，孟先生自有他的一番道理，只是在该书中他没有说出个所以然来。

　　"景山是一座人工堆砌的小山。"我以为，人如果真的要找一座靠山，最稳妥的当然是自己去堆砌一座小山。比如一门手艺，又比如一个品牌。当然，手艺也是一种品牌，但品牌就不仅仅是手艺了。求人不如求己。靠山吃山，可坐吃山也空。而且，靠的是"廉贞山"一类，说不定还要摔到陷阱与悬崖之中去，甚至下地狱也是难说的。

　　自己为自己堆砌一座"景山"，自己也就成了一座"紫禁城"。

二〇〇五年三月一日

钓　客

　　　　　我愿在芳草岸边

　　　　　心与清波俱闲

　　　　　河水淙淙如歌

　　　　　我手把钓竿　真是快活

　　这是英国十七世纪著名作家艾萨克·沃尔顿《钓客清话》中的几句诗。兰姆说他从小就喜欢读《钓客清话》，说书里的一切都是活的，鱼都有性格；鸟与动物，和男人、女人一样有趣，且都散发着一种天真、纯洁和质朴的心灵气息。这本书我有两种不同的版本，译者不同，其中的差异真是太大了，这是另外的话题，在此从略。我特别欣赏书中钓客把一份悠长日子慢慢钓短的感觉。钓一种过程，钓一种意境，钓一种真正属于自己的快活。"我们清晨起床/在奥罗拉出现之前/饮水去除睡意/然后我们来来回回/将我们的鱼兜背在背上/去像泰晤士这样的河流/如果我们空闲//当我们乐于走到郊野/为了我们的休闲/在我们停留的地方/充满欢乐/在小溪里/放下鱼钓/或在湖边/我们抓鱼/我们坐在那儿/等鱼儿咬/直到它们上钩。"

等鱼儿咬，直到它们上钩。这十个字几乎是所有钓客的乐趣所在，不管你用什么钓竿，也不管你在什么地方垂钓。在泰晤士也好，在洞庭也罢，亦或就在长沙周边的捞刀河浏阳河畔。你坐在一棵柳树下，你把太阳从东边钓上头顶，又从头顶钓到西边，你图的就是看到鱼儿上钩跃出水面那一种蹦跳着的挣扎。有没有不上钩的鱼呢？唐代的张继就曾在《题严陵钓台》一诗中设问："古来芳饵下，谁是不吞钩？"估计，不吞钩的鱼是没有的，就看你是否知鱼性，懂不懂什么样的鱼下什么样的饵。

钓客总是在画中。不过画是讲究意境和格调的。知鱼性，懂得因鱼施饵的自然是钓客中的高手。但，若从诗画而言，这样的钓客也不过是略识平仄与构图而已。真正的钓界高人，我以为是白居易《渭上垂钓》诗中所言的钓者："况我垂钓意，人鱼又兼忘。无机两不得，但弄秋水光。兴尽钓亦罢，归来饮我觞。"垂钓，找一个富有诗情画意的所在，独自享受一份清闲，在大自然的怀抱里。乘兴而往，尽兴而归。罢钓归来不系船，再找个地方喝上两杯酒，那是何等的惬意与满足。

再回到《钓客清话》上来。书中的钓鱼者唱道："没有一种娱乐，像钓鱼这般悠然自得。"其实，我并非钓客，但我经常在一些风景宜人的所在，看到那些乐在其中的钓客，我似乎也就有了一种钓客的心情。我甚至想象自己在某一个月夜，坐在小小的一叶扁舟上，我也成了一个钓客，只不过，我钓的是水中的倒影与月亮。

二〇〇六年八月十一日

检点我的书衣

　　至今，编著的除外，我已陆续出版了大大小小的书二十余本。我把这些书都找出来，摆在桌上，一一检点。一件一件的书衣，我用眼睛审美着，我用手轻轻地抚摸。横看成岭侧成峰。浓妆淡抹总相宜。自己一字一字写出来的书，总是有着偏爱的。

　　从感性到理性，从主观到客观，如果要我将这二十余件书衣评出个一二三等奖，还真不敢保证就十分的公正。最近出的两本书，一本《书虫日记》，设计者系南京著名的装帧设计师速泰熙先生。这本书是董宁文主编的"开卷文丛"第三辑中的一本，简单而又大气，怎么看都透着一种高贵。另一本《长沙沙水水无沙》，设计者系南京"布衣书坊"主人朱赢椿。这本书也是一套丛书，即"城市文化丛书"中的一本。设计者的理念是非常明确的。正示先生曾如此点评道："这仍是一本走素朴路线的设计作品，但本套书在设计上的最大亮点还不是封面的素朴，而是书脊的素朴，仔细观察会发现，这是一套'没有书脊'的书，书脊上不但没有一个文字，还大胆地裸露着装订的锁线，像还未加工的半成品。但这恰是设计师创意所为，这既可以使书的每一页都能不受书脊的压迫而彻底平摊着打开，便于翻阅，同时又增添了一点视觉上的独特趣味。"我把《长沙沙水水无沙》送给著名出版家锺叔河先生指正，他说这本书的装帧设计他实在是太喜欢了。他把书平摊在桌上，任意打开一页，都能平展着看，且图文疏朗有致，看起来真的是一种享受。

长沙现有一个颇有名气的书装工作室名"山和水"，主创者是小两口，刘峰和刘涓。他们曾在一家广告公司做平面设计。二〇〇三年的下半年，一个偶然的机会，被时任岳麓书社社长的丁双平先生发现，便问他们愿不愿做书装设计。愿。那就好。有意思的是，他们做书籍装帧的处女作就是我的两本书，即《太阳起床我也起床》和《月光打湿了草帽》。这两本书是卓雅和她先生强海平的摄影，我的文字。一本是诗的结集，一本是散文诗的结集。刘峰和刘涓花了将近一个月的时间去做"市场调查"，然后又花了一个多月的时间来为这两本书"量体裁衣"。既要有童趣，又要有诗意；既要时尚，抓人眼球，又要让摄影者和作者都能感到自己的作品受到了应有的尊重，没有被任意的肢解或歪曲。他们费尽了心思和周折，最后两本书出来，还获得了全国第六届书籍装帧优秀奖。

　　还有一本书的装帧值得一提，那就是由古吴轩出版社出版的《跟大师开个玩笑》。左上角是字，右下角是画，然后是大量的留白，整个给人一种艺术感极强的高雅。设计者葳蕤（据称是著名书装设计师周晨的学生）。这本书从内到外无一处不"入帖"，真可谓赏心悦目。有相当长的一段时间，我很得意地拿着这本书到处送人。

　　这几本书的装帧确实各有各的好，各有各的可爱。现在，我出书之前，装帧设计在我的心中所占的位置是很大的。没有好的装帧设计，出书的冲动便少了许多。另外，"书衣"二字，我以为不能仅指"书封"，还应该包括书的整体。就如一个有品位的人，如果他讲究穿着，那么他的讲究就是从里到外的，每一个细节都得符合他的个性。

二〇〇七年六月二十五日

鸳鸯蝴蝶派

　　鸳鸯蝴蝶派是一个很复杂的流派，也是一个很有意思的流派。首先是其名称的由来，平襟亚在一篇文章中说是当年上海某一次文人雅集，由刘半农的一句玩笑而起。也有人考证出最早的提出者为周作人。一九一八年四月十九日，周作人在北京大学作题为《日本近三十年小说之发达》的演讲时，在批判当时的中国小说时便提到"此外还有《玉梨魂》派的鸳鸯蝴蝶体"，次年二月，周作人又在《每周评论》第七期上撰文，称"近时流行的《玉梨魂》，虽文章很是肉麻，为鸳鸯蝴蝶派的祖师"。在孙文光主编的《中国近代文学大辞典》中，称鸳鸯蝴蝶派"又名'礼拜六派''民国旧派小说''鸳鸯蝴蝶——《礼拜六》派'"。而茅盾晚年在回忆录"我走过的道路"中，认为这个流派在"五四"之前可称为"鸳鸯蝴蝶派",而在"五四"之后,则不妨称为"礼拜六派"。总而言之,这"鸳鸯蝴蝶派"的名称不是那么单纯。而且,长期以来,因为新文学阵营中的一些主将(如鲁迅、周作人、瞿秋白、沈雁冰、郑振铎、郭沫若、巴金、叶圣陶、钱玄同等),都曾对其进行过颇为强烈的批判,所以,在新中国成立后的各类中国文学史中,特别是大学文科教材中,"鸳鸯蝴蝶派"简直就成了一个不光彩的名词,成了反动亦或落后的代表。由于这个原因,鸳鸯蝴蝶派中的作者大多不愿意把这顶"帽子"戴在自己的头上,就连该派中的主帅包天笑和周瘦鹃也都撰文,将自己和"鸳鸯蝴蝶派"划清界线。想想,这也是很无奈的。现在,随着学术研究的日趋正常化,我们再回过头去,认真地对这个流派进行梳理和研究,便发现,我们曾经实在是对其有着太多的误解和误读。

鸳鸯蝴蝶派起源于清末民初,二十世纪一二十年代是其鼎盛时期,三十年代之后渐渐衰落,直到一九四九年新中国成立,才逐渐在中国大陆消失,也就是说,该流派是中国晚清到民国所有文学流派中起止时间最长的一个流派。

其次,鸳鸯蝴蝶派最大的特点是以小说,特别是长篇小说为主,而且,大部分的还是文言小说和通俗的章回体小说。其内容可分为社会、黑幕、娼门、哀情、言情、家庭、武侠、神怪、军事、侦探、滑稽、历史、宫闱、民间、反案等种类。如果和纯文学作品进行类比的话,这一类小说是可以归为"通俗文学"一类的。

再就是鸳鸯蝴蝶派的作者阵营非常强大,魏绍昌先生在

《我看鸳鸯蝴蝶派》一书中将该派中的各路神仙分为"五虎将"和"十八罗汉"。其"五虎将"为：徐枕亚、李涵秋、包天笑、周瘦鹃、张恨水。其"十八罗汉"为：孙玉声、张春帆、吴双热、李定夷、王西神、王纯银、朱瘦菊、毕倚虹、严独鹤、范烟桥、郑逸梅、程小青、徐卓呆、向恺然、李寿民、王小逸、胡梯维、秦瘦鸥。魏绍昌在该书中还有一则"附记"曰："鸳鸯蝴蝶派作者，除徐、李、包、周、张五虎上将之外，其他的名将，前前后后，大大小小，可以凑成一堂五百罗汉。……"

此外，鸳鸯蝴蝶派的这些"上将"和"罗汉"除了写作之外，有相当一部分人还是做杂志和编副刊的高手，可以说，鸳鸯蝴蝶派也是从古到今所有文学流派中拥有杂志和报纸副刊等阵地最多的流派。在二十世纪六十年代魏绍昌所主编的《鸳鸯蝴蝶派研究资料》（甲种）一书中，有郑逸梅撰写的《民国旧派文艺期刊丛话》长文，其中便介绍了杂志一百一十四种，同时还介绍了大报副刊八种，小报四十五种。由此可见一斑。

苏州王稼句曾写过一篇《关于鸳鸯蝴蝶派》的文章，其中有一段，我以为是非常客观而公正的，文曰："如果将现代通俗文学作为一个完整体系来考察，它在整个现代文学中应该占据'半壁江山'。在'五四'新文化运动肇始前的四分之一世纪里，它的主流代表着先进文化，乃是中国启蒙主义的先行者。即使当它被新文学作家斥之为鸳鸯蝴蝶派之后，它的主流与新文学一样，表意方式也是现代性的，但两者的现代性有所不同。新文学是知识精英意识的现代性，以知识分子为主要服务对象；鸳鸯蝴蝶派文学则是世俗的现代性，密切与市场的联系，以市民大众为主要的服务对象。新文学是受外来思潮影响而催生，以期文学观念和形式发生嬗变，表现出与传统彻底决裂的现代性；鸳鸯蝴蝶派文学则是继承传统，寻求现代和传统结合的途径，乃是温和的、改良的、渐进的现代性。两者共存于现代文学的大范畴内，互为补充，互为影响，共同谱写了历史，创造了成绩。"

温故而知新。为此，我们特将"鸳鸯蝴蝶派"的"五虎将"请了出来，仿佛是召开一个茶话会，听他们以及他们那个时代的人聊聊他们的作品，聊聊他们的从前。也许，某一间封闭得太久的屋子，忽然打开了一扇窗子，有心者探头往里一看，竟然其中有着许多稀世的珍宝，那也是说不定的。

注：此文系《文学界》杂志二〇〇七年第十一期《鸳鸯蝴蝶派专辑》前言

三妙轩怀远

　　韶山北路某大厦二十楼，有一"三妙轩"，门口有一匾，上书"中国启功书韵会馆"，其主持者，雅名怀远。怀远者，胸怀远大之谓也，他立志要"高扬启功书艺旗帜，传承启功书韵精神"。

　　启功先生，系我国当代卓越的教育家、国学大师、书画家和文物鉴定家；曾担任过中央文史研究馆馆长、国家文物鉴定委员会主任委员、中国书法家协会主席等职。很多年前，我曾读过他的《论书绝句》一书，印象很深。后又在一本书上见到过他老先生六十六岁时自撰的《墓志铭》，其铭曰："中学生，副教授。博不精，专不透。名虽扬，实不够。高不成，低不就。瘫趋左，派曾右。面微圆，皮欠厚。妻已亡，并无后。丧犹新，病照旧。六十六，非不寿，八宝山，渐相凑。计平生，谥曰陋。身与名，一齐臭。"寥寥数语，这位老先生的可爱便跃然纸上。由此，我也就对他产生了浓厚的兴趣。

某日，应主持怀远之约至"三妙轩"闲坐品茶，进得门来，便有墨香扑鼻；展目四望，全是启功书韵。难道这是启功书法大展？一问，方知都系怀远敬临。其实，二十多年前，我与怀远曾在永州之野的潇湘河畔同窗三载，数年之后，又各自辗转来到了长沙。平时，也间或同窗相聚，一年之中，两至三次是有的。忽然有几年，这位老兄如同人间蒸发，各种聚会中，均不见他的身影，大家便议论道，这家伙莫非到武当山或别的什么深山老林修炼金庸笔下的某种功法去了？谁知数月之前，因一广东好友来长，他忽然现身，饭后一声"请到'三妙轩'喝茶"，真真正正让我更加深切地领悟到了何谓"士别三日，当刮目相看"了。

原来这几年，他虽未至深山老林修道，但却暗藏在这"三妙轩"中练功。他对启功先生的人品和书品都十分欣赏和景仰，故将一身尘俗轻弹，然后安安静静地坐下来读启功之文，虔虔诚诚地站着临启功之书。寒来暑往，不舍昼夜。有高人评价启功书法："崇尚法度，结体精严，端庄中正，极具庙堂之气；启老用笔，爽利纯净，瘦劲和畅，纯乎自然，极富流美之态。"到如今，旁观怀远展纸挥毫，字里行间皆脉脉深含启功神韵。启功先生在怀远的心目中，其形象之高大近乎神圣。文物出版社曾出版过一本《启功书画选集》，两卷八开本，宣纸，线装，很是高雅。怀远把这本大书捧出来，让我们共同欣赏。

只见他先至卫生间净手，然后再戴上雪白的手套，接着小心翼翼地轻启封套，再一页一页地向我们展示着。那简直就是一种膜拜的仪式，让人不敢出粗气，更不敢声张。

怀远说，只要是与启功老相关的书，他见了是务必要买的，不管多贵，也不管是否人在他乡。我数了数，在"三妙轩"中，与启功相关的书，不下一百种。他就这么浸淫其间，日复一日地。当问及他何以至此，他答道："启功先生的品行和人格魅力堪称中国当代文人的楷模：正直、宽容、谦恭、豁达、知恩图报、广积善行……"

故有一清先生者，为之作《三妙轩志》。其志曰："三妙轩者，去红尘不知几万里也。曾有道者适访，但见鸣鸟应和，古木清逸。山林阡陌之间，二王起舞，龙蛇奔走；赵董欧智，墨香八方。有笑若弥勒者，耕耘于黑白点线间。瘦笔俊雅，遗魏晋之风；结体雍容，承唐宋韵致。道者趋诺，转瞬影无。而淡墨新芬处，精神宛若，道德文章。新人银钩骨劲，笔力端庄，瘦润清肥，稔然指掌。其形其神其品，独得妙悟。道者醒觉。三妙轩者，心室也。"

古人云：独乐乐，不如众乐乐。怀远先生独得妙悟启功书韵精神，便觉心胸开阔，神清气爽，其乐融融。他不敢独贪，他要作一桥梁，使之传承，于是，他开始埋头著书。他告诉自己，不写高头讲章，不弄玄虚理论，以一种从容平和的笔调，深入浅出地把启老的书艺和精神下放基层。因此，他同时推出两本书来，一为《启功楷书技法》；一为《启功行书技法》。

据湖南文艺出版社一位资深编辑称，评当代书家技法的专著，不说全国，至少在湖南这是首创。这是谈基础技法的普及本，最宜于中小学生和书法爱好者，无疑，对启功先生的书法情有独钟者，那也是极具诱惑力的。这两本书各分四章，其中最引人注目处，便是启功先生所强调的"书法以结字为上——结字的黄金律"，这黄金律便一语道破了天机。书中附有一启功结字黄金律的示意图，这图实在是可称之为一张价值连城的"宝图"。又，启功先生在谈到执笔方法时，也与传统的中规中矩相左。他说握笔就如同拿筷子吃饭夹菜一样，怎样方便自如全凭自己的感觉。这一见解，估计会让许多握笔姿态不合规范者一下子要轻松好多。于是，我便打量怀远先生的执笔，发现他与传统的执笔姿式也是颇有距离的。

这两天，我把怀远先生的这两本书认真地翻阅了一遍，我的感觉是，轻松好读。万事万物都是有规律的，任何东西，你一旦抓住了它的规律，你想征服它，那就事半功倍了。

再回到"三妙轩"来。我发现，在"三妙轩"喝茶聊天，那是既养气又能提神的。因为是深得启功神韵的怀远先生为你主泡，且茶是普洱中的上品——大叶古树茶。怀远先生原先当然是不叫怀远的，是自他到了"三妙轩"中方才"怀远"起来的，有意思的是，自从在"三妙轩"叫了他两声"怀远"之后，我竟然把他原来的大名都忘记了，我思来想去，这真是一件怪事。

二〇〇七年十二月二十五日

我是书虫

比利时的麦绥莱勒有一幅木刻：一间四壁是书的书房（其实只看见了两面墙，另两壁估计也有书，猜的），桌上，地上都有翻开或没翻开的书散落着。梯子高高的斜搭在书架上，一个人爬到了梯子的第七格还是第八格，他打开了一本书，很大的书，书散发着闪闪的光芒。他的屁股高耸着，他的屁股没有光芒。这幅木刻是组画《光明的追求》中的一幅。那本书的光芒让我想逃离。而且，我还担心那个人忽然回过头来，或者从梯子上摔下来。那个人的面目都被那本书的光芒烤焦了。从此，那个人就失去了自己的本来面目。一见太阳就发疯。一发疯就什么事都干得出来，喝酒，打架，摸女人的屁股。躲在女人的床底下，攀折一棵又一棵的树，最后爬上烟囱，最后被摔得残余的一点理智都没有了，最后终于被太阳融化了。

麦绥莱勒真是一个理想主义者。

我也想追求光明。我也试着模仿"那个人"，站在高高的梯子上，在我的书墙上去追求光明，然而，每一本书上都落满了灰尘。

我把窗子打开。小区内走来走去的，都是正在建房的民工。花园内的花和草都是灰蒙蒙的。这时，正好一辆红色的渣土车从窗下穿过，整个的天空都变得模糊了。无奈，只得又把窗子关起来。

麦绥莱勒的故事大都是"没有字的故事"，《没有字的故事》是我拿在手里的一本书：

> 看书累了
> 就看一条虫子
> 在墙上爬
>
> 爬上去
> 又掉下来
> 又爬上去
> 又掉下来
>
> 我想和他说说话
> 劝他歇一歇
> 他说他

很忙

那就忙你的吧

我还是看我的书

继续看《没有字的故事》。其中《一个人的受难》是鲁迅先生作的序，序中有这么一句："耶稣说过，富翁想进天国，比骆驼走过针孔还要难。"我于是就琢磨来琢磨去。针孔太小了，骆驼太大了，要是针孔再大一些，要是骆驼变成了一条虫。

我喜欢躺在沙发上看书。看着看着，针孔就在不断地放大，骆驼就在不断地变小。到后来，墙上爬的虫子和骆驼合二为一了，一条形如骆驼的虫子在针孔里钻来钻去。

钻来钻去。猴子跳圈，圈是针孔变的，猴子是虫变的。为了生存，猴子随波逐流。有人要你跳，你就跳。跳得好，有赏；还想往高处跳吗？乖，有人提拔。所谓提拔就是，用一根铁链子拴着你的脖子，然后往上提一提，就把你连根拔起来了。跳来跳去，猴子的毛被火圈烧得臭了。臭不可闻的猴子还在跳来跳去。

猴子不见了，盖在我肚子上的书变成了一座山。

书山有路勤为径。而我太懒，懒得变成了一条虫子。书山内到处是花是草是树，却没有什么康庄大道，也没有什么指路明灯。没有路，却又处处是路。我访问一株又一株草，我采访一朵又一朵花，我爬到树的树丫上，呼吸着新鲜得不能再新鲜的空气。我一个喷嚏，打出来的全都是清新。因为我的喷嚏，居然还打出了不少的知音。一条又一条虫子从书的森林里探出头来，大家相见恨晚，各自争相叙说着啃书的感觉和滋味。正在这时，森林里来了一个"追求光明"的人，他背着一个蛇皮袋子，他说要把我们统统都装到袋子里去，他要把我们作为他朝拜太阳的祭礼。我们一个个都在他的袋子内挣扎。他的袋子内漆黑一团。我怕得紧咬牙关，我吓出了一身冷汗。

就这样，我醒了。

二〇〇八年一月二十一日

近楼藏书

　　二〇〇七年十一月中旬，全国民间读书年会在江西进贤召开，我有幸被邀，成为座上嘉宾。在该会上，我给所有与会者赠送了一份小礼品，即由长沙"广通书局"印制的"彭国梁自绘藏书票"一套，每套内装藏书票二十四帧，每一帧藏书票上或横或竖各钤一印，曰"近楼藏书"，其印为我之胞弟彭国柱所刻。

　　所谓近楼，便是我现在朝夕与共同喜同忧的书楼。近楼所在之地三面环水，即在浏阳河、捞刀河与湘江的怀抱之中，故取"近水楼台"之意。近楼共四层，每层近百平米，层层皆有书房。

　　四楼以放我收藏的杂志创刊号和我认为值得保留的各类期刊为主。

　　三楼，有书房两间。我曾在《偷懒的地方》一文中写道："两间，自然就有两扇窗，通明透亮的窗。有窗子的这一面不放书，而放新鲜的空气与阳光。推开窗，便是花园，便是小区内平平常常的日子。其余的六面墙呢，都是顶天立地敞开式的书架。两个书房，却有三张门。其中一张高大的双合门面向客厅，门一关，就是书的天下了。另外两张门若有若无。有，是有两个门框；无，则是没有门。两个书房，有分有合。两个书房，男左女右。因为我的那一位也是书的爱者，而且电脑、激光打印机、扫描仪等都一字儿排在了她的书桌上。""两个书房之间，有一个小小的过道，过道的墙上有一幅漫画：一个人躺在沙发上，伸着臭脚丫子，手里拿着一本书，上面还有一行字：读书经常是偷懒的一种借口。"现在这一幅画已经换掉了，换成了武汉作家兼画家周翼南先生的《茶醉猫图》。夫人说，这只猫怎么看都有点像我，一只懒猫。

　　二楼系一图文书房。

　　一楼颇为奢侈，整个一层便是一间大书房，且层高近四米。有旋梯，连阁楼。靠窗处设茶座，在根雕大茶几的旁边，有一壁炉式的茶柜，中嵌成都流沙河先生的一幅墨宝"上茶"，其文曰："茶而曰上，表尊敬也；醒脑提神，助谈兴也；清香浮动，室生春也；岂惟解渴，更洗心也。"去年夏初，曾出版过《沈从文和他的湘西》《黄永玉和他的湘西》的摄影家卓雅来家中作客，楼上楼下看了一遍书房后，便给画家黄铁山先生发了一条短信："我正坐在中国最美的书房中。"这无疑是带点夸张的，紧接着，卓雅又提出要为我的书楼拍照。于是，在两天之后一个晴朗的周末，卓雅全副武装地来到了近楼。整整一天，卓雅拍摄了四百余帧照片。我和夫人自然就被她指挥得上蹿下跳。中途，我们连茶都没有好好坐下来喝上一杯。现在，卓雅已把她在近楼所拍摄的照片在电脑上作了技术上的处理，花了她大把的时间，刻了三张碟，前不久，方才托她的妹妹从珠海带到了长沙。我拿到碟后，和夫人兴奋地看了一个晚上。说句不怕人见笑的话，我是在一片口号声中长到二十岁，还不认得《高老头》，也分不清《红与黑》的人，而今已到"知天命"的年龄，总算折腾出这么一栋书香四溢的近楼来，我实在是非常满足的。二〇〇七年，编的书除外，我出了三本书，即《长沙沙水水无沙》《书虫日记》《繁华的背影》，其中，《书虫日记》便是我二〇〇五年一年之中淘书、看书、编书、写书的流水记载。此书系南京董宁文先生主编的"开卷文丛"第三辑中的一种，面世后，受到了书界朋友的厚爱，据长沙几家书店的老板告诉我，他们在网上仅卖毛边本就卖掉了近两百本。这当然得好好地感谢我的近楼。

回过头来，再说说二楼的图文书房。

我原来是没有画过画的，去年三月的某一天，我忽然鬼使神差地涂鸦起来，至今已有近十个月的历史。有意思的是，朋友们看了我的画，没有人相信我是从来没有画过画的。上次在江西进贤开会，南京凤凰台《开卷》杂志的主编蔡玉洗先生看了我的自绘藏书票后，还特邀我到他们的凤凰崇正书院去开一个画展，我说我还刚刚开始，那得过一两年再说。还有《中国图书商报》张维特先生，他说要把我的藏书票在他们的报纸上连载。北京的《书脉》杂志已在其封二上连载了三四期。于是，有媒体的编辑让我谈谈怎么忽然画起画来。我实话实说，写了一篇文章，题为《忽然涂鸦》。有人谬奖我无师自通，其实，我是有老师的，老师便是我二楼的图文书房。

我在《忽然涂鸦》一文中坦陈："我与绘画还真是颇有渊源的。我家二楼有一个书房，装的全部都是图文书，其中有一面墙，全都是大型的画册。"

在我的图文书房中，有几套书是很值得一提的。比如《中国大百科全书》，社科类的都基本上配齐了。特别是全国图书馆文献微缩复制中心出品的《西谛藏书珍本小说插图》，十六开，十大册，标价五千多元，印数一百。这恐怕是我的藏书中印数最少的一种。又如：山东美术出版社出版的《中国古画谱集成》，十六开，二十二大册，标价也是五千多元，印数三百。这在"画谱"类的书中，也是很难得的一套书了。此外，像《点石斋画报》《图画日报》《四库全书图鉴》《世界名画家全集》《世界雕塑全集》《中国雕塑史图录》等，我都是成套的。其他资料性极强的图文书还有很多，在此从略。

关于我二楼的图文书房，我在《忽然涂鸦》一文中还有这么一段："我之所以会买这么多图文类的书，首先，当然是喜欢。其次，那就是与我的编书和写书相关了。我和杨里昂先生合作主编了一套《跟鲁迅评图品画》，中外两卷。之后，又主编了一套《名作家的画》，也是中外两卷。这类的图书选题，没有大量的图文资料支撑，那是难以想象的。同时，我们还合作主编了一套中国传统节日系列，包括春节、元宵、端午、中秋、清明、七夕、中元、重阳共八册，所用插图一千多幅。这些插图，都出自我二楼的图文书房。此外，我还出版了一本对世界名画评头品足信口开河的书《跟大师开个玩笑》，六十多位世界级的绘画大师，二百多幅世界名画，其资料的来源，依然出自我的图文书房。"

现在，近楼的藏书已渐渐地进入到了一个"雅玩"的时代，比如作家出版社出版的清代孙温绘的《全本红楼梦》和清代孙继芳绘的《镜花缘》等，像这样的书，其实用的功能就比较小了。我现在最大的乐趣，除了到各个书店淘书之外，便是置身近楼之中，从这个书房到那个书房，楼上楼下的到处看到处摸，随意将书架上的某一本书抽出来，翻一翻又插进去；再把另一本书抽出来，有时一看，半天就过去了。日复一日地，我就这么与书亲热着，乐此不疲。

前不久，我请"中国启功书韵会馆"的主持、书法家怀远先生为我的"近楼"题有一匾，同时，还请他书写了我自撰的一副对联：

书天书地书世界
不烟不酒不正经

我以为，将这匾和联挂在"近楼"之中，无疑，又可以增添不少书友之间茶余饭后的谈资了。

二〇〇八年一月三十一日

饮水思源　情系《开卷》

　　在二〇〇〇年九月十日之前，我的兴趣在诗、散文、小说等颇为狭窄的"文学"上，我做过电台编辑、报纸副刊编辑和杂志主编，每日所从事的也大都是与"文学"相关的工作。我一直喜欢书，大学毕业后就请人做了一个小小的书架，直到一九九五年，我第一次拥有了一套像样的居室，我便把卧室的一面墙都做成了顶天立地的书橱，不过，其中的书依然是以"文学"为主。因此，我以为可以这么说，二〇〇〇年九月十日这一天，在我的人生之中，实在是一个值得纪念的非同寻常的日子。

　　这一天，成都的流沙河偕夫人在龚明德的陪同下作"江南行"已抵达南京，我是在龚明德的怂恿之下欣然前往的。龚明德说，南京有一个董宁文，他和一帮爱书的同仁办了一个杂志叫《开卷》，这次沙河先生夫妇的"江南行"，便是由《开卷》杂志率先发出邀请的，随后，龚明德便把董宁文的联系方式告诉了我。

董宁文在他的《人缘与书缘》一书中，有一篇《流沙河在南京三日记》，其中与我相关的记载有："（二〇〇〇年九月十日下午）约六点半钟，彭国梁从禄口机场给我打来寻呼，告之半小时左右到南京。约半小时后，我电告让他径直到四川酒家来找我们。快到时，彭国梁又打来电话，于是我与龚明德去门口迎他。遇见大胡子彭国梁时，他说已到三楼小包间绕了一圈子，没有看到我们，正准备再给我打寻呼。上得二楼，彭国梁与沙河先生寒暄落座后，又让他点菜。他又要了一份毛血旺，一份酸菜鱼，一瓶啤酒。"饭后，五人挤进一辆桑塔纳至董宁文的家"癖斯居"，落座后，董宁文便拿出马得先生的画册给沙河先生夫妇看。接着，董宁文"乘着他俩看画的间隙，请龚明德、彭国梁各写了'书缘'二字，又各自在册页上写了一段话"。龚明德写的是"爱书是一种缘"；我写的是"有缘千里来相书"；而沙河先生则是挑了一支毛笔，在董宁文精心准备的一张宣纸上留墨："夜临书城。公元二千年九月十日之夜，偕国梁、明德以及内子茂华访宁文之书斋，诸君所谈莫非书也，夜久竟不得出。流沙河记。"

从董宁文家出来后，一行人又到达了凤凰台饭店开有益斋。在此，我第一次见到了蔡玉洗、薛冰、徐雁三位先生，大家相谈甚欢，并合了影。开有益斋内有一张很大的书案，上置文房四宝。蔡玉洗先生先请沙河先生为之题辞。沙河先生题曰："数百年世家无非积德，第一件好事还是读书"，然后龚明德题道："开卷乃是读书人乐园"；我也被"逼"献丑："编编闲书，写写闲文，读读《开卷》，闻闻书香。"

从上所记可知，二〇〇〇年九月十日这一天，我荣幸地闯入了一个异样的世界，一个对我而言颇为陌生的真正盈满了书香的世界。从这一天开始，我的兴趣和爱好都发生了很大的变化，而且，我像哥伦布发现了"新大陆"一样地发现，在这个世界上居然还有着这么一批爱书爱到了极致的真正的可爱之人。

在董宁文的全程陪同下，我们在南京游玩了三天。严格地说是两天，因为我们是九月十二日的早上离开南京前往苏州的。在苏州，接待我们的是王稼句先生。记得当天的晚上，我和龚明德是到了稼句先生的"栎下居"书斋的，"栎下居"的书让我眼界大开，我当时的印象是，稼句先生的"苗条"是被他的书"挤"的。九月十三日，我们又到了浙江的嘉兴，见到了范笑我和他的"秀州书局"。范笑我带领我们一行畅游了西塘。接着，我们再到钱塘江看潮，然后再一同去拜访了曾写过《文坛登龙术》的百岁老人章克标先生。章克标先生还为我题了一幅字，上书："孔仲尼说胡为贵，梁先生大有于髯之风，左任罢，反正左派当道，宁左勿右。海宁章克标百岁开一涂于二〇〇〇年海宁观潮节。"而且，有意思的是，他老人家还寥寥几笔画了一幅长有长胡子，鼻子、眼睛系一"公"字的漫画像，极是传神。最后一站是上海，陈子善先生作东，宴请我们一行五人。

　　我之所以花这么多的篇幅，"浓墨重彩"地叙说这次"江南行"，是因为从此之后我就开始渐渐地变成一条十足的书虫了。

　　二〇〇〇年九月下旬，也就是"江南行"归来之后，我便开始与夫人张晨商量着怎么装修我们这地处捞刀河畔的"书楼"。现在，我们的"近楼藏书"已经具有了相当的规模，饮水思源，其源头当然是在南京的开有益斋，是在开有益斋内那本小小的刚创刊不久的《开卷》上。

　　《开卷》这本小小的杂志从二〇〇〇年四月创刊至今，已快出到一百期了。我从第一期至今，每期都认真地看，一期都没有落下过。在我的"近楼"之中，现存《开卷》两套，一套散装的，一套合订的。不管散装的，还是合订的，全都是董宁文先生一本一本在信封上亲笔写上姓名和地址邮寄过来的。我没有问过董宁文一次寄出多少本，但如果有五百的话，那这么多年来，他所写过的信封就有五六万个之多，这是多么大的工作量，这需要一种什么样的力量来支撑？

　　《开卷》如果是一根常青藤的话，那上面注定是要结果的。于是，《开卷文丛》第一辑出来了。用董宁文的话说就是："以刊物为平台，聚拢名家，确定读者群，转而为他们量身定做相关的书。"第一辑十本，十个丰硕且闪烁着智慧光芒的果实。有了第一辑，自然也就会有第二辑和第三辑。

　　第二辑由岳麓书社出版，董宁文在《开卷闲话续编》的后记中写道："'开卷文丛'第二辑能在第一辑出版后不到一年的时间内得以面世，不由得让我想起今年（二〇〇四年）三月初在岳麓山下、橘子洲头与彭国梁、丁双平、杨云辉诸先生的愉快晤面，也就是在那次短暂美好的晤谈之中，催生了这套书的问世。"那一次董宁文来长沙，无疑也给我留下了非常深刻而又美好的印象。我和他一起去拜访当时岳麓书社的社长丁双平先生，大家一起聊《开卷》，聊"开卷文丛"，聊天南海北与《开卷》有着牵系和情缘的文化名人以及书爱家们。丁双平先生慧眼识珠，当即拍板，让董宁文把"开卷文丛"的第二辑十种放到岳麓书社出版，并推荐杨云辉任丛书的责任编辑。记得那次我和董宁文在橘子洲头散步，满眼是岳麓山欲滴的青翠，满耳是湘江北去的涛声。当时，我们都很兴奋，从"开卷文丛"又聊到"我的"系列。后来，《我的书房》《我的书缘》《我的笔名》《我的闲章》等四本书在岳麓书社顺利出版，也应该是托福于董宁文的那次长沙之行。此外，那次董宁文来长沙，便是在"近楼"小住的。在"近楼"，我和董宁文是在流沙河先生所撰"上茶"的匾下品茶闲谈至深夜的。

二〇〇六年的某一天，我又给董宁文提出了一个建议，我说"开卷文丛"第二辑和"我的"系列出版后，全国各地的传媒都十分关注，所刊书评书讯不下百篇，你能不能将之收集而装订成册呢？董宁文一听，说他正有此意，于是，说干就干，没多久，两本厚厚的汇集着与"开卷文丛"第二辑和"我的"系列相关评论报道的剪贴本，便出现在了岳麓书社和湖南教育出版社两位社长的办公桌上。真是大大地出人意料，这两套书所带来的良好口碑和社会影响是花多少钱都买不来的。

　　因此，"开卷文丛"第三辑又在湖南教育出版社应运而生了。在此值得一提的是，此时湖南教育出版社的社长就是由岳麓书社刚调过来不久的丁双平先生。由此可见，丁双平先生对《开卷》也是情有独钟。

　　在"开卷文丛"第三辑中，我的《书虫日记》有幸叨陪末座。《书虫日记》系我二〇〇五年全年编书、写书、淘书、读书的日记。书出版后，没想到还受到了书友的厚爱，据长沙几家旧书店的老板说，《书虫日记》在他们的网上书店颇受青睐，仅毛边本就卖出了近两百册。而且，承董宁文和蔡玉洗二位先生的厚爱，还让我在丛书署名上挂着"策划"二字，说实话，我是受之有愧的，因为我顶多也就起了个牵线搭桥的作用。

　　我是《开卷》的忠实读者，我也是《开卷》和"开卷文丛"的忠实作者。因为《开卷》，我和董宁文、龚明德、薛冰、徐雁、王稼句、范笑我、陈子善、黄成勇、徐鲁、周翼南、陈克希、李福眠、韦泱、邱忆君、自牧、徐明祥、于晓明、阿泉、谭宗远、邹农耕、阿滢等都成了很好的朋友；因为《开卷》首倡"全国民刊读书年会"，我才有幸前往湖北的十堰和江西的进贤躬逢盛会，与来自全国的书爱家们一道沐浴书香，共话书人书事。因此，在"进贤"，当董宁文让我在他带来的一本册页上题辞时，我欣然地写下了"饮水思源，全国民刊读书年会有今天源自《开卷》"。我与《开卷》，要说的话太多，在此，我想以十六个字来作结，以表达我的心声：

八载相知，受益匪浅。

念念开卷，情深意长。

二〇〇八年二月十六日

日记中的彭燕郊老师

彭燕郊老师离开我们已有一个多月了，但在我的感觉里，他老人家一直健在着。有几次在旧书店，我仿佛都产生了同一种幻觉，那便是彭老师刚刚提着一大包书匆匆地走了，我分明看见了他的背影。然而，彭老师确实是永远地离开了我们，他去了另外的一个世界。照说，我是应该好好写一篇纪念文章的，但我思绪乱乱的，就一直拖着，拖着。前几天，《书人》杂志的老萧说要做一期纪念彭老师的专辑，问我有没有文章。我想了想，这几年来，我和彭老师一直都有着颇为密切的交往，我何不从这两年的日记中选摘一部分来，以资纪念呢？是为题记。

二〇〇六年十月五日

与张晨一道至彭燕郊老师家。好几个月没去了，明天是中秋节，再不去就说不过去了。彭老师夫妇非常高兴，身体依然健朗。在他家还遇到了长沙市一中的王招明老师，彭老师介绍说他是王西彦的儿子。王老师比我们先走，走后我又想起，其实王西彦民国期间在长沙待了很长时间，可惜资料不够，要是早认识这位王老师，是可以单独写一篇王西彦在长沙的。

王老师走后，娵驰说，你知道吗？王西彦在解放后和结发妻子分开了。王老师便是他结发妻子生的。彭老师说，王西彦曾给过他不少帮助。彭老师曾在街道工厂做儿童玩具时，王招明老师的母亲也给过他很多帮助。

彭老师说他曾经参加过"土改"，时间大约三个月，当时写有一本颇为详细的"土改日记"。向继东要彭老师把书稿给他，我说只要有人出，先出了再说。

约十点和张晨从彭老师处回家。

二〇〇七年一月十三日

午后忽接欧阳志刚电话，说彭燕郊老师要来我家，送他新出版的诗文集。果然，不到一小时，彭老师夫妇便和欧阳志刚一道来了。每间书房都看了看。小坐片刻，便告辞了。说下次再来。

《彭燕郊诗文集》四卷，湖南文艺出版社出版，分诗歌卷上下，散文诗卷、评论卷。这套书印制非常考究，双封面外，还有腰封。腰封上的文字是：湖南文艺为彭燕郊一生力作倾力打造。彭燕郊诗文集——愉快的阅读体验，拥有就是收获。该丛书题字：张汀。木刻：廖冰兄。篆刻：聂绀弩。油画：兰欣（彭老师的夫人）、丹丹（彭老师的女儿）。该文集印数一套。标价每套二百八十元。彭老师说：估计要三百套送人。

晚上，翻阅《彭燕郊诗文集》近两小时。

二〇〇七年三月十六日

午饭后，和南京《开卷》主编董宁文先到省新闻出版局周实处小坐。再到彭燕郊老师处。说到书简。彭老师说，仅施蛰存先生给他的信就有六十多封。我和宁文都建议他整理出书。彭老师赠宁文一套《彭燕郊诗文集》毛边本。

从彭老师家出来，又到锺叔河先生家。

二〇〇七年四月十三日

陪北京《书脉》杂志主编于晓明和山东画家宋肇水二位去拜访彭燕郊先生。彭老师赠《彭燕郊诗文集》一套给于晓明，赠《走近彭燕郊》和黄礼孩主编的《彭燕郊诗文集》给宋肇水。在彭老师的家门前合影留念。然后，我又陪他们二位回金霞，带他们从一楼到四楼看书房。送他们《跟鲁迅评图品画》各一套。

二〇〇七年五月十五日

午后到朱健先生处，送他《藏书报》样报两份（上载我写他的文章一整版），另送《书虫日记》《长沙沙水水无沙》两书。朱健先生戴着助听器。他说："现在也不知怎么回事，说话可以滔滔不绝，但写文章却不行。去年可以一口气写一页半纸，现在写一页纸都困难。也不是头晕脑胀体力不支，而是思维停滞。脑袋中忽然一片空白。不像彭燕郊先生，他还可以写长文，且文思泉涌。彭老是几十年如一日，这么写过来的，而我不是。"

二〇〇七年五月十九日

早六点彭燕郊老师来电唤我起床。先至彭老师处。七点半，胡勇、吕叶各开一车来接。近九点，到达湘潭齐白石博物馆参加李静民诗集《苍天在上》研讨会。

二〇〇七年五月二十六日

约九点到湘大。参加《彭燕郊诗文集》出版座谈会暨创作研讨会。与会者众。上午的会议在"文学与新闻学院"的梯形大教室。主席台就座的有彭燕郊、唐浩明、龚曙光、刘清华等，还有湘大的校长彭国甫，还有北京来的两位专家教授。大会将彭燕郊先生定位在"大师"的高度。

彭老师"诗文集"座谈会的邀请函上，有这样的一段话："作为著名的现代诗人，彭燕郊的创作，特别是诗人晚年的创作，显示了值得加以总结和诠释的思想高度与审美高度，诗人近七十年的写作历程，也足够作为一个新诗史与新文学史的珍贵'文本'，加以清理和回顾。同时，作为湘潭大学中文系资深教授，彭燕郊杏坛垂教，桃李芬芳，耄耋之年，至今犹倾心倾力于学校的人文教育，启迪后学，沾溉来者，可堪钦仰。"

二〇〇七年六月二十二日

九点，博广的张国强来车接。又一同接彭燕郊、锺叔河二位老先生至白沙源，杨里昂老师和熊剑兄先到，随后萧金鉴、任波、雪马、奉荣梅和一位实习生，还有张晨陆续到达。

以《长沙沙水水无沙》为由，漫谈长沙文化。锺叔河、彭燕郊、杨里昂、熊剑四位依次侃谈。四位都对这本书给予了很高的评价。彭燕郊先生对胡萍（二十世纪三十年代电影明星）的归宿作了补充，说他听田汉说，胡萍后来嫁给了国民党的一位师长。锺叔河先生说曾在"李合盛"的墙上见到过田汉的两首诗。他们两位还提供了很多"长沙文化"的线索。

二〇〇七年九月二十五日

今天中秋。与张晨至彭燕郊老师家贺节，赠《名作家的画》中国卷。

二〇〇七年十月四日

致彭燕郊老师电，告之他四川龚明德和叶嘉新地址。彭老师说，他拟于近日将《彭燕郊诗文集》寄给他们。

二〇〇七年十月十三日

韦泱夫妇来长。午后陪同韦泱夫妇去拜访彭燕郊先生。彭老师赠书若干。韦泱代上海一家诗报向彭老师约稿，并合影留念。娱驰赠票，韦泱夫妇去参观马王堆汉墓出土的"辛追"和有关文物。

二〇〇八年三月十三日

张晨的《物什记》样书到了，傍晚和她一道至省博，想去看望彭燕郊老师，并赠她的新书。进大门后，先打电话，他女儿接了，说她爸身体不舒服，已上床睡了，要我们改日再去。

二〇〇八年四月二日

早起，与张晨一道至明阳山参加"彭燕郊先生遗体告别仪式"，坐弘道龙挺车，同车的还有张国强、萧金鉴二位。我们约十点到。来参加告别仪式的非常多。有从株洲、湘潭、娄底等地、市赶来的，也有从深圳、北京等外地赶来的。花圈多不胜数，挽联亦多不胜数。上海的韦泱闻讯便委托我献上花圈。介绍彭老生平的系湘潭大学党委书记。唐浩明先生代表省作协讲话。代表学生讲话的是深圳东部华侨城的袁铁坚。向遗体告别时挂着拐杖的朱健先生大步向彭老的遗体扑过去，接着就有好几个人跑过去挽扶着。有一位潇影厂的先生行了"五体投地"的跪拜礼。未央老先生也去了。"娭毑"坐在椅子上大声地哭，女儿代表家属发言，她说她虽然不懂父亲的诗，但以父亲为骄傲。还有一位女士朗诵了一首彭老的诗。

我一直都在流泪。当绕灵经过"娭毑"身边时，便不自禁地大哭起来，彭老和"娭毑"对我和张晨都很偏爱。

二〇〇八年五月七日

我与弘道三题

一、我与《书人》杂志

真是怪事，《书人》杂志我明明是留有一整套的，怎么就少了好几本呢？甚至连创刊号都找不到了。这几天，我把家里堆杂志的地方翻了个底朝天。刚才，我忽然想到，《书人》的创刊号一定是夹在我那专放杂志创刊号的书架上了。于是，立马去找，果然在。随手一翻开，主编寄语："弘道"身为书业，播道当义不容辞。且对"弘道"一词加以引申和发展，遂有"弘古今文明，道天下文章"之说，《书人》面世，亦是弘道精神的一种体现。

《弘道》杂志是二〇〇三年六月创刊的，创刊之初，我与

主编龙挺、责任编辑萧金鉴二位先生曾多次磋商、探讨，怎样
能为全国的书界同仁提供一方谈天说地话人聊书的平台，没有
门府之见，没有高高的围墙，只要是真正的爱书人，便可悠然
地坐下来，一杯清茶，然后抒所见所闻，畅心中所感。常言
道：草鞋没样，边打边像。第一期杂志出来后，萧先生便不辞
辛苦地寄往全国各地的名家书友，很快便收到了从四面八方返
回来的读后感言。这些感言的部分摘录，便成了二〇〇三年九
月号上的《关注·鼓励·指点》。

　　《书人》杂志从第一期至第十二期，都是由"弘道文化"
主办的。之后因为刊号等一些具体情况，现在《书人》的主办
者则变为岳麓书社了。主办方虽然变了，但办刊的宗旨并没有
变。而且，《书人》办到现在，无疑在全国的书友之中，是深
深扎下了根的。

　　我现在重新翻阅着这些杂志，一个一个的朋友，一本一本
的书就出现在我的眼前。于是，我把杂志放下，我到书架上去
找朋友们的书。《王稼句序跋》，一看半天。薛冰先生的《家住
六朝烟水间》，一看，又是半天；还有陈子善《生命的记忆》，
还有黄成勇《幸会幸会　久仰久仰》，还有龚明德的《昨日书
香》，还有周翼南的《书房画室》，等等。太阳本来还在窗外，
一不留神，就变成了月亮。忽然又想打电话，因为很想听到书
友们的声音。这便是《书人》，她就让我经常与这些书这些人
纠缠着交融着，心和心感应着。

二、我与龙挺先生

　　龙挺先生还在长沙黄泥街创业之初，我与他便有神交。后

来，他的事业如日中天，我也多次成为他的座上客，但真正让我和他的关系亲密起来，则是二〇〇四年底全国读书民刊年会在湖北十堰召开，我有幸与他同行。我的《书虫日记》二〇〇五年一月五日和二十七日，有两则与龙挺先生相关的记载，现特录如下：

　　其一，……与弘道文化的老总龙挺共进晚餐。去年底的十堰之行，让我们相互的了解又更进了一层。人和人之间的交往，有时凭的就是一种感觉。龙挺说到他的"弘道"，那可真是头头是道。他说他目前的口号是：品牌至上、网络为王、抱团前进。他还说今后的发展是：夯实基础，进行股份制改造，然后再进行资本运作。我们在一个叫"咖啡之翼"的地方吃着煲仔饭，然后喝茶，碧螺春。

　　其二，……《书人》的萧金鉴先生打来电话，说弘道公司的龙挺想到我家来喝茶。于是，我便和龙挺通电话，时间定在下午五点左右。

　　五点多一点，龙挺自己开车，陪同他来的有萧老师和弘道企划部经理小黄。先到几个书房转了转，然后，我请他们到这个小区开张不久的"得味楼酒楼"晚餐。然后到我们的三楼"上茶"处喝功夫茶。

　　龙挺喝了点酒，兴致很高。龙挺说他在黄泥街时创业的艰难。说他在一九九八年之前都没有自己的房子。说他曾住在黄泥街一条叫"邵阳坪"的巷子里，没地方洗澡，每天晚上就穿着一条裤衩在街边上洗。晚上蚊子咬，便点蚊香。有一天晚上睡着了，蚊香把被子烧燃了，龙挺惊醒后，很快提了一桶水，把燃烧着的被子浇熄了，第二天还不敢对别人说。

龙挺说他曾在水电学院的门口有一个八平方米的门面，前面四平方米卖书，后面四平方米生活，有天晚上下大雨，第二天早上起来一看，鞋子浮了起来，原来是屋子漏水。那时候，一天能卖出三百块钱，便吆喝着请客。

龙挺说他一见方便面就反胃，因为原来吃得太多了。龙挺说他对房子有一种情结，他说三十岁以前在长沙没有住过正经的房子。龙挺做书生意有十二个年头了，一路摸爬滚打，被人坑、被人骗，被人欺、被人追杀，一直发展到今天，公司总算壮大起来了。

茶过数巡，谈兴依然很浓。大约九点半，龙挺一行起身告辞。

湖北十堰之行，我和龙挺交谈得非常愉快，回长之后我们又在"咖啡之翼"共进过一次晚餐。喝的是"黑啤"，他见我用的手机还是五六年前的老式摩托罗拉，便说要送一台手机给我，这次来，果然把这一份"厚礼"带来了。他说这手机是去年生日的时候老婆送给他的。他现在的手机还很好用，便转送给我了。这是一台 TCL 神典 e757 的手写上网智能手机，应该说是目前最先进的手机之一了。我知道，这是龙挺对我的一种信任。二〇〇五年下半年，龙挺准备在出版上施展一下他的拳脚，也许，到时我能助他一臂之力也未可知。

二〇〇七年三月中旬，董宁文来长。三月十六日晚，龙挺作东，我作陪，相谈甚欢，并约定第二天他开车送董宁文至机场。三月十七日，我在日记中有如下记载：

> ……在又一庄请宁文和杨云辉兄，然后到新华大酒店的大厅等候龙挺。宁文是下午三点二十多的飞机，而龙挺的车在车库内被别人的车挡道，将近半个小时。一个小时的时间，路上还堵车，真的是有些着急。上机场高速时，离飞机起飞还有四十分钟，龙挺只好让他的"宝马"加鞭，拼命腾飞。赶到机场，还剩下最后二十分钟，登记牌已停办。无奈，只得请办登机牌的小姐帮忙联系。最后还是办了。最后一个登机者，有惊无险。
>
> 回长时，龙挺又让我至省广电中心参观他与"金鹰"合办的双语幼儿园。从车上下来，两人共一把伞在暴雨中穿行。幼儿园已锁门，我们只好透过玻璃往里面探望一下。龙挺送我归家，我又邀他在近楼喝茶至五点半。

不再抄录与龙挺先生交往的日记了。今年，彭燕郊先生仙逝，在明阳山举行遗体告别仪式，我与张晨、萧金鉴、张国强等又是有劳了龙挺先生的"大驾"而一同前往哀悼的。

我与龙挺先生可称得上君子之交吧。一年之中，偶尔见上两三次面，或品茶，或饮酒，但只要见上了面，坐了下来，那就会有着说不完的话。不过，在我的印象之中，龙挺先生说得最多的，便是"弘道"，"弘道"的今天和明天。

三、我与弘道书店

"弘道"是以经营书业为主的公司，现在虽然又发展了不少其他的产业，但书永远是其根本。自"弘道"在定王台开店以来，我便是其忠实的顾客，我现在书架上的书，有哪些是来自弘道书店，我心中是有数的。比如，前不久买来的《郁达夫全集》便是。

弘道在定王台一楼有店，四楼系一图书超市。我去得最多的自然是四楼。现在的四楼全都属于"弘道"。今年五月十日，弘道四楼在原有的基础上又扩大了一倍重新开张，我在日记中写道："下午弘道图书超市在定王台四楼开张，一律七至九折，然后再有优惠政策，大致是买满四十八元者赠书票十元，满八十元者赠书票二十元，满一百四十八元者赠书票五十元。我购书一百六十八元，故得书票五十元。所买之书为翁长松著、上海远东版《漫步旧书林》（1877—1949），陈存仁著《我的医务生涯》；此外便是中国社会出版社出版的中国民俗文化丛书数种。"又，五月十一日的日记中写道："下午到定王台弘道图书超市淘书，昨天就看见了《郁达夫全集》，共十二卷，浙江大学出版社二〇〇七年十一月版，价五百元，系'浙江文献集成'。本想过一段时间再买，但这套书的影子总在脑子里挥之不去，估计不买回来会失眠的。那就买吧。此外，还选了北岛的《青灯》和许地山的《道教史》等，折后共四百七十余元。因了弘道在搞活动，故又得书票一百五十元。"

"弘道"有不少的分店，主要分布在大型的商店、大学和超市之中。在长沙的平和堂、王府井、阿波罗等大型商店都有，这实在是做了一件大善事，因为陪老婆逛商店是件很头痛的事，但有书看，那时间就不再那么漫长了。在这几个商场的"弘道书店"中，我去得最多的是平和堂。对我而言，那简直就如同沙漠上的一片绿洲。

"弘道书店"我以为最大的特点便是品种齐全，许多大型新华书店都没进的书，"弘道"都有，特别是现在定王台四楼的超市扩大之后，更是让我辈书虫十天半月不去转转，心便痒得难熬。

听说今年十月便是弘道文化传播有限公司成立十年的大庆，这篇小文就算我的一份贺礼吧。

二〇〇八年九月八日

雪天拥被读闲书

这两天雪好，心情亦好。本打算从那窗口翩然而出，到那长堤上去踏雪无痕，然而懒。便斜躺在沙发上，拥被读闲书。先读南京张昌华先生的《曾经风雅》，打量往日那些"文化名人的背影"。其中有一篇《风沙红尘中的无名氏》，甚是有趣。无名氏并非无名，其大名有：卜宝南、卜宁、卜乃夫。无名氏小学四年级在南京中央大学实验小学就读，聪颖非常。某日，先生来了雅兴，开玩笑问班上同学，看谁知道《三国演义》中周瑜的父亲是谁？诸葛亮的父亲又是谁？教室内鸦雀无声。这时，只见卜宝南小手一举，答曰："我知道。周瑜的父亲名叫周既，诸葛亮的父亲名叫诸葛何。"先生问有何依据？卜宝南道："周瑜被诸葛亮三气之后，不是长叹一声说：'既生瑜，何生亮'吗?"这是典型的"脑筋急转弯"。无名氏于二十世纪四十年代写了两部轰动一时的小说,一为《北极风情画》,一为《塔里的女人》。这两部小说我于一九八〇年底便读过了,当时《湘江文艺》编辑部编印了一套内部参考资料《中篇小说选》,共三册。上册共印小说三篇,第一篇系沈从文的《边城》;第二篇、第三篇便是《北极风情画》和《塔里的女人》。起身到书架上找了找,那三册小说安然无恙。又,一九九五年,广东花城出版社出版了一套"无名氏作品系列",共六册,我不但买了,而且也读了。其中第一册,便是上述提到的两部小说。我记得很清楚,《北极风情画》只要翻过前面两页,便是好一场大雪。那就趁着这大好的雪天,再来重温一下无名氏那久违了的浪漫吧!于是,无名氏的激情真的就如同一把火,让我这略嫌空荡的客厅温暖了好多。读罢无名氏的小说,再纵观无名氏的一生,唉,在男女情事上,大多的时候,他真的如张昌华先生所言,实在是"天不时,地不利,人不和"。本以为,他晚年和比他小了四十二岁的马福美小姐携手步入红地毯,这一杯甜酒可以醉到老,谁知到头来依然是一种变了味的酸涩。只怕是太会写情的人,一生也就误入情的陷阱之中难以自拔,或者说,被一个情字搅得终生不安。不过,话又说回来,无名氏"塔里塔外的女人",为他的一生又确实增添了无穷的色彩。

《创作》杂志二〇〇八年第一期卷首

读废名，得悠着

　　周作人先生说，废名的小说最好是一个人在树荫下闲坐着，边晒太阳边读。而我则在春暖花开时节的某一个黄昏，一个人搬把椅子，坐到了自家的屋顶上，把广西师范大学出版社新版的《竹林的故事》缓缓地翻了开来。我也不记得这是第几次读废名了。都说废名的小说晦涩难懂，我倒从未有过这种感觉。先看《讲究的信封》，再看《柚子》。《柚子》中写染房："踩石的形状，同旧式银子相仿，用来展压头号的布的，也是我小孩时最感着趣味的宝贝之一。把卷在圆柱形的木头上的布，放在一块平滑的青石当中，踩布的师傅，两手支着木梁，两脚踏着踩石尖出的两端，左右摇动。"这情景我小时候是见过的，到底是在谁家见过呢？怎么也想不起来了。废名的小说哀伤如水，如阴天村前的小溪，那么流着。你若近前细看，那溪中倒影便是忽聚忽散的乌云。当然也有笑声和天真，就如同一颗两颗石子丢在水中，有涟漪，却短暂。这印象有些偏，其实时常出现在废名小说中的老人、少女与小孩大都是很可爱的。废名有五个小说集：《竹林的故事》《桃园》《枣》《桥》《莫须有先生传》，我都读过。废名说他的小说是很受了中国诗词影响的："我写小说同唐人写绝句一样，绝句二十个字，或二十八个字，成功一首诗，我的一篇小说，篇幅当然长得多，实是用写绝句的方法写的，不肯浪费语言。"不肯浪费语言，几多难得。废名的小说得悠着看，看一两篇便放下。废名的小说是能让人安静的。忽然又想起废名的一件逸事来。佛学大家熊十力先生是废名的同乡，平时，废名对这位老乡是非常钦佩的，可后来自己也学起佛来，其意见不免就与老乡相左。某日，废名与熊翁又因"僧肇"而大声争吵，继而，忽然又静得有些出奇。怎么一回事呢？原来他们君子动嘴也动手，两人扭打着滚到桌子底下去了。看来，这废名也实在是一个性情中人。废名还有一本书《谈新诗》，那似乎是我入新诗之门的钥匙之一。又，废名偏爱六朝文、晚唐诗。他说："大凡想象丰富的诗人，其诗无有不晦涩的，而亦必有解人。"这话也不妨回赠给废名，而我算不算他的"解人"呢？

《创作》杂志二〇〇八年第二期卷首

啼笑因缘　啼笑姻缘

　　张恨水，一位十足的传奇性人物。魏绍昌先生在《我看鸳鸯蝴蝶派》一书中将其列为"五虎将"之一。在二十世纪二十年代至五十年代的中国文坛，他是掀起过大风大浪的。有专家将他在中国小说史上的传奇称之为"张恨水现象"，因为他创造了太多的"第一"。比如他出版的书最多，有一百多种，总字数在三千万以上；读者最多，他的作品一经刊行，便洛阳纸贵；再有，就是别人冒他的名出版的伪作也最多。特别值得一提的是，他的小说被改成影视作品的简直可说是中国之最，仅以《啼笑因缘》为例，据统计，仅搬上银幕和荧屏的，就有十二次之多。最早的是一九三二年，主演为胡蝶、郑小秋、夏佩珍等。也正是因为《啼笑因缘》的连载，张恨水出席当时的一个赈灾活动，活动中，他与春明女中学生京剧票友周淑云联袂出演《女起解》，从而成就了一段他一生刻骨铭心的深爱着的姻缘。一九三一年，张恨水与周淑云结婚时，根据《诗经·国风》第一章"周南"二字将其改名为周南。周南不仅貌美，更是一位才女。抗战期间，她曾以南女士的笔名在《新民报》上发表过一首小诗，由此可见一斑。诗云："嫁得相知已十年，良辰小祝购荤鲜。一篮红翠休闲薄，此是文章万字钱。"遗憾的是，红颜薄命，一九五九年，年方四十四岁的周南便患癌症离开了人间。周南的离去，张恨水悲伤至极，写下了很多的悼亡诗。一九六一年，周南生日，张恨水有诗云："影尽床前壁上悬，夜来恰是梦相连。今宵若有魂能会，只在垂阳夕照边。"张恨水一生娶了三个妻子，且三个妻子是曾在一个锅中吃过饭的。故有人说，张恨水小说中的人物大都是半新半旧的人物，其婚姻也是半新半旧的婚姻。其一为父母之命，媒妁之言；其二为亲往"贫民习艺所"中挑选，却又嫌没有共同语言；其三为情投意合，却又使之陷入"妻妾"群中，因此吵闹到"鸡犬不宁"的事也时有发生。张恨水对自己的啼笑姻缘一直讳莫如深，包括他的张氏家族也一样。但，他和二太太胡秋霞的孙子张纪认为，张恨水已成历史人物，亲属后人对此的沉默已无济于事。

　　世人总喜欢将《啼笑因缘》的"因"误写为"姻缘"的"姻"，张恨水曾撰文解释，其实，有些东西是解释不清的。

　　　　《创作》杂志二〇〇八年第三期卷首

对号入座看《银蛇》

　　章克标可能是中国文坛最长寿的一位现代作家了，他于二〇〇七年一月二十三日在上海逝世，享年一百零八岁。他这一辈子，出了两次大风头。其一，二十世纪三十年代，他写了一部长篇的杂文名著《文坛登龙术》。该书一问世，立即轰动文坛，鲁迅还因此写过一篇《登龙术拾遗》；其二，百岁征婚。他老人家于一九九九年一月在上海《申江服务导报》刊登百岁征伴求侣广告，应征者有七十余人，经报纸和电视热炒，还果真与一位五十七岁的林青女士结成了连理。章克标的生命是一个奇迹，自然也就是文坛的一个奇迹。他在近百岁时开写一本书《世纪挥手》，每天以四千字的速度，整整写了八个月，这是我等后辈都难以想象的。在《世纪挥手》中，有一小标题曰

《牵涉郁王恋爱》。郁达夫狂热追求王映霞时，章克标系见证人之一，且某天晚上，郁达夫请章克标喝酒，醉后吐真言，他要章克标不要追求王映霞，让给他，没有王映霞他便不能活。当时章克标们还曾捉弄过郁达夫，有人仿王映霞笔迹冒名约郁达夫至法国公园叙谈等。这一段"本事"，章克标后来写成了一部长篇小说《银蛇》。其中邵逸人、伍昭雪、张岂杰三位的原型便是郁达夫、王映霞、章克标。因此前我已看过他们三位各自与此相关的文字，故看这小说便有了一种特别的味道。章克标把邵逸人的落寞、潦倒、颓废写得入木三分。他写邵逸人等从伍昭雪寄住的地方下楼："出了房间，一齐像水沟里的垃圾被水冲时一般，接连地从楼梯上流下来。"他写邵逸人那六神无主、无所适从的样子："又继续那飘浮，如同在水缸中的木片。"还有邵逸人的被捉弄以及他到长三堂子里去胡乱地打发那醉后的寂寥等，似乎也纪实得异常逼真。只是不知郁达夫当年看了《银蛇》之后有没有找章克标讨个说法。这是二十世纪二十年代末文坛上的掌故，且不去管它。近日看范笑我发表在《闲话》杂志上的《章克标的病榻"简讯"》，说章克标从二〇〇五年三月九日病危住院一直到二〇〇七年一月二十三日逝世，他的夫人林青和林青曾经的三个儿子始终都守护在他的病榻前，谁见了都说："章克标老人，真是有福了。"

　　　　　　　　　　《创作》杂志二〇〇八年第四期卷首

富春江上"神仙侣"

　　近日，我花了两天时间，一口气看完了黄山书社二〇〇八年三月版的《王映霞自传》。此前，我是看过郁达夫的《日记九种》和《毁家诗纪》的。郁达夫和王映霞，一个才子，一个佳人。当年，郁达夫一见王映霞，便扬言"我要作生命的冒险"，并在其信中说："我对于你，是死生不变的，要我放弃你，除非叫我先把生命丢掉才可以。"那一种不管不顾、神魂颠倒和因爱而横溢出来的才华，你叫一个二十来岁的青春美少女如何招架得住？于是，他们坠入爱河之中起伏浮沉达十二年之久。这十二年，真可谓是恩恩怨怨的十二年，爱恨情仇的十二年。他们曾经在杭州大学图书馆的附近筑有一座"风雨茅庐"，郁达夫的好友胡健中其时正好也在杭州，老友重逢，胡便作了一首小词相赠,词曰:"十年离乱音尘断,喜再相逢,往事如虹,犹在长宵梦寐中。　　湖边茅舍神仙眷,枕帐春浓,豆蔻词工,忘了南屏向晚钟!"郁达夫系富阳人,家门前有一条富春江。一九三八年七月中旬,郁达夫王映霞因避战乱,寄寓在湖南常德的汉寿,时任长沙《国民日报》主笔的易君左有诗以赠,其中便有"富春江上神仙侣"之句。然而,正如黄永玉所说,婚姻如鞋,幸福不幸福,只有脚趾头知道。郁达夫的《毁家诗纪》第九首,开头两句便是:"敢将眷属比神仙,大难来时倍可怜。"看了《王映霞自传》,便知何谓公说公有理,婆说婆有理。同时,也就知晓郁达夫的名联"曾因酒醉鞭名马/生怕情多累美人"是在何等的情形之下所发的感慨。国外某名人说:"一个诗人,如果他在历史里,那他便是一个仙人;如果不幸他就住在你家楼上,那他便是一个疯子。"郁达夫不但是小说家,更是"为人颓废、自卑、浪漫、歇斯底里且自暴成性"(胡健中语)的诗人,王映霞与之朝夕相处,其个中滋味可想而知。罢罢罢,这清官都难断的家务案,我何苦在此饶舌呢?但不管怎么说,郁达夫的文字是极具诱惑力的。这两天,我不但把《沉沦》《春风沉醉的晚上》《迟桂花》等小说又重看了一遍,而且,还屁颠屁颠地硬是跑到定王台把浙江大学出版社二○○七年十一月版的《郁达夫全集》十二大卷搬了回来,这真是没办法的事。

文坛老祖母

在中国文坛，最长寿的男作家，无疑是曾写过《文坛登龙术》的章克标先生了，享年一百零八岁；女作家呢？估计非苏雪林女士莫属，享年一百零三岁。苏雪林是一个奇女子。她的长寿长到中国文坛女作家之最，这是上帝对她的偏爱。其次，她是集诗人、作家、画家、学者、教授于一身的"国宝级大师"，出版的各类著作有近七十部之多。还在"五四"时期，她就与冰心、凌叔华、冯沅君、丁玲被誉为中国五大才女作家。曾经以《孽海花》名世的曾孟朴先生有次去台湾的成功大学拜访她，她拿出一本读书时代写的诗集请他指教。开始，曾老先生并没在意，回家后一读，竟拍案惊呼"奇才"，而且还写了两首七绝作评。其一曰："此才非鬼亦非仙，后逸清新气万千。若问诗坛论王霸，一生低首女青莲。"由此可见一斑。能将上述五者集于一身，且各各成就不菲者，在中国女作家中，似亦无人能出其右。其三，她从小就有一种男孩子的性格，驰骋文坛，更是巾帼不让须眉。她极喜逆水行舟，多次掀起文坛笔墨风波，特别是对鲁迅的批判上，简直是不遗余力，故有一本写她的传记，将之称为"反鲁事业"。她有一本专著《我论鲁迅》，与李长之的《鲁迅批判》，人称双璧。鲁迅逝世，全国文艺界沉痛非常，而她却发表一封致蔡元培先生的长信，从"鲁迅的病态心理""鲁迅之矛盾人格""左派利用鲁迅为偶像"三个方面历数鲁迅"劣迹"，同时，还给胡适也寄去了内容大致相同的长信。胡适也觉得苏雪林有些过分，在回信中说："凡论一人，总须持平。爱而知其恶，恶而知其美，方是持平。"把反鲁当成了"事业"，这也算是一奇吧！这之后，她抵大陆，"是禁忌、是隐语、是被忽略的存在"，也就可以理解了。近日，重读苏雪林早期的小说《绿天》，开篇便是："康的性情是很孤僻的，常常对我说：'我想寻觅一个水木清华的地方，建筑一所房子，不和俗人接见，在那里，你是夏娃，我便是亚当。'"让我不由自主地想到叶芝的《茵纳斯弗利岛》和海子的《面朝大海，冬暖花开》，我想，一个作家或诗人，一旦对俗世的喧嚣生出厌倦，便自然会有这种出尘之想吧！因为《绿天》的缘故，我又找来了两本苏雪林的传记，看来，二〇〇八年的这个冬天，我注定是要借苏雪林这位文坛老祖母的唠叨来取暖了。

苏青：伟大的单纯

伟大的单纯，这是张爱玲对苏青作品的评价。张爱玲在《我看苏青》一文中说："如果必须把女人作者特别分作一档来评论的话，那么，把我同冰心、白薇她们来比较，我实在不能引以为荣，只有和苏青相提并论我是甘心情愿的。"张爱玲的心性极高，由此可见苏青在她心目中的位置。胡兰成也写过一篇《谈谈苏青》的文章，他说："她的文章和周作人的有共同之处，就是平实。不过周作人的是平实而清淡，她的却是平实而热闹。"他还说："去年冬天沈启无南来，对我赞扬苏青的《结婚十年》，就说她的好处是热情，写作时能够忘掉自己，仿佛写第三者的事似的没有禁忌。我完全同意他的这赞扬。"这两天，我把《结婚十年》和《续结婚十年》又看了一遍。我不得不说，苏青的小说是好看的，也是耐看的。胡兰成说她的心地是干净的，我把她的这两部小说看了，我想说，她的文字也实在是干净的。她这两部书是自传体的小说，不是自传。二十世纪八十年代初，近七十岁的苏青在病中，忽然想找一本当年的《结婚十年》看看，有一位叫谢蔚明的作家与她的女儿相识，得知这一消息，便和另一作家且是中国现代文学研究专家的魏绍昌先生说起，魏先生答应设法找一本，条件是速阅速还。谢蔚明先生为安慰病中的苏青，只好出高价复印了一本送给了她。谢蔚明先生再看那珍本的版权页，真是让他吓了一跳：三十六版。那是何等的畅销。因为畅销，也给她带来了判若天壤的毁誉。文前说了誉，且说毁。苏青在《续结婚十年》的《关于我——代序》中将当时大小报刊对她的谩骂归为三大类：其一，是把她的书说成色情作品，说其书之所以会得到普遍的注意，法宝便是性的诱惑；其二，是将她的文中之主人公完全当成了作者本人，比如说她羡慕妓女，或者说她已经做了妓女等；其三，是最恶毒的，说她附逆，说敌人投降了，苏青大哭了三日三夜等。好在苏青是坚强的，她的作品也是经得起历史检验的。苏青除了上述提到的两部小说外，还有《浣锦集》《涛》《饮食男女》等散文集，有评家说《浣锦集》中写妇女生活的文章是"五四"以来此类文章中最好也最完整的散文。于是，我又把浙江文艺出版社、一九九五年版的《苏青散文精编》翻了出来。看来，这半个来月，我注定是要沉浸在苏青"伟大的单纯"之世界中了。

《创作》杂志二〇〇八年增刊卷首

开春喜读友人书

今年春节过后，没晴上两天，便一直阴雨绵绵，且出奇地冷。推开窗子，望见愁眉苦脸的天，情绪也就跟着低落，不想出门。好在有书，还是有朋自远方寄来的书。就说年后陆续收到的吧，计有南京薛冰的《版本杂谈》，苏州王稼句的《看书琐记二集》，安徽许宏泉的《管领风骚三百年——近三百年学人翰墨》初集、二集，上海陈克希的《旧书鬼闲事》，十堰李传新的《拥书闲读》等。

薛冰曾经与徐雁合作主编过一套"中国版本文化丛书"，共十四本，江苏古籍出版社出版。我的一套便是委托薛冰帮忙购买的。其中，《插图本》一书系薛冰所著。这一册《版本杂谈》，山东画报出版社，二〇〇九年一月版。封底上有一段文字："在这本小书中，笔者尝试以版本学的基本概念为经，以图书实证为纬，编织近现代中国出版的宏观图景。虽然书中列举出大量实例，其目的并不在于孤立地对某种珍稀版本做鉴赏或评价，也无意于为书友们选择藏品方向出谋划策，而是力图从实例出发，说清近现代时期大致产生了哪些版本形态，各有什么特征，与此前此后的同类版本有什么联系与差异，在鉴赏、评判时应掌握什么标准，注意哪些问题。"我虽然自称"书虫"，但平时对"版本学"是没有多少研究的。虽然此前已托薛冰兄购置了那一套"中国版本文化丛书"，却也是束之高阁的。不知为何，这回忽然对薛冰兄的这本《版本杂谈》亲近了起来。毛边本。我是用江苏南通编著过《毛边书情调》的沈文冲先生所赐的红木裁书刀慢慢裁着读的。这是补课。好在薛冰兄的文字行云如流水，不知不觉间，我似乎对近现代的版本也就有了颇为清晰的认识和理解。由此，我又开始对那高高在上的十四本"中国版本文化丛书"另眼相看了。

　　稼句兄的《看书琐记》，山东画报出版社，二〇〇六年七月版，我是一口气读完的。稼句兄的文字很合我的胃口。比如，在其封面的勒口上他这么写道："几乎每天午后，我常常拿一本书，倚着软榻，随便翻翻，自己是当作休息的。特别是从天高云淡的凉秋，到那暖风烂熳的杏花天，晴朗的日子，阳光透过窗户照进来，暖洋洋的，看着看着也就有点迷迷糊糊，前人说的负暄之乐，大概就是这样得来的。看得的内容，终于也飘飘忽忽，过后的印象只依稀有点影子罢了。"这简直就是"我手写我心"，所谓臭味相投，估计也就这么回事吧。这本

《看书琐记二集》，也是山东画报出版社的，二〇〇八年十二月版。前一本读者反映不错，跟着也就有了第二本，这是很自然的。稼句兄说："我还在继续那样的生活，不必为衣食之谋，朝九晚五地到班，不必为公家之事，瞎三话四地开会，不想见的人可以不见，不想说的话可以不说，不该喝的酒当然也可以不喝，这都由着自己。因此就心情来说，可以说是悠闲的。"稼句兄说得真好，在这样的心境下，读起书来行起文来，无疑也就轻松也就随意了。这本书我还未看完，不急，真正的好酒是要品的。

我与许宏泉先生可以说是神交已久，在我家一楼的墙上，还悬挂着一幅他与吴香洲合作惠赐的《上茶图》。还有十多本他主编的《边缘艺术》，还有他自己的画册，比如《闲花野草集》等；还有小说集《乡事十记》、随笔集《燕山白话》、散文集《一棵树栽在溪水旁》等。章诒和女士说："世事观察越细，人性体验越深，内心就越容易生出忧郁和烦闷来。许宏泉也不例外。所不同的是——他的烦闷忧郁，始终带着一种或漫不经心，或玩世不恭的色彩。这也如同他的文章呈现形态一样，貌似信手拈来，实为精心构造。"去年七月底，南京《开卷》满百期，由译林出版社出版了两大本"中国最美的书"《凤凰台上》和《我的开卷》，在其凤凰台大酒店举行的首发式上，我有幸恭逢盛会，这才与许宏泉先生有了一面之缘。因为时间的关系，匆匆忙忙的，也没说上几句话。事后感觉颇有些遗憾。谁知刚一跨过春节的门槛，便收到了他寄来的两大册《管领风骚三百年——近三百年学人翰墨》。我曾听他的一位叫唐朝轶的朋友说，许宏泉做杂志和卖画所赚的钱基本上都用在收藏近现代学人书法上了。许宏泉在其自叙中说："历时虽短，所获已百余件。甄其精善者，又着手一一著文绍介。对于我来说无疑是对近三百年学苑的一次徜徉，阅读大量文献，也算是对'旧学'的一次补课。""以其书法为契点，走近学人精神世界，是我撰写文字的学术取向。"这两册书系黄山书社二○○九年二月版。共收文七十二篇，均附有学人的简介、照片、书法作品，装帧设计也非常到位。慢慢翻来，如饮佳茗。据宏泉先生在二集的自叙中说，第三集也很快就要问世了。真是难得，我期待着。

　　陈克希，笔名虎闱。他是一个大半辈子埋在老期刊和旧平装图书中的"旧书鬼"，为人憨厚实在。在他的作者简介中，得知其祖籍系湖南长沙。因此，我和他便称得上老乡。于是，仿佛又亲近了许多。我这里有他的两本书，其一，为河北教育出版社二○○五年五月版的《旧书鬼闲话》，这是傅璇琮、徐雁主编的"书林清话文库"中的一种。其二，便是刚收到不久的这本《旧书鬼闲事》。克希兄说他在那尘满面鬓如霜的现代文学宝库中触摸到了旧时文化界各色流派之脉膊，同时也让他挖掘出了不少新文学的第一手资料。而且，他还利用职业之便，接触过很多老一辈的现代文学名人和各地新文学书话大家。故翻开克希兄的书，自然也就见到了许多心仪的前辈与同仁。特别值得一提的是，这本书的前面还附录了六十多帧民国期刊与文学书籍的彩色封面，都是平时难得一见的。克希兄的文字和他的为人一样实在，用他自己的话是"写作时我注意到不讲或少讲别人讲过的话，否则对于读者和个人都是无益的"。凡是从事写作的人都知道，要做到克希兄所说的这一点，是非常非常不容易的。

李传新先生的这本《拥书闲读》又是毛边本，其实我对毛边本并无特别的爱好，送我毛边本的书友真有点明珠暗投了。不过，自从有了沈先生的那把裁书刀之后，毛边本在我的面前似乎一下子又青春靓丽了许多。先看其长跋《书的记忆》，得知传新兄的书路历程；再看黄成勇兄的长序《爱书是一种美德》，对传新兄便又更添诸多敬意。书分五辑，最先让我一饱眼福的是《民间书声》，传新兄真是有心人，全国民间读书报刊年会一共开了六届，每一届他都记录得有声有色。年会我参加了两次，一次在十堰，那是传新兄的根据地，我亲眼见他忙得晕头转向的。一次是在江西的进贤，传新兄是代表《书友》前往的，在锺叔河先生的住处，我见他十分虔诚地搬着锺先生的《念楼集》《念楼学短》《书前书后》等去请他老人家签名。我花了半个上午便把这一辑看完了，眼前晃动的尽是那些恨不能天天在一起喝茶聊天的书人书鬼书虫。

据说，今年的阴雨天时间之长是五十年都难得一遇的，而我在开春之后接连收到这么多书友的书，且我又这么兴趣盎然地一本一本看了这么长时间，估计也是五十年来的头一回。有这么多的好书相伴，即使天再阴，风再冷，我的心也是晴朗的。

二〇〇九年三月四日

三妙轩谈书

　　长沙湖南图书馆的对面，有一"三妙轩"，门右有一匾，曰"中国启功书韵会馆"。我友怀远系该馆主持。我曾撰《三妙轩怀远》一文，刊于《中国文化报》《长沙晚报》等处，并收进多种选本，广为刊布。文中对"三妙轩"有解："其形其神其品，独得妙悟。道者醒觉。所谓三妙轩者，心室也。"意谓怀远对启功书韵、道德文章均悟其精髓，室在其心。

　　心室，此文不往深处谈。且说这可供怀远挥毫，亦可供怀远品茶会友谈书话艺的"三妙轩"。这"三妙轩"在近一两年来，不知不觉间，便成了我精神的一种寄托。仿佛三两天不去，心中就有一片空白，这空白生出一种痒来，让人想挠，可挠来挠去，并不止痒，因为那止痒的药在"三妙轩"内。于是，脚不由自主地就往那个方向移动了。可怀远并非仙人，他自有一份俗世的奔波与劳碌。他只有在奔波与劳碌的间隙，将红尘中的七七八八放在"三妙轩"外，然后换上休闲的布鞋，再洗手，再心无杂念地坐下来。再然后，将"一清大师"从云南某高山之巅采摘精制而来的普洱茶饼轻启开来，他手中的那一把茶刀，淡定而从容。

"三妙轩"有一面墙的书为品茶或挥毫的背景。这背景形成了一种气场。在这样的气场中，想不谈书都仿佛有点不好意思。于是，隔三岔五的，便有三五茶客聚在"三妙轩"内海阔天空。但不管怎么乱扯，总会有书牵系其中。比如说到启功的字如何瘦得那么好看，便自然就会聊到怀远在湖南文艺出版社出版的两本书——《启功楷书技法》《启功行书技法》。这两本书在一年多的时间内连印了五次，实在是一个很了不得的事。有一位叫萧建生的朋友，写过一本《中国文明的反思》，这书在相当长的一段时间里，成了"三妙轩"的中心话题。大宋如何如何，大明又如何如何；秦始皇、朱元璋、成吉思汗……诸多人物，或长或短，均为茶香缭绕中的谈资。好多年前，萧建生还写了另外一本书叫《血泪铸成的炒股原则》，关于股市的暴涨暴跌，有人升天，有人跳楼，真个是月亮弯弯照九州。有时候一个晚上，就你一股我一股地股个没完。我是门外汉，对这样的话题，只好洗耳恭听。前年，在两个朋友机枪加大炮的轰击下，买了一种他们认为如果不买就等于天上有馅饼掉到了嘴边都不知道张嘴的股，结果从买的那天起，就一直从山顶往下滚，滚到了半山腰还在滚。有意思的是，这两年，我那两位朋友似乎从人间蒸发了一般，鬼影子都不见了。其实，就是那股滚到了坡底的池塘中去了，我也不会怪他们，毕竟这钱是我自己从口袋里掏出去的。有一段时间，这位萧先生又和我们大谈《圣经》，让我们放肆地思考人到底是猴子变的还是上帝造的。又据说，某官员有一句名言："猴子变人要花几万年，而我们的某些干部变成猴子，只要两瓶酒就可以了。"诸如此类，"三妙轩"内总是盈满了笑声。

王开林先生出了一本书《非常爱非常痛》，说的是民国年间那些精彩女人的靓丽人生，一个一个超凡脱俗，让万千须眉黯淡无光。林徽因说："没有情感的生活简直是死！"张爱玲说："长的是磨难，短的是人生。"宋美龄说："上帝让我活着，我不敢轻易去死；上帝让我去死，我决不苟且地活着。"由开林的这本书，几个都曾受伤的大男人便开始说爱说痛。一个说曾经爱过也曾经痛过，现在是爱定思痛或者说痛定思爱；一个说曾经爱然后痛，细细想来，爱过痛过悔过，现在面对上帝，正在忏悔自己的罪过；还有一个说到爱和痛，眼睛便红红的。爱有多爱，痛有多痛，只有他自己清楚。爱，别人难以分享；痛，别人无法分担。一个又一个的晚上，"三妙轩"内的普洱，都是爱和痛的滋味。书香和茶香，都消解不了那深深的忧伤。于是有人玩笑道："这'三妙轩'的'妙'另有一解。妙者，女少也或少女也。这少是多少的少，而不是老少的少。在这里，至少有三个男人的身边，都缺少女人。"糟了，这"三妙轩"怎么一下子就成了"单身俱乐部"呢？而且，还有人在念念有词："我知道一个人走来走去的滋味，我知道孤独的影子也会流泪。"

好在有一个叫张长庚的哥们，他剃一个小平头，总是面带微笑。他说，这几年来很少读书，所以很少烦恼。他的儿子是中央美院的高才生。他的妻子年轻漂亮，相夫教子，贤慧得让人眼红。他每天的黄昏，便挽着妻子的手在小区的花园四周散步，边散步边张扬着他们夫妻恩爱的旗帜，日子一长，那旗帜就在小区之内开出花来，到了秋天，一家一家的窗前，便挂满了累累的果实。为此，长庚兄就成了"三妙轩"内众哥们学习的楷模。奇怪的是，昨天我们一干人从"元丰书斋"出来，长庚兄的手上也提着一袋子书。近朱者赤。稍不留神，他就传染上了。这真是没办法的事，经常在"三妙轩"内出入，要是不会品茶不会谈书，那无疑是格格不入的。

二〇〇九年八月十日

我喜欢"漂亮小玩意儿"

　　我绘制了两套藏书票,一套由长沙广通书局印行,一套由岳麓书社读者部印行。广通书局系长沙一家民营书店,总经理张国强。二〇〇七年十一月,全国民间读书年会在江西进贤召开。这之前,我和国强商量,能否将我那些胡乱涂鸦的东西做成藏书票,然后作为一份小礼物拿到江西去,奉献给与会的书友?国强一听,连连称好。国强是一个为人爽快、做事扎实的人,没几天,一套印制精美共二十四帧的《彭国梁自绘藏书票》便出来了。在其封套上,我还撰写了一段这样的话:"书虫彭国梁向来自天南海北的诸位书友推荐长沙一个最迷人的去处'书伴上午茶',它的主人张国强是一个为传播书香而乐在其中的人,他让我向诸位发出真诚的邀请,哪一天到了长沙,千万记得给他打个电话，他一定会在'书伴上午茶'恭候您的光临。为此，书虫彭国梁特绘制藏书票数帧，谨与'书伴上午茶'主人一道略表寸心。"没想到，这套藏书票在那次的会上，还受到了书友们的厚爱。从江西回长沙后，岳麓书社风入松书店的蔡晟见了这小玩意，也表喜欢。于是，一套以岳麓书社读者部名义印制的十二帧《彭国梁绘藏书票》又出现在了书友面前。说实话，我自己也有小小的得意和虚荣，因为我在二〇〇七年的三月份之前是从来没有摸过画笔的。有一段时间，我总是在包里或口袋里放上两套这小玩意，见了久未联系的朋友，东南西北地闲聊一阵之后便出奇不意地掏出来，然后就开始欣赏对方那疑惑的眼光并等待其略带惊讶的夸奖。这种"老顽童"似的举动，确实给我带来过不少的愉快。

我把这些藏书票送出去之后，收获最多的是一个一个的疑问。比如藏书票是干什么用的呢？这东西怎么就叫藏书票呢？藏书票的制作到底有些什么讲究呢？藏书票和藏书印有些什么区别呢？……为解答这些问题，我不敢信口开河，得请教行家，引经据典。叶灵凤在《藏书票与藏书印》一文中写道："关于藏书票，我以前曾写过一点文章，对于读者，该不是一个全然生疏的名字。因为每一个爱好书籍的人，总愿将自己苦心搜集起来的书籍，好好地保藏起来，不使随意失散。这种意念具体的出现，在西洋便是所谓藏书票，在我们便是钤在书上的藏书印。因为西洋书多是硬面的厚册，适宜于粘贴，正如软薄的线装书纸张适宜于钤印一样。西洋的藏书票和中国的藏书印，正是异途同归的事。""西洋的藏书票在形式和图案方面是千变万化。丢开了书籍本身，仅仅对于这东西的收集，已经和邮票一样，是茫无止境的事。"唐弢在《藏书票》一文中则说得更为透彻："就像中国的藏书印一样，西洋藏书家又别有一种玩意儿，这就是藏书票。藏书票的样式很多，方、圆、三角、椭圆的都有。最普通的是长方形，阔约二寸，有单色，有多色，图案变化，各具巧思，而以书、人体、动物和文学故事为最多。有时也画上藏者的门阀、身份和好癖。大抵线装书纸质柔润，便于钤印，洋纸厚硬，也就以加贴藏书票为宜。"在这篇文章中，唐弢还谈到就他所见到的资料来看，欧美藏书票的发现，以德国为最早："第一张藏书票的制成远在一八四〇年以前，画一天使手捧盾牌，牌上图腾似牛非牛。这是在一位名叫勃兰登堡的藏书上发现的。"不过，据李允经《中国藏书票史话》和吴兴文《我的藏书票世界》等书中考其沿革，世界上现存最早的一枚藏书票系一幅木刻画，宽十三厘米，长十八厘米。"画面上是一只刺猬衔着一枝野花，它的脚下有落叶坠地；画面顶端的缎带上写着一行德文，大意是'慎防刺猬随时一吻'。它原是一张黑白木刻画，据专家考证，它大约是一四五〇年间之作，不过也有说是作于一四七〇年的。"

李允经在《中国藏书票史话》一书中，还将目前国际上流行的藏书票分为四大类：其一，画家一幅一幅绘制而成的，此类颇为稀少；其二，是由版画家制作的，此类最多。其三为"通用藏书票"，系大量印制的复制品；其四是"电脑藏书票"，即在电脑上创作而成的。在这四大类藏书票中，前两类属原创，自然珍贵；后两类均与科技联姻，走向了大众。我的这两套藏书票系个人创作，但又借助了电脑的合成，同时还大量的复制，似乎是不太好归于哪一类了。

　　二〇〇一年，台湾藏书票收藏大家吴兴文的《我的藏书票之旅》由三联书店出版，这真是一本让人爱不释手的书。好像也就是从这本书开始，我对与藏书票相关的书便特别地留意了起来。除前文中提到的几本外，像吴兴文的《图说藏书票——从杜勒到马蒂斯》《藏书票风景·珍藏版》；刘硕海编的《国际藏书票艺术》、沈泓的《藏书票鉴赏》、邓明主编的《文化人藏书票》，以及《可扬藏书票》等，我只要见到，就毫不犹豫地买下来。藏书票被人称之为"纸上宝石""版画珍珠""漂亮小玩意儿"。我没有吴兴文他们那些收藏家的机缘，可以欣赏与把玩其原创真品，但我从这些印制精美的书中，也可领略其风采，陶冶其性情。二〇〇七年八月七日晚，吴兴文在丁双平、曾主陶、扬小洲等几位朋友的陪同下来我家"近楼"观书。那次，我记得吴兴文是带着七八分醉意来的，我拿出他的《我的藏书票之旅》一书请他写上一句话，谁知那笔一到了他的手中，也开始醉醺醺地摇头晃脑了起来。他写道："彭国梁兄，子曰：四十不动心了，动、动、动……吾动兄也……2007·08·07"。他这一个"动"字，究竟何意，且不去管它，但他那可爱的醉态，却是让我想忘也忘不了的。

　　行文至此，照说是可以画上句号了。忽然又想到蔡玉洗、董宁文两位主编的《开卷》百期珍藏版《凤凰台上》和《我的开卷》来，此二书的扉页上，均贴有一枚杨春华作的藏书票《开卷珍藏》，那一拍打着翅膀的凤凰口中含着一枝玫瑰还是什

么？这藏书票无疑是给此二书增色不少的。这两本书都被评为
"中国最美的书"，此藏书票也功不可没！还有周晨装帧的《闲
话王稼句》一书，扉页上粘贴的那一枚《到姑苏城会王稼句》
的藏书票更是好玩，设计者为吴以徐。那票中的一把壶，看似
茶壶，但实在应该是酒壶。壶中的风景呢，该是用书酿出来的
风花雪月吧？此刻，我又把我的两套藏书票从袋中抽了出来，
一张一张地把玩着，自我陶醉，很是温暖。

二〇〇九年八月二十七日

读书节里话读书

　　一年一度的"读书节"又来了。和其他众多的节日一样，在这个节日的前前后后，有关的单位和媒体自然要开展一些与此相关的活动，并打开一些与此相关的话题。记得是前年四月的中旬，有一家电视媒体来家采访，见我的"近楼"书多得有点吓人，便好心地替我担忧，问我百年之后，我的这些书命运如何？也即"近楼书往何处去"？我当时好像是这么说的，虽然这问题提得有些早，但"百年之后，你我都是古人"这话无疑是真理。我以为，这书最后的去处既不是捐给这个单位那个单位，也不是传之"后人"，而是让其流入旧书店，甚或地摊。因为只有到这样的地方，才会真正地落到喜欢它需要它的人的手上。

　　巴金先生曾经是捐了一大批书给某单位的。后来有人在地摊上发现了不少盖有某单位公章的巴金的书，于是在媒体上便引发了一场小小的风波。有人说某单位的负责人也真是太不负责了，怎么能让巴老的书到处流浪呢？实在是有辱圣贤；有人说你把书捐给某单位了，某单位便把它供了起来，一般的爱书人是难得一睹风采的。若从这个角度讲，那书流落到地摊之上便是适得其所。只是没必要绕一个那么大的弯，如果直接给旧书店的老板打个电话，那就省事多了。

近日购得中华书局版、苏精著《近代藏书三十家》，该书按齿序排，长沙叶德辉位列第六，他的观古堂藏书那是名震一时的。他的儿子叶启倬曾描述："家君每岁归来，必有新刻日本书多橱，充斥廊庑间，检之弥月不能罄；平生好书之癖，虽流离颠沛，固不易其常度也。"他的书有人估计，至临终前止，大约有三十万卷之巨（卷和本是两个概念，一部《全唐诗》便有九百卷，"近楼"有《全唐诗》两套，一套为三大本，一套为十五本）。叶死后，其书被某些痞子攘夺去一部分，之后，他的两个儿子又沉迷赌博，叶德辉四十年所藏之书全被作为赌资押了出去。当然，从适得其所而言，他的两个儿子也算是做了一件大好事。否则，他们将其"束之高阁"，那又价值何在呢？

我的近楼藏书，有相当一部分是来自旧书店或地摊，将来如果有一天，能让它们回到旧书店或地摊上去，那也是再好不过的事了。从何处来，到何处去。物显其能，人取所需。如日如月，如一年四季春夏秋冬，周而复始地，其乐融融。

二〇一〇年四月二十三日

读纸质书才是真读书

在电脑上读文章，在手机上读文章，那是别人的事，与我无关。我偶尔也在网上看看，比如韩寒的博客，还有我儿子每天给我发来的电影日记，但我觉得，这并不是读书。因为在我的心中，只有读纸质书才是真读书。

在网上看文章，最大的好处是方便。想看什么，点击一下，说不定立马就会出现在眼前。然而，对我而言，最大的毛病便是我真正想看的东西，那上面偏偏就没有，因为我想看的东西往往就是有点偏。

在网上看文章，心是浮的，想静也静不下来。有年龄与我相仿的朋友说，不知怎么回事，在网上看的东西，想记也记不住。在网上阅读，或短平快，或东一榔头西一棒子，或"锵锵三人行，跑题跑不停"，而且，你正在读着读着的时候，一个什么广告或什么网页就插了进来，刚刚来的一点点感觉，便被冲得七零八落了。

见仁见智。己所不欲，勿施于人。切莫把自己的意志强加给别人。

但我觉得，既然说到读书，那就得有个读书的讲究。翻阅商务印书馆的《现代汉语词典》，关于书，有五种解释。其一，写字；其二，字体；其三，装订成册的著作；其四，书信；其五，文件。很显然，这里所说的书是其三。

纸质书，这是相对电子图书而言的。有人甚至预言，将来纸质书全都会被电子书取代从而消失。我不想为此争论。我只是想，人不会永远地年轻，随着年龄的增长，自然而然会想坐下来或躺着，安安静静地读读书，这当然是指那些有文化情结的人。纸质书，封面设计、开本大小、内页版式以及用纸，不同的书有不同的章法，大雅大俗，横看成岭侧成峰。

我现在正翻着一本湖南文艺出版社刚出版的《绘图双百喻》，陈四益文，丁聪画。这书的装帧设计很是了得，看看书封右上角那黄苗子的字，左下角丁聪的画，再摸摸捏捏前后七八个页码的环衬，再放到鼻子底下闻闻那书香，先不说其中的文与画如何如何，就这么在手中折腾折腾，也就悠闲雅致得忘怀得失了。

又翻开一本《坐拥书城》，系三个美国的作家、摄影家与出版人合著的，这是一本关于爱书人的书，其中有四十个书迷的书房。十六开本。四十个书迷的书房各有特色。我不由自主地就拿近楼去与之相比，真是不比不知道，一比方知山外有山。就这么比比看看着，看看比比着，便发现窗外的雨已经停了，西边的晚霞染红了窗帘。美国的历史学家芭芭拉·塔奇曼说："没有书，历史会暗默，文学会失音，科学会瘫痪，思想会停滞。"这是《坐拥书城》前言中所引的一句话。我想说的是，我一天睡前不读书，梦都不香；早上醒来伸手拿不到一本书，那一天便会有一种莫名的失落。

二〇一〇年四月二十二日

忽然就被人"刮目相看"了

昨晚与何顿在东塘的一个地方喝茶，聊他新出的《湖南骡子》和我新出的《书虫日记二集》，聊着聊着，就聊到了《长沙晚报》。他说，今天的《长沙晚报》发了一篇他写的文章叫《好书，不宣传没人知道》，是应许参杨、奉荣梅之约写的，他们副刊搞了个"我与长沙晚报"的征文。我说，我也接到了他们约稿的电话。但这两天瞎忙，还没来得及写。说着，就把《长沙晚报》找来了，看后我对何顿说："我和你一样，真得要好好地感谢《长沙晚报》，我的好几本书都是经过《长沙晚报》的大力推荐，才在长沙这个地方产生大影响的。"于是，我与何顿就围绕着《长沙晚报》聊得兴趣盎然的，服务小姐一次又一次地来给我们的茶杯里添水，并用异样的眼光打量着我们。

二〇〇七年我在南京师范大学出版社出了本书，名叫《长沙沙水水无沙》。这是一套城市文化丛书，同时推出的有上海、南京、天津、武汉、苏州、扬州等。我写的这本书时间锁定在晚清和民国，内容主要是写一些与长沙相关的历史文化名人，写他们在长沙这个地方的文化活动等。开始这本书摆在长沙一些书店的架子上，知道的人好像并不多。有一天，与《长沙晚报》副刊部的几位编辑聊天，他们说这是介绍我们长沙地域文化的一本好书，可以在《长沙晚报》上好好宣传一下。于是，就由副刊部牵头，在白沙井旁的白沙源茶楼开了一个小型座谈会，参加者有彭燕郊、锺叔河、杨里昂等几位文坛前辈。我记得《长沙晚报》差不多花了一个整版来介绍这本书和几位前辈谈长沙的典故等，有我和彭燕郊、锺叔河两位前辈的合影，有《长沙沙水水无沙》的书影，还有作为标题的"长沙沙水水无沙"那七个大字也是我写的。那期报纸出来后，影响真的是好大。许多很久很久都没有联系的朋友，忽然给我打电话。开始我都觉得奇怪，可他们一开口，我便笑了，是《长沙晚报》给他们通了消息，他们来向我要书了。湖南图书馆博广书店的张老板说，他已经直接和南京师大出版社联系，添了两三次货了。长沙政法频道的一个谈长沙文化的栏目，因为导演看了这期报纸，还专门请我做了一期节目。

人都是要鼓励的。就是那次在白沙源的座谈会上，彭燕郊先生说："虽然我不是长沙人，但我在长沙生活五十多年了，也可以算个老长沙了。我觉得像《长沙沙水水无沙》这样专题写长沙文化的随笔太少了。"锺叔河先生说："近些年来有了一些写长沙的书，但是我真正比较注意的、作为一本写长沙的书会存在下去的，就是《长沙沙水水无沙》……我觉得彭国梁还可以继续做下去。"这些话都登在《长沙晚报》上。我本来写完这本书并没打算再"继续做下去"的，两位前辈这么一鼓励，我也就来劲了。于是，我又开始写"长沙的文化和文化人"了。又是《长沙晚报》的副刊，给我提供了一个平台，给我开了个专栏，叫"彭胡子掉书袋"。一个星期一篇，每篇两千来字。差不多写了一年，我数了数，有近五十篇文章。据说，一次开这么久的专栏，且每篇文章两千来字，这在《长沙晚报》是破了例的。责任编辑彭海英每次收到我的文章都说，你能不能压缩一点，我说好，但我又屡教不改。我要她砍，她每次好像都还手下留情了。据副刊部的主任许参扬说，这个专栏是很受欢迎的。当然，我也得到了很多意想不到的荣誉。比如，一个在广告界很有声望的朋友说，他差不多把"彭胡子掉书袋"那个专栏的文章都剪下来了，贴在一个本子上。还有一次，我到人民路那个按摩医院去就诊，想看看我的腰有什么毛病。那个医生约六十来岁，他在写病历时候问我叫什么名字，我说彭国梁。他忽然就放下笔，打量了我半天，问：你是不是在《长沙晚报》上写文章的，什么"彭胡子掉书袋"的彭国梁？我说是。他就"哎呀"一声。他说，你那些文章我都看了。我喜欢。接着，他就和我讨论起吴宓在长沙追女朋友的事来。而且，他还热情得不得了地领着我去找医生。当时，我就想，真要感谢《长沙晚报》啊，他让我在长沙这个地方经常地很有面子。本来素不相识的人，一听说是在《长沙晚报》上写文章的，而且是写"彭胡子掉书袋"那个专栏的，他们一下子对我就"刮目相看"了。仿佛我原来是个普普通通的人，一听说经常在《长沙晚报》发文章，那就忽然一下变成名人了。至于我在别的什么媒体上发过文章，或者出了多少书编了多少书，那他们是不管的。

一不留神，这字数又超过了。昨晚何顿说，你就把刚才说的两件事写出来，就可以了。所以，今天一早，我就这么写了。我是真的觉得，有好文章不放在《长沙晚报》上发，那是会让人很遗憾的，因为你不能与广大的长沙人民分享啊！

二〇一一年九月十四日

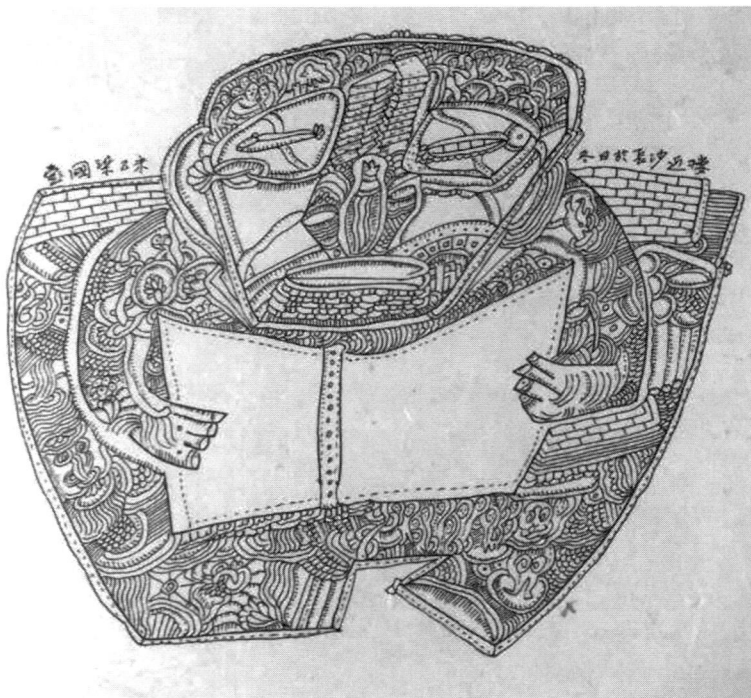

东城书香

　　去年底，我有幸参加了"中国作家采风团赴东莞东城采风活动"。这次活动是中国作协组织的，行前就有交代，要写一篇"东莞印象"之类的文章。活动结束归来后，我就想着要写一篇文章的，当时标题都想好了，叫《东莞得书记》。我把从东莞得到的书都堆在了我二楼的一张沙发上。我是下了决心的，文章没写好，这一堆书就坚决不挪开。照说，这文章写起来也不难，我也没想到怎么一拖，居然就拖到了今天。好在"东莞之书"还在那沙发上堆着，每天我从旁边经过，它们便在提醒我。也许是它们忍无可忍了，今天我把新到的一期《东城》杂志又往上面一放，只听得"哗啦"一声，所有的书都滚到了地上。我想，我一定是犯了众怒。今天要再不写这篇文章，那些书说不定就会一声吆喝，然后将我痛打一顿。好汉不吃眼前亏，今天不把这篇文章写了，我就一天不吃饭。

看来，任何事只要下了决心，也就没什么大不了的了。你看，我这文章不是开了一个很好的头吗？万事开头难。头开好了，接下来，也就顺理成章了。我自称是一条"大书虫"，三句话不离本行，我从东莞的东城归来，虽然有了大半年，回忆起来，依然是东城的书香。翻开我的《书虫日记四集》："二〇一一年十二月二十日。东莞。晴。上午参加'中国作家采风团赴东莞东城采风座谈会'。中国作家采风团的领队为陈建功。团员有顾骧、刘蒙（柳萌）、查干、峭岩、朱先树、尹汉胤、陈仲义、舒婷、包明德、任芙康、谢鲁渤、赵德发、彭国梁、吕洁、刘浩等。随后又参加'东城区文化中心'编印、作家出版社出版的散文诗歌集《东城春雨》首发式。"中国作协副主席在其代序中写道："二〇〇三年冬天，我们曾来过东莞，与东城区签约，建立了中国作协东莞东城文学创作基地。这是中国作协在区镇一级范围内建立的第一个创作基地，也是一个设施和管理都比较健全的地方……其间，东城文学创作基地先后吸引数十名作家前来体验生活、挂职、采访和写作。这里的地区特色、市容市貌、人民生活生产等各种新鲜元素激发了异地作家的创作热情。"这本《东城春雨——中国作家看东城》的书印制得非常精美雅致。封面上的"东城"如同一幅有着盎然诗意的水墨画慢慢浸染开来。翻到目录页，高洪波、谭谈、韩作荣、郑彦英等，我都是非常熟悉且有过交往的。还有陈世旭、韩石山、张同吾、杨匡满等虽未谋面，却也是看过他们不少诗文的。于是，当天午休时，我就极有兴致地把这本书翻看了三分之一。

就在这同一天的下午，我又得到了四本书。即蒋楠的评论随笔集《诗与思的自留地》；庞清明的文学评论集《第三条道路批判》和湖南老乡方舟编选的《在路上——东莞青年诗人诗选》《承担之镜——东莞青年诗人散论》。前者系二○一○年"东莞文学艺术系列"丛书第三辑。这第三辑共有多少本呢，没有总序，也没有在封二或封三的勒口上有所交代，但看其编委会和编辑部的规模，估计不会少于十本吧。再看方舟所赠的两本书，《在路上——东莞青年诗人诗选》系"东莞文化艺术系列"丛书第四辑，从封三的勒口上得知，这一辑共五册。《承担之镜——东莞青年诗人散论》没有标明是某丛书的第几辑，但从封底的定价得知，这又是一套丛书，共十册。从我所得到的这四本书便可知道，在东莞，青年诗人是特别多的。有意思的是，这些诗人不但写诗，还写诗评。也就是说，在东莞，诗歌评论写得好的大有人在。这在全国的城市中，恐怕都是一个颇为特殊的现象。温远辉在《承担之镜》的序言中说："一个有趣的现象是，东莞的不少诗人同样擅长写诗歌评论，或者说，东莞的不少评论家也是诗人。比如何超群、柳冬妩、冯楚、蒋楠等。"

说到蒋楠，我得多啰嗦几句了。我现在每个月都能收到他寄来的《东城》杂志。一收到杂志，我就自责，我还欠着他们的一篇文章啊。我可是早就把他们的稿费都花光了啊。看来，我也有很不靠谱的时候。在去年的十二月二十三日，蒋楠还送了一本他爱人的书《蓝紫十四行诗集》给我。都说知音难觅。人生得一知己足矣。而从蓝紫的这本诗集中，我欣喜地发现，蒋楠和蓝紫，他们的结合那可是一个"春天的童话"，他们所筑的"爱巢"也该是一个"童话的王国"。蓝紫的诗集是蒋楠的序，序中有云："倘若时光能够流转，就让我们借着蓝紫漂泊的行迹，去追寻沉淀在内心深处那最美也最容易疼痛的地方——宁静而富有韵致的'家园'吧！在悠远的水印长堤上，我们在归家的田埂上沐浴着斜阳倒影；在蒹葭新绿的草丛里，我们捕捉到了孩提时代放飞的纸鸢；在深幽的荷塘边，我们采撷到了如梦的童年……"蒋楠是用他的心去抚摸蓝紫内心深处那最美也最容易疼痛的地方。难怪蓝紫在谈到蒋楠的情诗时说："诗人这种隐忍、执着、深情的爱情追求，冰雪聪明的女孩，又怎么能不被诗人的痴情与才情感动？"蒋楠的诗也许并没有完全感动那位叫作"静"的女子，却真真切切地感动了一个叫"蓝紫"的女诗人。在此，我真诚地祝福他们。在《蓝紫十四行诗集》的扉页上，我发现，这也是"东莞文化艺术系列"丛书第三辑，但这第三辑分明与蒋楠他们的那个系列是不同的。这个系列估计都是诗集吧，也是十本。且有说明："本书为二〇〇八年东莞文艺工作者个人出书资助项目。"可以想象，东莞的有关部门对文化是何其重视。仅就我所得的这几本书，便不难看出在东莞这块经济腾飞的土地上，文化之树上也同样是硕果累累。

除以上所得书外，还有两本书也是值得一提的。其一是《东城》摄影集，用该书后记中的话说便是："从这本影集中，我们看到了一个朝气蓬勃的东城，一个充满活力的东城，一个科学发展又魅力四射的东城。"还有一本便是在从"林则徐展览馆"归来的车上，东城文化中心的一位女士将她所得的一本大型画册《虎门销烟》转赠给了我。这本大书全面展示了"近代中国反侵略斗争之序幕，人类禁毒旷古未有之壮举"。又，十二月二十一日下午，我还在东城的"永正书城"购书一百二十余元，计有张大春的《认得几个字》；《喜剧世界》杂志选编的《才子们的那点事儿》；周瘦鹃著《礼拜六的晚上》；日本恩田陆著《图书馆之海》。

　　翻开《图书馆之海》，里面有这样一段话："这间图书馆仿佛一只船。夏在冬日的阳光中，读着摊开在大书桌上的书。要说为什么，每当拉开那道沉重的门，瞬间就有种乘船航向大海的氛围……图书馆是船，那么大海在哪儿呢？夏有时会停下手中的动作，静静地抬头看着大片的窗户。图书馆是船，图书馆外面是大海……"就是在我买这几本书之前，我是在东城的图书馆里坐着的。我很久没有到图书馆看过书了。我想在东城的图书馆里感觉一下那种久违了的氛围。一排一排的书架，一张一张的书桌，一个一个埋头看书的人。我从一个书架转到另一个书架。我想找到一本意外的书。他乡遇故知。海内存知己。遇到了吗？有不少的世界名著我的近楼也有藏的。我取出了其中的一本。我找到了一个座位，然后闲闲地看了起来。在书后面的环衬上，我看到了一个借书人的名字，很美。我的眼睛就朝图书馆内的读者扫了一下，这是一种无意识还是有意识呢？我想把那个借书人的名字和某个美丽女读者联系起来。《图书馆之海》中还有一段话："贴在书本后面的图书卡记录着借出的日期、学年、班级号码和名字。受欢迎的书有多张图书卡重叠，鲜少被借阅的书籍的图书卡则大都空白，或只有好几年前写下的一个名字孤零零地留在上头……"这是一个学校的图书馆。而我在去书城之前所在的东城图书馆，读者可是各行各业的。来东莞寻找发展机会的外地人也不少吧？我所见到的蒋楠、庞清明、方舟，还有蒋楠的爱人蓝紫等，全都是。他们会不会是图书馆里的读者呢？图书馆是船，图书馆外是海。他们可都是在大海上的弄潮儿啊。

文章至此，感觉有点长了，但意犹未尽。我记得当时中国作协的吕洁女士问我准备写什么时，我说想写写他们的图书馆。后来好像是东城文化中心的一位女士，给我提供了一份资料。我接过一看，是《二○一一年东城第七届读书节工作方案》。这个读书节是从四月二十三日"世界读书日"开始启动，一直到年底的。其主要的活动有十五项。如：我讲书中的故事——少儿故事大王比赛、送书到基层、书香校园行、读书公益广告设计大赛、邀请中国著名作家作文学讲座等。在这次中国作家的采风活动中，参加了讲座的有四位，即包明德、陈仲义、赵德发和我。我在十二月二十三日的日记中是这样写的：

　　　　下午至"东城区中心小学"讲课。题为"一个小书架，便是一个通往世界的窗口"。从自己曾经做的第一个小书架开讲，讲到自己后来慢慢地有了书房，进而又有了书楼；讲到"没有书的房子是没有灵魂的"；讲到"读纸质书才是真读书"和"趣味读书"及"趣味写作"等。讲得也还轻松随意，学生的反应也不错。后半个小时互动。答问。时有笑声。课后有学生献花，并合影。然后又与老师至校办公室。题写"博观而约取，厚积而薄发"四尺斗方。又是赶鸭子上架。

　　这也算是我用实际行动加入东城的"读书节"系列活动中了吧。

　　这次东莞之行，前后满打满算，也就一个星期。可这一个星期，却是被其传奇色彩和浪漫气息所缠绕，同时也被其浓浓的书香所陶醉。离开东莞的前一天晚上，东城文化中心的主任康健特地来宾馆送行，我们相谈甚欢。我赠他一本《书虫日记二集》。我们是湖南的老乡。他说，下次到东莞，如果不给他打电话，他就不认我这个老乡了。我说，那怎么可能呢？东莞市的东城本身就是一本充满了创意的好书，这本好书有没有深厚的文化含量，你这个文化中心的掌门人可是举足轻重的。我这个"大书虫"到了东莞，是会把你当成书中的警句来啃的。

　　时间过得真快，眨眼就快一年了。今年全国的民间读书年会是拟在东莞召开的。到时，我也许会提前一两天到达东莞，因为我还真有点想念康健和东城的那些书友了。

二〇一二年八月十一日

依然深爱纸质书

　　关于读书，现在有两个话题似乎是难以回避的，那便是在各类电子图书的冲击下纸质书会不会消亡的问题；再就是读电子图书与读纸质书孰优孰劣的问题。第一个问题好说，看看现在书店里的图书与没有出现电子图书的时候相比，到底是少了还是多了。再就是看看世界各大先进国家，如美国、日本等，其纸质书店的状况如何。好像距离消亡二字还有着相当的距离吧？那我们也就不必为未来的人太担忧了。顺其自然吧。

　　到底读电子图书和读纸质书孰优孰劣，我也曾与很多人交流过，可说是公说公有理，婆说婆有理，莫衷一是。比如我与儿子彭一笑，那便是甲方和乙方的典型代表。他读《红楼梦》等四大名著，读《儒林外史》，读王小波的小说，最近又在读金庸。有好多次，我和他在某茶馆的某个包厢内喝茶聊天，聊得不想聊了，便自找消遣。我看报纸杂志，或者看纸质的书。他呢，则歪在沙发上，面对一个小小的手机，乐不可支。我问他在看什么，他说，金庸的《鹿鼎记》，正看到韦小宝与某美女打情骂俏，暴不正经。说实话，我真的没有理由说他在手机上读书就如何地没有我读纸质书好。我的感觉也实在不能代替他的感觉。我有些无奈，也有些茫然。但我依然想说，还是多读纸质书吧，纸质书真的是有很多电子书难以取代的地方。

　　我也曾试着在电脑上去读一本书。比如，某位诗人要我写个序，于是就把他的诗打个包发到了我的邮箱。可我打开看了几首，就有点找不到感觉了。而且，我正在看着看着的时候，右下角经常就会跳出来一则新闻什么的。比如，李庄又被重庆的中院约谈了；或者是干露露湿露露又露得底都朝天了。这些内容看不看呢？我真是没有出息，一不留神，就把诗丢在一边，或随李庄上了法院，或随美女迷了方向。等我回过神来，那些诗早就被我冷落得眉头紧锁再也不愿搭理我了。而且，我的眼睛也看得酸得胀了，只好作罢。如果是一本纸质的书，或者是装订成了一本书的模样，那我无论如何是不会那么怠慢的。也就是说，看电子书，我是无法将心静下来的。我从来就没有在电脑上看完过一本书。偶尔看一篇两篇文章还可以。想看完一本书那真是太难了。而看纸质书就不一样，我可以一边喝茶，一边躺在沙发上，一页一页地翻阅着。视觉的、嗅觉的、触觉的享受皆备。甚至听觉的，如果用心的话。再者，书拿在手里，有一种形式感。某先生曾说，一个女人，只要她拿着书，从哪个角度看都是美的。书可养颜。书也可让人高雅⋯⋯

　　说到形式感，自然就要说到装帧设计了。一本好的书，它本身就是一门综合的艺术。我经常是因为好的装帧而买书的。比如中央编译出版社出版的日本松田行正著的《零》，它汇集了一百二十一类各式记号、暗号、信号、密码、代码、文字、图形、纹饰等，号称是一部世界符号大全。我对其中的符号也觉得有趣，但因太贵，我也就翻翻算了。但那书的装帧实在是有些特别，封面封底书脊等六方全用黑色，还包括护封和腰封。封面上有九个圆圆的小孔，孔里面透出白色的外文书名和作者名。极具神秘。这书我第一次没买，但回到家，心就一直悬着。老悬着也不是个事吧。过两天，我再到那家书店，二话没说，就买下了。前不久，我在深圳的图书中心发现了一本广西师大版、朱赢椿著的《设计诗》。一翻，我就喜欢上了。这种书可能很多人翻翻也就拉倒了。诗写得如何在这里已变得不重要。他几乎把每一首诗都图案化了。当然，这种形式的诗我以前也见过不少，国外的有，港台的也有。但朱赢椿却将之做到了一种极至。他本身就是一个书装设计师。他设计的书已获得无数的国内外大奖。如中国最美的书和世界最美的书等。在我所出的书中，有两本便是出自他的手。一本是南京师大出版社出版的"城市文化丛书"系列之《长沙沙水水无沙》；一本是"开卷文丛"之《书虫日记二集》。说真的，这两本书我是怎么看怎么喜欢的。除了因为孩子是自己的好，更因为朱赢椿的设计。在我的近楼，这种值得欣赏和玩味的书是非常多的。

如吕敬人等设计的中青社版的《梅兰芳全传》，每有书友来近楼，我便要展示一番。往左翻一下，就会有一个女扮相的梅兰芳；往右翻一下，则会有一个男扮相的梅兰芳。那需要多么精巧的构思和设计，对印刷的要求又是何其高啊！还有周晨设计的《泰州城脉》，陡地往你面前一放，那就是一块古老城墙上的青砖，沉甸甸的。可一翻开，哎呀，这可是一本让人惊叹且可把玩的城市历史与文化的好书啊！为此，《泰州日报》社还请了全国读书界的来新夏、陈子善、薛冰、王稼句、李辉、刘绪源、董宁文、潘小庆、彭国梁等相聚于泰州，对该书进行了品鉴与探讨。还有袁银昌设计卓雅摄影的《沈从文和他的湘西》等。这些设计精美的好书可不是电子书所能望其项背的。

二〇一二年十一月二十三日的《文汇读书周报》，其头版头条便是"毛糙纸边、彩色环衬、高档纸张、考究封套特定的装帧设计"《美欧书商开始注重纸质书收藏价值》。其中便谈到了纸质书在电子书的冲击下如何应对的问题，那便是要在装帧设计上下大的功夫。其中某自由出版社的发行人对他们推出的高档图书《伊利亚特》极为自信地说："即使你看的有九成都是电子书，那么这本书便是你想要捧回家摆上书架的那一本。"

近日，在网上看到一则"纸质书的妙处"的笑话。我看了倒是觉得异常的亲切。因有趣，故全录于下：

1. 对光驱速度和显示器分辨率没有任何要求。

2. 停电时亦可秉烛夜读，可以进一步贪图红袖添香在侧，夜澜风雨入耳，过一把文人骚客瘾。3. 有沁鼻油墨香味，弃铮铮塑料杂货。4. 可以在扉页签上大名：某某某或者某某斋主人，某年某月某日若干折扣购于（或者窃于）某书店。或者盖印章作篆文曰：某某几十以后藏书。还可以激扬文采，作"买书小记"凡三百言，或者凑歪诗曰"江南数日雨涟涟，阴沉不见艳阳天"云云。5. 亦可肆意在其中眉批旁注，圈点勾画，显扬其博览之效。更兼胡翻乱折，愈旧愈见其勉力勤奋。6. 可以赶趟儿找作者签名。7. 有重量，有质感。藏之壁橱，漫屋徒添书卷气息，所谓书香门第。8. 江湖救急：内急如厕而没有来得及带手纸时候，可以聊作替代。9. 可以折小飞机。10. 可以折小人。11. 可以折小花。12. 实在不想看了，可以当废纸卖。13. 女孩子带了一本字典，还能防身。14. 饿了可以充饥（无厘头）。15. 可以当枕头。16. 提供来讨论好处。17. 可以借给女孩子看。18. 可以在打麻将的时候放在别人身后，影响他的手气。19. 可以看到兴奋处一拳砸在上头却没有严重后果。20. 可以看到生气的时候把书撕了，电子的只能 DEL，不解气。21. 可以随时准备充当学者；可以让骗子误以为你是老实人。22. 可以看着看着就睡着了。23. 可以随手在上面记个电话号码，事后却想不起来记在哪一页。24. 可以用来骂人（书呆子）。25. 可以看到流泪的时候，把眼泪抹在上面当纪念。26. 可以在搬家的时候搬来搬去，这样你的搬家费更加物有所值。

27. 可以时常买些樟脑丸，杀虫药什么的，为市场经济做贡献。28. 可以让电子书刊多一个竞争对手，而不至于形成微软那样的垄断……29. 可以在第一次约会时充当信物，你拿一本时尚杂志，我拿一本三联版的金庸，大家一眼就看出来了。要不然一人拿一张盗版光盘，满大街卖盗版的和买盗版的还不把人折腾死？……（本笑话来源：http：//www. xxhh. net/）

这位仁兄一看便知是个爱书之人，不然，他写不出这么多的道道。我看后，深受启发。觉得还可以补充数则，供同好者一笑：

其一，入厕读书。手机掉进毛坑的事是经常发生的，但纸质书掉进毛坑的似乎极少见到。

其二，当床用。我认识一位教授，他有一张特殊的床。没有床架。他是把一包一包的书铺平。然后在上面再放毛毯和被子。

其三，缩小孤独和寂寞的空间。房子大了，一个人，就感到孤独和寂寞无边。房子的四周堆满了书，人在中间，就觉得有了依靠，自然孤独和寂寞的空间也就小了。

其四，杀老鼠。我家总是有老鼠到处巡视。巡视后还要发表演说随处拉屎。于是，我便把一些被禁止的"有毒的书"摆到它们出没的地方，意外的事情发生了，那些老鼠居然都中毒身亡。

其五，防止打麻将者随地小便。我的隔壁有一家麻将馆，那些麻坛高手打得尿急了，便跑到我的窗下，扯开裤子就丢出抛物线来。但想不到的是他们尿撒得痛快淋漓，回到牌桌后却输得淋漓尽致。因为他往我的窗内一打量，满目皆书（输）。

其六，战斗武器。我省有一位名作家，曾经用一本精装书往作协一位女干部的头上稳准狠地砸去，结果闹出一件举国闻名的大事件来了。

其七，……

一下子来了灵感，纸质书的好处似乎越数越多。看看已超过编辑所要求的字数了。只好打住。但玩笑归玩笑。我深爱纸质书，估计是到老到很老很老都不会变的。

二〇一二年十二月十八日

书虫日记中的张国强与他的特价书店

去年底的某一天，广通书局的一位女士打来电话，说是广通书局做到年底就要关门了，问我是否有时间去看一看。我问何故，说是门面到期，省图书馆要加房租。这之前，老总张国强曾我和说过，还曾找到徐雁先生，请他和时任湖南省图书馆馆长的同学联系。记得我给徐雁兄的短信是这样写的："徐雁兄，张国强刚才和你发了短信吧？据说他那个广通书局的门面又要涨价了，他很担心。他盼你和你的老同学张馆长说说，能否网开一面，如今的实体书店难办，这是不争的事实，现湖南省图书馆一楼的这个特价书店可以说是湖南省最大的特价书店了，留着，既是造福于湖南的读书界文化界，也可以说是湖南省图书馆对外的一张形象名片，毕竟进进出出的都是真正的爱书人啊!"后沟通无果。张国强说,他实在是想坚持下去,为此也想了很多的办法,最终的结果是万般无奈地将书下架,打包,然后黯然神伤地关门了……

张国强说,他的书店是一九九九年开张的,原来叫博广书店,搬到省图书馆后改为广通书局,至今年的年初关门,他经营了差不多十三年。张国强是一个很厚道的人,他曾经在长沙也是全国最著名的书市黄泥街"拖板车"拉书送货,他说,他读书少,但他爱书,尊重读书人。我是经萧金鉴先生的介绍与他交往的,时间大约是二○○五年。这两天,我一直都在翻阅《书虫日记》一、二、三、四集,其中写到张国强和他的特价书店的地方非常多,现从中挑选出其中数则,以资纪念。

二○○五年七月二日　星期六　晴

晚上接萧金鉴先生电话,明天上午八点半,在雅礼旁边的博广门前集合,然后乘车至博广书店老板的老家午餐,下午再回博广挑书。

二○○五年七月三日　星期日　晴

七点半起床,磨蹭到八点方才出门。八点四十多赶到博广,见其老总张国强,然后驱车至长沙县五美乡田心村。也即张国强的岳父家。同行的有:彭燕郊、龚笃清、向继东、任波、段炼、萧金鉴、唐巍等。十点多便到了目的地。喝茶。参观其住宅和室外的池塘以及承包了二十年的种满了黄豆、玉米、西瓜的小山包。然后坐在大门口,吹着在城市中吹不到的自然风。彭燕郊老师回忆"文革"后长沙的旧书业，感叹现在新华书店的不作为，说某负责销售的先生大言不惭："你们作家的工作是把纸变成书，而我们的工作是把书变成纸。"即书卖不出去便将其化成纸也。

好难得的相聚，好随意的聊天，照相，喝啤酒，吃土菜。饭后又继续吹自然风，继续聊闲天，约四点多回到博广挑书。我挑了四百余元。其中有《殷海光文集》四册；北京出版社的《不朽文丛》五册，即外国著名诗人的散文、随笔、代表作品、文论、书信、日记、传记、回忆等；《梅里美全集》三册；欧文·斯通的《不朽的妻子》《毕沙罗传》；叶圣陶和俞平伯的通信集《暮年上娱》；还有我一直想买的《山西二人台传统剧目全编》等。数数，共挑书五十余册。老板客气，送每人书票一百，且开车送我们回家。他想在长沙营造一种读书的氛围，他想在书业打造最低的零售价。总之，张国强先生想在旧书的推广与销售上有所作为。

二〇〇五年七月四日　星期一　晴

下午四点多钟，我和彭一笑至雅礼中学旁边的博广特价书店。花山文艺出版社出版的《郑振铎全集》二十册，《俞平伯全集》十册，上海书店出的《中国近代文学大系》，共三十册，我曾买了其中的八册，本打算今天一次性配齐，谁知道只配到了十九册，还缺三册。老板张国强答应下次想法帮我配齐，这也就只能碰运气了。黑龙江人民出版社的点校全本《太平广记》五大册。《太平广记》我还有其他的两种版本，但这一套我看起来感觉很舒服，便又买了下来。还有其他一些杂书，折后近九百元。很久没有这么发疯地买书了。老板见我一次性买了这么多书，便主动开车把我送回了家。我邀他进来喝茶，他颇有兴趣地看了我从一楼到三楼的书房。他说长沙要是有一百个像我这样的读书人，他的生意就好做了。

有意思的是，我和彭一笑正准备到一家小店吃盒饭，在路上又碰到张国强开着车拐回来了。原来，他脚上还穿着我家的拖鞋，他说直到踩油门和刹车时才发现有些不对劲。张国强走后，老婆大人发表高见，说像张老板这样的人是肯定要发起来的，就凭他这种对顾客的用心。

二〇〇五年七月二十一日　星期四　阴雨

下午去银行取钱。交手机费。到东塘博广特价书店淘书。有一套百花文艺出版社出版的外国作家的散文选，共五十本，我选了其中四十余本，估计还有不少重复的，回家查对后再退。有一套《旧中国大博览》，上下册，用纸较好，图片颇清晰；有花山文艺出版社出版的《兰亭全编》，分内篇和外篇两大本；有大众文艺出版社出版的《中国经典佛学文库》二十种，包括《法华经》《华严经》《百喻经》等；还有"新世纪万有文库"，上次只买到九十多种，这次又买了二十八种。今天因买的书太多，共八百四十余元，只得又麻烦张总开车送。约六点，萧金鉴先生来，一同至他家旁边的杨裕兴吃面及小吃，张总请客。然后张总和萧老师一道送我回家。

二〇〇五年八月二十七日　星期六　晴

上午到博广东塘店。张总把彭燕郊、锺叔河、朱健三位老先生也接来了。这次聚会是萧金鉴先生张罗的。聊天、观书、到东塘湘水人家午餐。张总给每人一百元书票。饭后我又到博广书店，除书票一百元外，我还买了四百余元的书。

二〇〇七年一月二十九日 星期一　晴

东塘博广特价书店到期。最后两天，买书一百送二十。我买书三本。……遇博广的张总。我邀他和《书人》的老萧一道至又一庄晚餐。

二〇〇七年五月二十日　星期日　晴

早起。九点至原东塘博广特价书店处，与杨里昂老师、老萧、李渔村夫妇会合，然后坐张国强的车到他江背福田村岳父母家，看他未来书楼的选址。饭后一行人又到黄兴故居……

二〇〇七年六月二十二日　星期五　晴

早起。九点博广的国强来接，又一同接彭燕郊、锺叔河两位老先生至"白沙源"……以《长沙沙水水无沙》为由，漫谈长沙文化，钟、彭、杨、熊四位依次侃谈……饭后国强送彭、锺二老归家。

二〇〇七年八月一日　星期三　晴

十点多出门。博广的张国强在贺龙体育馆旁的"咖啡之翼"请喝茶，还有萧金鉴先生。张国强在湖南省图书馆的一楼租了个一百二十多平方米的门面，正在装修，让我为其出出主意。我建议他辟一喝茶聊天的处所，仿照成都流沙河先生每星期二或星期五到大慈寺喝茶的方式，请彭燕郊、锺叔河二位先生每星期花一上午到书吧喝茶聊天。同时有专架售毛边本和签名本等。

在"咖啡之翼"吃套餐。饭后张帮我把办公室内几百本《新乡土诗派作品选》《盼水的心情》等书存在他的仓库。再一同到锺叔河与彭燕郊二位先生家小坐。在国强送我归家的途中，灵光一闪。我觉得张的书吧茶座可名之为"书伴上午茶"，如办读书小杂志，亦可用此名。

二〇〇七年九月一日　星期六　大雨转阴

到湖南图书馆的广通书局参加其开业聚会。与会者有彭燕郊、弘征、杨里昂、何立伟、霍红、李渔村等二十余人。《书人》的老萧一直在帮着张国强筹备。张给每位发书票二百元和藏书票五套（四十二枚）。藏书票中有一套情色的，八枚，彩印。其他的也都是复制自中外名家的。中午张国强在湖南图书馆旁一酒家作东。饭后重回广通书局。弘征先生在大厅为书局题字："书伴上午茶""广通书局"……

二〇〇七年十月十三日　星期六　阴

张国强早上七点多代我去火车站接从上海来的韦泱夫妇……中午国强作东，宴请朱健夫妇和韦泱夫妇。然后至广通书局。买书六十余元。

二〇〇七年十月二十六日　　星期五　　晴

上午张国强陪徐雁来近楼……和国强陪徐雁一道至"兄弟文化"拜访周实……国强作东顺风楼。同席者有徐雁、周实、杨小洲等。

二〇〇七年十一月十四日　　星期三　　晴

中午与彭军至广通书局。国强作东吃工作餐。"彭国梁自绘藏书票"印了三千套。拟装两百多套赴明日的江西进贤民间读书年会。（补注：我在书票的封套上写上一段话：书虫彭国梁向来自天南海北的诸位书友推荐长沙一个最迷人的去处"书伴上午茶"，它的主人张国强是一个为传播书香而乐在其中的人，他让我向诸位发出真诚的邀请，哪一天到了长沙，千万记得给他打个电话，他一定会在"书伴上午茶"恭候您的光临。为此，书虫彭国梁特绘制藏书票数帧，谨与"书伴上午茶"主人一道略表寸心。）

二〇〇七年十一月十五日　　星期四　　晴

早起。到省新闻出版局门前汇合。锺叔河、曾主陶、杨云辉、萧金鉴、杨小洲、张国强等一行十余人。两辆车，我坐张国强的车……

在我的《书虫日记》一至四集中，与张国强和他的博广书店、广通书局相关的记载实在是太多了，限于篇幅，我只是从中摘录了其中很小的一部分。比如二〇〇八年六月底我和锺叔河先生赴南京参加董宁文等主持的《我的开卷》《凤凰台上》二书的首发式，张国强便是自费陪同前往的。又如二〇一〇年初，我赴北京参加书展，大雪纷飞中，张国强开着一辆面包车来机场接我，书展结束，又送我至机场。说真的，眼睁睁地看着"广通书局"就这么消失了，我是很无奈也很无语的。写此短文之前，我给远在岳阳做着什么工程的张国强打了个电话，表示了我的遗憾。张说，还有不少的书友也给他打了电话，希望他能再把书店开起来。他说他也不舍，如果有适合的地段，时机成熟的话，他还会再让"广通书局"东山再起的。我说好，我等着……

二〇一三年四月二十日

关于黄泥街的美好回忆

作家残雪有一本小说，名叫《黄泥街》，其中她是这样写黄泥街的："黄泥街是一条狭长的街，街的两边东倒西歪地拥挤着各式各样的矮屋子，土砖墙的和木板墙的，茅屋顶的和瓦屋顶的，三扇窗的和两扇窗的，门朝街的和不朝街的，有台阶的和无台阶的，带院子的和不带院子的，等等。每座屋子都有独特的名字，如'萧家酒铺''罗家香铺''邓家大茶馆''王家小面馆'，等等。从名字上看去，这黄泥街人或者从前发过迹，但是现在，屋子里的人们的记忆大概也和屋子本身一样，是颓败了，朽烂了，以致于谁也记不清从前的飞黄腾达了。"今天因为要写这篇文章，便把这小说又翻出来看了看，这黄泥街，似乎和我儿时第一次进城所见到的黄泥街是一模一样的。

时间过得太快了。想想都有些不知所措。那是二十世纪六十年代末的事了。那时我大约十来岁，一个乡下孩子，城市于我那就是一个神话。某一天，父亲和一个叫亮山的叔叔说要到浏阳的九鸡洞去收一些稻草，然后再拖到长沙城里去卖。当我得知这一信息之后，便和亮山叔叔的女儿顺英商量，说我们也要去。去和父亲推板车。当时，父亲和亮山叔叔有没有提出过反对的意见，现在已记不清了，反正，我们成功了。我曾经写过一篇文章，叫《第一次进城》，我的进城那可真是弯着腰一步一个脚印地走过来的："父亲很大的脚，穿着妈妈打的草鞋，我很小的脚，也穿着妈妈打的草鞋。父亲弯着腰，在前面拖着板车，我也弯着腰，在后面推着板车，中间是一座稻草的山……我跟在父亲的后面，跟在稻草的后面，一步一步，小小的脚，踩在长长的路上……整整一天，当黄昏降临的时候，四个人两板车稻草终于停在长沙城一条窄窄的街上。"那一条窄窄的街便是黄泥街。街上住着我们家一个远房亲戚。我印象比较深的是，远房亲戚家有一个与我年龄相仿的孩子，说话有些口吃，他不要我们吃他家的饭，我当时特别地讨厌他。那天我们在那个亲戚家喝了茶，吃了两个包子，然后就回家。回家的途中，父亲和亮山叔叔拖着轻松的板车，说着愉快的话。我和顺英躺在板车上，身上盖着残余的草，草上是月朗星稀的夜晚，草上是霜。我和顺英各自搂着一个变了味的神话，睡得香香的。也就是说，我人生第一次进城，到的第一条街便是黄泥街。之后好多好多年，黄泥街在我的记忆里，便是潮湿的、阴暗的，还有口吃的长沙伢子那种莫名的优越感。再之后，黄泥街就渐渐地模糊了。

不记得是一九八七年还是一九八八年，我与前妻，也就是彭一笑的妈妈，曾在五一广场的西南角湖南省湘绣大楼的旁边开过一家小小的书店。书店的书从哪里来呢？黄泥街。那时的黄泥街，可真是一条书流成河的黄泥街，飞黄腾达的黄泥街。两百个还是三百个门面呢？每个门面里五花八门的书。我推着一辆凤凰牌的单车，从街的这头到街的那头，又从街的那头到街的这头。今天进的是普鲁斯特的《追忆逝水年华》，七卷本。明天又进巴尔扎克的《人间喜剧》数种。后天呢，又进一大捆的诗歌。那时候的文学是热的，诗也是热的。普希金的诗，好；莱蒙托夫的诗，好；惠特曼，那种奔放，一泻千里；叶芝，《当你老了》，真好！我有时会在某个书店翻着某本书，翻着翻着，就忘记了时间。记得有一次，我在一书店翻阅漓江出版社出版的叶芝诗集《丽达与天鹅》，裘小龙译。"当你老了，头发灰白，满是睡意 / 在炉火边打盹，取下这一册书本 / 缓缓地读，梦到你的眼睛曾经 / 有的那种柔情，和它们的深深影子 // 多少人会爱你欢乐美好的时光 / 爱你的美貌，用或真或假的爱情 / 但有一个人爱你那朝圣者的灵魂 / 也爱你那衰老了的脸上的哀伤……"读着读着，总觉得不是很顺。于是，又一家一家地去找另一种版本。我要找袁可嘉译的版本。袁可嘉译的《当你老了》："当你老了，头白了，睡思昏沉 / 炉火边打盹，请取下这部诗歌 / 慢慢读，回想你过去眼神的柔和 / 回想它们昔日浓重的阴影 // 多少人爱你青春欢畅的时辰 / 爱慕你的美丽，假意或真心／只有一个人爱你那朝圣般的灵魂／爱你衰老了的脸上的皱纹……"我把两个不同的译本翻来覆去地比较着。一个大半天，就在黄泥街上泡过去了。那时候的书商老板脸上洋溢的都是不要弯腰都有钱捡的笑。一个一个的十万、百万、千万富翁就那么日新月异地在黄泥街上成长着。我没有捡到钱，因为我没有商业头脑，不知道在黄泥街上找个门面做批发，而是在另一个没有黄泥的小街上一本或两本三本地零售着。我记得做得最大的一笔生意是，我们单位开一个会，在我那个小店一次性买了两千来块钱的书。那一天，我的嘴巴笑到第二天都没有合拢。

小书店开了大约半年，就偃旗息鼓了。卖剩的书一部分转给了别人，舍不得转的就都背回了家。现在，我的近楼之中，还有不少书是来自黄泥街的。

书店不开了，但是黄泥街的书却让我派上了大的用场。从一九八九年开始，我除了写诗写散文之外，又开始了编书。我编的第一本书叫《悠闲生活絮语》，紧接着又编了《悠闲生活艺术》和《悠闲生活随笔》。前一本是在湖南文艺出版社出版的，一出版，便好评如潮。一版再版，两三年时间，共印了七八版，将近二十万册。后面两本，是一个书商委托一个出版社的编辑找我编的。后来，何顿写小说《荒芜之旅》（现改为《黄泥街》）便是以那个书商为原型的。其中有好长一段便写到那个书商是如何把我那两本书当作摇钱树的。关于这一则书人书事，我曾在《书虫日记四集》里，有过如下的记载："二〇一〇年六月二日。……何顿赠《黄泥街》一册，湖南文艺出版社新版，原名《荒芜之旅》，中国青年出版社二○○一年版。这是一本写书商的书。书中的主人公是有原型的。何顿采访那个书商时，书商说他挖的第一桶金，便是发我编的'悠闲生活系列'。何顿说，那个书商说我就是个'傻B'，当时他只花了很少很少的钱，就把我的书稿买走了。"有关这套书，何顿在《荒芜之旅》中有不少的描写。如："张逊把孔老二编的八十多万字的名家散文选整理成四本书，分别为《外国名家生活絮语》《中国名家生活絮语》《现代作家生活絮语》《当代作家生活絮语》，二十万字或二十二万字一本。他把他们装订成四本，重新编了页码，写了书名，拎着进了黎社长的办公室。""《名家生活絮语》印得非常精美。在一九九三年，充斥在黄泥街书市上的是一些印刷质量低劣的书，封面很差，纸张也很差，就如地摊杂志。一九九三年的时候，黄泥街的书店尽管鳞次栉比，却没有几家书店的书摊上摆着几本高档且漂亮的书，大部分都是以经营地摊文学和武侠、通俗小说为主。有几家出版社办的书店虽然也有几本好书，但毕竟还没有在书市上占主导地位。邓老板看着带给他看的样书，非常高兴。'这是精品书。'他把四本书与他书店的其他书比较，那些书顿时默然失色。'这样的书有收藏价值。'"

再摘录一段何顿小说《荒芜之旅》中与"絮语"相关的话："《名家生活絮语》一共发行了十五万套。湘海书社走了七万，大路书店走了四万，一渠道也走了四万。书是三十八元一套，一套书的成本费是百分之三十，而他在这套书的每本书上能赚百分之二十五。这是一个平均数，因为湘海书社、大路书店和省新华书店分别是以对折、五五折、六折从他手上进的。这套书让他一不小心赚了一百四十万。他万万没有想到孔老二是他的一只吉祥鸟……他付了孔老二四十元钱一千字的编辑费，付的汇款，直接寄给他本人，让孔老二可以躲过个人所得税。那时候编书费最多是二十元一千字，因为作家写的小说也只是三十元一千字。孔老二万万没有想到他的同学会付这么高的稿费给他，他一见汇款单上写着三万二千元，还以为自己看错了。"何顿写的是小说，没必要那么与他较真。但我要说的是，当时的编辑费真是少得可怜。我一九九一年帮湖南文艺出版社编的《悠闲生活絮语》是三十六万字，当时的编辑费是每千字三元，也就是说我拿的编辑费是一千一百元不到。而那个书商委托我编的两本书是一九九二年六月出版的，一本叫《悠闲生活艺术》，一本叫《悠闲生活随笔》，是贵州人民出版社出版的。两本书共计七十七万余字，每千字是按五元算的。也就是说，这两本书我拿的编辑费不到四千元。但我当时已经比较满意了，因为每千字比湖南文艺出版社要高两元钱。

何顿笑我，说我被那个书商骗了。还说那个书商都有点不好意思。我对何顿说，那个书商怎么说，那是他的事。但我觉得凡事都有个游戏规则。当时那个书商买我的书稿，一个愿打一个愿挨。我觉得那个价合适，我就卖了。我赚我分内的钱。至于那个书商拿我的书稿赚了多少钱，那与我无关。哪怕他赚了一个亿，那也是他的本事。我不会眼红。何顿是难以想象的，每千字五元。所以他写成了每千字四十元。其实，就是现在替出版社编辑类似的书，每千字也只有五十元左右。

　　当时在黄泥街上，我编的书除了上述提到的三本之外，还有一套"百人侃"丛书九种以及一套我与李渔村先生合作主编的"中国文化名人真情美文系列"，也是九种。这些书都是走得很不错的，自然也就很受书商们的青睐。后来，我认识了几位曾经亲历和见证过黄泥街辉煌的朋友，比如，现在依然在做书且规模很大的弘道文化的老总，他就是从黄泥街起步的。他回忆说，在黄泥街时，就曾卖过不少《悠闲生活絮语》等悠闲系列。他说，那时候，条件艰苦，大热天洗澡都没地方，只得等天黑了，在街边上穿个大裤衩冲一冲。他还说，刚到黄泥街不久，一天要是能卖几百块钱的书，就喊着要请客了。还有一个张国强，就是后来在雅礼的门口开"博广书店"和在省图书馆一楼开"广通书局"的，他也是从黄泥街起步的。他说，当时他不到二十岁，从益阳的乡下来长沙，在黄泥街拖板车拉书，因为他勤快，舍得干，肯帮忙，便深得老板们的信任，自然也就告诉他经营图书的知识。没多久，他就独立开店了。哦，差点忘了，还有一位黄泥街的"大佬"叫郝志坚，去年底我们还在一起喝酒聊天，说起当年的黄泥街故事，他说，好汉不提当年勇啊！我说，我买过你编辑并经销的《明清艳情小说》四种，而且关于这套书的来龙去脉我也略知一二。两人一聊，便仿佛把黄泥街的闸门打开了，其中的故事就如滔滔江水波涛起伏，想一下把那闸门关了都不容易了。

二〇一三年六月二十七日

南昌淘书记

　　二〇一三年十一月二十二日至二十六日，我参加了在江西南昌举行的由长沙、武汉、南昌三市作家组成的"三江笔会"。三江者，长沙的湘江、武汉的汉江、南昌的赣江是也。笔会期间，精彩纷呈，与会同仁早已笔下生花，我也就趁机藏拙。对我而言，此次笔会最难忘的，便是二十六日上午与奉荣梅、方雪梅一道至有名的"文教路"淘书。

　　每到一个城市，我最想去的地方便是旧书店，这是没办法的事，谁叫我是一条书虫呢？奉荣梅说，她早已打听好了，南昌有一条旧书店很集中的街叫"文教街"，位于其"师大"的后门。而且，她有一位南昌的朋友，可为我们当向导。那天上午的八点多，我便与"二梅"一道早早地赶到了"文教街"，奉大编辑的那位朋友早早地便在那里候着了。果然，长长的一条街，两边都是旧书店，一家挨着一家。哪个店叫什么名，我也没有去记。反正模样长得都差不多。在其中的一家，我见到了一套一九七九年版、一九八〇年第二次印刷的《中国现代文学史》，唐弢主编。这套书现在看起来，实在是"左"得出奇，惨不忍睹。仿佛整个中国的现代文学，除了鲁郭茅、巴老曹之外，其他的都乏善可陈了。但这套书又确实勾起我一段颇有些酸楚的回忆。

我是一九七八年考入湖南师范学院零陵分院中文专业的。说句大实话，我们这代人，因为历史的原因，在文化上，大多是先天不足后天又失调的。我进入大学时的水平，估计比现在的小学生都要差很多。从小学到中学，学的基本上都是一些乌七八糟的东西。好端端青春年少的岁月，都被一双双看不见的无情黑手所揉碎。除了中国古代的几大名著和一些通俗小说之外，什么外国文学和中国现代文学，几乎可以说是空白。记得当时我们中文系的主任是唐朝阔老师，他见我对书有一种难得的饥渴感，便在第一个学期的放假前夕，借给我一套三卷本的《中国现代文学史》，唐弢主编。那时，我连这个"弢"字都翻了半天的字典。不得不承认，这套书在当时是让我大开了眼界的。后来，我对现代文学这一个领域情有独钟，这套书所起的作用也是不可低估的。当然，真正让我受益的，让我对中国的现代文学有了清晰认识的，是一九八五年，我在长沙的蔡锷路古旧书店买到了一套司马长风著、香港昭明出版社出版的三卷本《中国新文学史》。好了，说了这么多，无非是想说，如果从内容而言，唐弢主编的这套《中国现代文学史》我是看不上眼的，我买它，纯粹是为了大学时的一段记忆。

在一个小店，又买了一套上下册的《侍卫官杂记》。买这两本书和上面提到的那套书的心理差不多，也是为了怀旧，因为小时候曾经听人讲过。一家一家的逛着。有一家，卖书的是一位老太太，满头的白发。她让我想起了读大学时学校图书馆的一位老太太，也是满头白发，极有气质的那种。她店里的美术书特别多。比如人民美术出版社出版的"中国著名书画大师系列"，我看中了其中的《八大山人绘画集》《张大千绘画集》和《启功书法集》三大册。老太太见我对美术书感兴趣，便向我推荐《怒吼的黄河——抗日战争中的中国美术》《中国京剧脸谱大全》《马特丽特》《山花野草装饰图典》以及《北京画坛》国画卷和油画卷等。好，我都喜欢，照单全收。特别是《北京画坛》，厚厚的两巨册，搬都搬不动。算了算，折后共四百多元。加上前面几家买的一百多元，差不多七百元了。老太太要我把前面买的书都放在一起，帮我打了两个大包。她说旁边就有一个"申通快递"，那就快递吧。一算，好家伙，快递费一百六十多元。

又，同行的"二梅"也买了不少好书。其中奉荣梅淘到了一本吴官正签名并题辞的《江西学》，方雪梅则在我的推荐下买了一本超厚的《历史上的今天》图文书。她们两人的快递费加起来也是一百多元。

十一月二十九日，在南昌买的书快递已到。在小区物业，自提。因太重，直搬得我气喘吁吁。不到一百米的路程，途中歇息了两三次。数了数，共二十八册。我累，但快乐着。我把这二十八册书折腾来折腾去，其喜悦难与人说。感谢南昌，感谢文教街，感谢同行的"二梅"及那位向导，更感谢那位白发老太太……

二〇一四年四月八日

追怀来新夏先生

三月三十一日晚九点，收到南京董宁文兄发来的一条短信："来新夏先生今天下午去世，享年九十一岁。开卷下期准备做一组纪念文章，你考虑一下，可写一篇否？"我回："好。我想想，找个什么角度。我去年还给他老寄了《近楼书更香》一书，并通了电话。"

二〇一〇年五月下旬，江苏泰州日报社出版了一本由周晨设计、形如城砖的好书《泰州城脉》，拟召开一个首发式暨座谈会，为此，泰州日报社委托苏州王稼句为之张罗，请来了天津来新夏夫妇，《人民日报》的李辉，上海《文汇报》的刘绪源，南京的薛冰、董宁文、潘小庆，扬州的韦明铧等，我亦有幸被邀前往。来新夏先生的老家在浙江的萧山。他老人家想借这次开会之机慢慢地游到家乡去。于是，便有了我与王稼句、薛冰等陪同前往的十余天的江浙行。归家后，大约过了两个月，我便写了一篇《新夏，陪来教授夫妇江浙行》的文章以纪其胜。这篇文章先在《开卷》杂志刊发，后又发表于湖南的《老年人》杂志。再后来，又收入海天出版社二〇一二年底出版的《近楼书更香》一书。书出来后，我便给来新夏先生寄去了一本。记得我在包书时，怕把地址写错，还给来先生打了个电话，正好是他老人家接了。听声音，依然和两年前一样中气十足。我说："我是长沙的彭国梁，您还记得吗？"他说："记得，记得，大胡子。"我想让他老人家为我写一幅"上茶"的条幅，他说写不好。我说，只要是您老写的就好！他说那你把要写的内容和详细的地址写给我。但是，书寄去以后，就一直没收到他老人家的回信。我自然也不好意思再去打扰。去年还是前年？他老人家做九十大寿，我也曾听董宁文和其他几位前往祝寿的书友说起过，听起来总是亲切。唉，谁知……

来先生有一本中华书局版的《近三百年人物年谱知见录》，我一直想买，可不知为何，一直就没买，但自从接到董宁文的短信后，就想着过两天一定要把这本书买回来。四月七日那天的下午，我从一家按摩医院出来，遇到大雨。我给八一路星星书店的老板打了个电话，说想到她店里去买书，却遇到大雨。她说她正从外地归长，就在我不远处，她来接我。真好。到了星星书店，我直奔主题，先把来先生的那本《近三百年人物年谱知见录》找了出来。接着，又找了好多本与美术相关的大书。最为难得的是还有一套河北教育出版社一九九四年版的

"中国现代漫画书系",十八册,作者系张光宇、叶浅予、韩羽等名家。有意思的是,在书店还遇到了株洲的书友欧阳卫国先生。他见我在买来先生的书,话题自然也就说到了来先生。他说来先生的这本书他有,而且是他老人家签了名的。那天我买了厚厚的两大捆书,折后一千五百余元。欧阳卫国先生见我搬不动,外面又下着雨,便派司机把我送回了家。

那天我买了那么多的好书,又遇到因书结缘的好人接我送我,是否可以说是托了来先生的福呢?

二〇一四年四月十日

说说董宁文

　　与人闲聊，说到成功。我说，一个人如果看准了一件事，这件事又是他所喜欢的，那么，坚持八到十年，你想不成功都难。接着，我便以董宁文为例。

　　二〇〇〇年四月，《开卷》杂志创刊，董宁文任执行主编。当时的董宁文，三十刚刚出头，没有大学文凭，也没在哪一个文化出版单位任职。他好像是在一个工厂上班，杂志的主编他算是兼职。但是，他喜欢书，只要是与书和书人相关的事，他都乐意去做。办杂志，特别是办一份与读书相关的小杂志，那简直就是他梦寐以求的事了。闲话少说，统而言之，他从二〇〇〇年开始主编《开卷》，至今整整十五年了。这十五年，董宁文做了些什么事呢？小的琐碎的不说，只说成了系统和规模的。

其一，《开卷》杂志每月一期，每期一个印张，单色，稿件来源以读书界的名家为主，且偏向于德高望重的年长者，如锺叔河、流沙河、彭燕郊、来新夏、范用、朱正、舒芜、谷林、朱健、辛笛、绿原……十五年，每月一期，那就是一百八十期。每年一册合订本，那就是十五册。

其二，每期的《开卷》，末尾都有董宁文以子聪的笔名所写的《开卷闲话》，这些闲话结集成书，共有八册。

其三，为《开卷》的作者张罗出书，或曰"开卷文丛"，或曰"开卷书坊"，或曰"凤凰读书文丛"，或曰"大家文丛"，至今已出版十余辑，加上一些零散的，估计一百本有多。

其四，策划并编辑《我的书房》《我的书缘》《我的笔名》《我的闲章》四种，岳麓书社出版。

其五，策划召开"全国民间读书报刊年会"，第一届在南京举办。之后，如同奥运接力火炬般，一届一届地延续。其年会地点分别为南京、湖北十堰、北京、内蒙、江西进贤、山东淄博、内蒙鄂尔多斯、成都、温州、东莞、上海、株洲。至今共十二届。届届都有董宁文。

其六，……

可以说，董宁文一个人相当于一个杂志社，也相当于一个出版社。每期《开卷》他至少要向全国的读书界名家和真正的爱书人寄赠四百到五百，每个信封都是他一笔一画地写，若按一百八乘以五百算，就是九万个。还有合订本，还有一百多本书，都要寄赠。想想，那是多大的工作量。怪不得他被誉为

"营造书香社会的义工"。在中国的读书界，谁要是说不认识董宁文，或者说，不知道有个杂志叫《开卷》，那他是不是个真正的读书人，恐怕就要打个问号了。

二〇一五年三月四日

重读长沙窑瓷上的新唐诗

近日，我与杨里昂、陈先枢二位先生合作主编的《当代文人笔下的长沙》一书即将面世，其中，收入了萧湘先生一篇谈长沙窑的文章，于是，便又把他曾经送我的一本书《唐诗的弃儿》翻了出来。唐诗的弃儿，那一首首被历史的尘埃覆盖了的通俗易懂的新唐诗，读着读着，居然让我在酷热难耐的长沙，感受到了来自远古盛唐的几丝清凉。

我曾在《长沙沙水水无沙》的序言中写过这么一段："在阿拉伯沿海，有一个勿里洞岛。一九九八年的某月某日，有一位渔夫到勿里洞岛去采掘海参，无意之中脚被一堆瓷器碰到了，或者说，是他的脚鬼使神差地踩到了一堆瓷器。好了，渔夫的脚就这么一踩，便踩出了一个惊天动地的事件。这事件便是轰动世界的'黑石号沉船'被打捞了出来。这只船从中国的唐朝驶来，在勿里洞岛附近的海底打了个盹，醒来海水依然蔚蓝着，而船上的六万七千余件宝贝，件件都成了难以估价的历史文物。让人难以置信的是，这六万七千余件宝贝中，居然有五万六千五百余件系长沙铜官窑的瓷器。据三十多年来一直沉迷于长沙窑研究的萧湘先生说：长沙窑在中国的陶瓷史上，至少有四点是很值得一提的。其一，长沙窑是中国釉下彩瓷的发源地；其二，长沙窑也是中国瓷器上出现铜红釉彩的发祥地；其三，用诗书画同时装饰瓷器的，长沙窑可称得上中国第一窑；其四，在中国所有的外销瓷中，以诗书画同时装饰的，长沙窑依然可称为中国第一窑。就是这位萧湘先生，他还出版了一本书，叫《唐诗的弃儿》，该书收录了长沙窑瓷器上的诗一百多首。这一百多首'唐诗的弃儿'现在都已收入到中华书局重版的《全唐诗》之中去了，也算是有了一个大团圆的结局。"

　　据资料记载，在一九八三年发掘的长沙窑瓷中，共有题诗、题字和款识二百四十八件，其中题诗有一百九十三件。这些诗，多为五言绝句，极少六言或七言绝句，其中有八首在《全唐诗》中能找到相同或基本相同的诗句，可以认为是文人创作，其余均出自民间。不过，我以为，即使是出自民间，那也是民间的文化人，也许是当时的窑老板请的当地的文化人专门创作的，当然，也不排除有可能是一般下苦力的劳工，东一句西一句那么凑起来，然后，请那些喝了些墨水的人加工创作而成。这些诗通俗易懂，接近民歌。试录十数首如下：

一、二八谁家女，临河洗旧装。水流红粉尽，风送绮罗香。

二、新妇家家有，新郎何处无。论情好果报，嫁取可怜夫。

三、终日如泥醉，看东不辨西。为存酒家令，心里不曾迷。

四、岁岁长为客，年年不在家。见他桃李树，思忆后园花。

五、上有千年鸟，下有百年人。丈夫具纸笔，一世不求人。

六、寒食元无火，青松自有烟。鸟啼新上柳，人拜古坟前。

七、东家种桃李，一半向西邻。幸有余光在，因何不与人。

八、作客来多日，常怀一肚愁。路逢千丈木，堪作望乡楼。

九、竹林青郁郁，鸿雁北向飞。今日是假日，早放学郎归。

十、孤竹生南岭，安根本自危。每蒙东日照，常被北风吹。

十一、不意多离别，临分洒泪难。愁容生白发，相送出长安。

十二、白玉非为宝，千金我不须。意念千张纸，心存万卷书。

十三、自从君去后，常守旧时心。洛阳来路远，
凡用几黄金。

十四、上有东流水，下有好山林。主人居此宅，
日日斗量金。

十五、……

　　这些诗，有反映游子与旅人的，有反映商贾经营的，有反
映离别与相思的，有反映歌楼妓馆的，还有一些反映边塞征战
的和一些带有浓厚宗教色彩的，等等。这些诗，明朗而又清
新，也没有那么多的引经据典，也没有那么多的装模作样，更
没有那么多的弯弯绕绕。有什么说什么，想怎么说便怎么说。
在思想上，在灵感上，他们是自由的，不受制于其同类。他们
写情，情是真情，是发自肺腑的；他们写景，景是美景，让人
耳目一新；他们写事，事是小事，却是日常关注的事。因此，
极富生活情趣与生命力。

　　我一边读着这些诗，一边想象着当时的情景。想象着那些
个提供诗稿的民间文人，他们看着自己的诗被写在了瓷器上，
然后被送进窑中烧制，然后再被运往四面八方，那种成就感与
满足感，虽然时隔几千年，但我是能体会得到的。用朱自清先
生在《中国歌谣》里的话说，便是一个人的机锋，或者说是多
人的智慧，被人用诗的形式固化了起来。"由一人的力将一件
史事，一件传说或一种感情，放在可感觉的形式里表现出来。
这些东西本为民众普通所知道或感到的，但少有人能够将它造
成定型。"千古流传的民谣民歌是定型的一种，我们以上所举

的接近民歌的诗写在瓷器上，烧制后，走进千家万户，那更是标准的定型了。

我们常说高手在民间。《诗经》风雅颂，空穴来风，"风"便是从民间来。我喜欢长沙窑瓷上的这些诗，喜欢其中的真性情与勃勃生机。胡适先生在《白话文学史》中曾对民歌倍加赞赏，他说民歌："层出不穷地供给了无数新花样，新形式，新体裁；引起了当代的文人的新兴趣，使他们不能不爱玩，不能不佩服，不能不模仿。汉以后的韵文的文学所以能保存得一点生气，一点新生命，全靠有民间的歌曲时时供给活的体裁和新的风趣。"说实话，我写诗，其中大量的营养便是从民歌中吸收的。比如那些譬喻、比拟、夸张、颠倒、反话，那些谐音、双关、影射等。

再回到《唐诗的弃儿》上来，请允许我再摘录几首诗，我实在是不忍割爱。以上提到少有六言和七言，但还是有一些，如六言：鸟飞平无（芜）近远，人随流水东西。白云千里万里，明月前溪后溪。又如七言：一、须饮三杯万事休，眼前花发四肢柔。不知酒是龙泉剑，吃入肠中别何愁。二、一暑（树）寒梅南北枝，每年花发不同时。南枝昨夜花开尽，北内梅花犹未知。三、日红衫子合罗裙，尽日看花不厌春。更向妆台重注口，无那萧郎悭煞人。

再摘录几首五言：一、春水春池满，春时春草生。春人饮春酒，春鸟哢春声。二、日日思前路，朝朝别主人。行行山水上，处处鸟啼新。三、一别行千里，来时未有期。月中三十日，无夜不相思。四、人归万里外，心画一杯中。只虑前途远，开帆待好风。五、一日三场战，离家数十年。将军马上坐，战士雪中眠。六、……

我读着这些诗，忽然发现，这不就是"五四"时期胡适他们所提倡的白话诗吗？或者说，这些唐诗的弃儿，便是唐代的新诗。长沙窑瓷上的唐代新诗与"五四"时期的白话诗的关系，这应该是一个可供研究的课题，但不在本文的范畴了。

最后，还想提及的是，这些长沙窑瓷上的所题之诗，其书法也是风格独具、不容小看的。虞逸夫先生说这些出自唐人手笔的书法光彩如新，有着很高的欣赏价值。虽然不是出自名家之手，却是当时最流行最普及的民间风格，书写者都是行家。这样的书法与这样的诗是十分般配的。"别有一种野逸之趣。不衫不履，潇洒自如，是其最大的特色。既富有随意性，又远未离八法而不顾。其妙处正在有法无法之间，不谋而与现代书法接上了轨。"

重读长沙窑瓷上的新唐诗，同时再翻阅与此相关的图录，学诗，学书法，一石数鸟，不亦乐乎？

二〇一六年八月三日

身心内外　都是山水

——幻说《彭燕郊诗文集》

　　《彭燕郊诗文集》四大卷，摆在我沙发前的茶几上，已经有三个多月了。我几乎每天都翻翻。"很轻的，很淡/像烟/走近了就看不见/有时，它也会浓起来/你必须耐心等待。"这是《雾》。我的眼前果真就出现了雾。恍惚之中，我就被或浓或淡的雾所笼罩。雾变成了雨。我家的门前，一辆车停在雨中。彭燕郊老师和他的夫人缓缓走下车来。彭老师说，他是来给我赠书的。这怎么可以呢？这会让我折寿的。彭老师和夫人都已年过八旬了。彭老师说他们坐坐就走，主要是想来看看书房。那一天是二〇〇七年的元月十二日，彭老师在诗文集"诗卷·上"的扉页上清楚地写着。

　　"愉快的阅读体验，拥有就是收获"，这是"诗文集"腰封上的一句话。其实，我并没有认真地阅读，我只是觉得这四大册书感觉太好了。无论是装帧、设计、印刷，还是用纸都无话可说。特别是那种版式的疏朗大气，让我的双眼盈满了美，真是舒服极了。

一翻，又翻到了《钢琴演奏》。这诗我不知读过多少遍了："每当他举起手臂，一瞬间的迟疑/像个小孩子，又好奇又胆怯/正在动手去点燃一个大爆竹/轻轻地、柔软地，他的手指/触动那些琴键，像一只渡河的马/举起前蹄，用一瞬间的踟蹰试一试水的深浅。"有两天，我把书房中凡是与画有关的书都翻了个遍，我试图寻找出彭老师笔下那匹一试水的深浅的马来，但怎么找都找不到。就连徐悲鸿的画册里也没有。那些马都不过是马而已。没有音乐，没有让我心动的踟蹰和前蹄。彭老师的那匹马，时常踏着音符出现在我的梦中。

诗文集的封面是一种手感极好的特种纸。我用手抚摸着，犹如抚摸一位美丽少女柔美的肌肤。张汀的题字，好！廖冰兄的木刻，好！聂绀弩的篆刻和兰欣、丹丹的油画，都好！好就够了，无需讲太多的道理。一页一页地翻，似乎一个字都没看进去，然而，似乎又什么都看进去了。彭老师说"要画出那真正的天国的愉快，多么难呀"，但我分明从彭老师的笔下看到了天国的愉快！那袒裸着小小的心的"仙人掌"，"婴孩般的单纯，少女般的安详，小伙子般的富于幻想而且有些顽皮"。

也许没人相信，每当市俗的喧嚣让我烦燥不安时，我只要把手轻轻地放在彭老师这套诗文集上，我的心便渐渐地安静了下来。我甚至产生一种幻觉，《彭燕郊诗文集》忽然成了一种让我的身心内外都变得宁静的山水。山是那种围椅形的山，水是有着垂柳的清澈的池塘。而我，则成了几间缭绕着炊烟的茅屋。我静静地倾听着风和树叶的对话。鸟无拘无束地站在我的头上。月光的手将我的鼾声随意地挂在柳梢上或扔进池塘。我眼睁睁地看着池塘中的金鱼争抢着我的絮语。

我也试着去闻那书香，试着让书页风扇般撩拨着我的鼻尖。我会不会就这样融化到书中去呢？彭老师说："想要融化而又融化不了的我的向往。"是的，我也有着我的向往，那是怎么融化也融化不了的。但有些危险的是，我在翻着彭老师的诗文集时，我的向往好像就都要融化在这诗文集中了。"雷是很体贴人的/他要来了，先用闪电告诉你。"我看见了窗前电光一闪，紧接着便是雷声。我站起身来，走到窗前。我把窗子关了，我看窗外的雨打在我的窗玻璃上，如同激动的心情。

"那些聚集在秀丽山峰周围的云朵是在等待着什么呢？"这是山峰的疑问。那山峰又在等待着什么呢？这是那几间茅屋的疑问。"水的颜色是流动的/水的颜色永远新鲜"，因为天上的虹掉进了水中。我翻阅着彭老师的诗文集。我的翅呼呼生风了，我驾着祥云，我在天地之间开始了无边无际的漫游。

《彭燕郊诗文集》于我，其意义是非常的。既然非常，那么，请允许我借用老子的一句话作为这篇小文的结尾：道可道，非常道。

二〇〇六年六月二十日

春天读石灵的诗

　　春天万物复苏，人心自然也蠢蠢欲动。我想到门外去走走，然后在那新改道的捞刀河口的河堤上躺下来，听听草拔节和发芽的声音。手上似乎还得拿着一本诗集，桌上正好摆着一本刚收到不久的《石灵抒情诗选》，封面题字：流沙河。

　　流沙河先生题字的诗集，八九不离十。手拿一本诗集，把自己交给春天的某一个黄昏。之所以选择黄昏而不是清晨，是有道理的。我感觉黄昏比清晨要有内涵。就如一朵花，清晨总是充满了开放的欲望，而黄昏就开始有所收敛了。再者，这手中的诗集也有些烫手，因为青春和激情，如果在清晨，就有可能被初升的太阳点燃。

　　石灵，山东泰安人。诗集没有前言，也没有后记，只有简短的两句个人介绍。他是书爱家阿滢的同事，他在阿滢的桌上见到了我的《跟大师开个玩笑》，喜欢上了，于是，也就给我寄来了他的诗集。也许，这就叫"求其友声"或曰"臭味相投"吧？石灵，遥远而又陌生。

"生活其实很简单/就像露珠从草叶落到地上/春天来临的时候/我和我的朋友　所有善良的人/感恩太阳对我们的照耀/感恩风儿对我们的抚慰/感恩雨水对我们的浸润。"石灵对生活、对大自然时刻都怀着一种感恩之心，看来，这人是能交成朋友的。就在这题为《选择或离开》的同一首诗中，石灵还写道："我是一个孤独的歌者/我要唱出自己的歌"，由此，我不但"选择"，而且还坚信，我和石灵是会有深交的。

就因了这一首诗，我和石灵开始走近。

"前方总有一种召唤/人们无悔的/是过程而不是结果"（《过程》）。"人们"这词太大。早两天我和一位文化前辈聊天，他说这人和人之间的差别，比人和猿之间的差别还大，我是深以为然的。懂得享受过程的人，那是少之又少的。"是谁在远方点起了灯火/让我怀想遥远的往事/我因热爱生命坐在这里/我在寻找生命之初的那条路"（《独语》）。我也是。我坐在这里，看着这并不怎么清澈的河水滔滔地汇入湘江，然后义无反顾地向北流，流往那烟波浩渺的八百里洞庭，这全是我热爱生命和春天的缘故。其实，春天是很烦人的，总是多雨，特别是南风一来，你简直不敢开窗。一开窗，地上都是湿的。最让人痛心的是书房中的书，你用手往那书脊上一摸，水淋淋的。都是南风使的坏，都是春天惹的祸。还有柜子里的衣服，稍不留神，就上了霉。但不管怎么说，春天来了，我还是抑制不住一种激动。我以为，在春天，是最宜读诗的。

"我知道你一定会来/从黄昏一直到深夜/我静静地等待"（《等待》）。"你"一定会来吗？我不知道诗中的"你"是谁，但我相信那个"你"是美丽而多情的。或许，那个"你"装着无所谓的样子，甚至还板着一张俏脸，但我想，只要是在春天，草总是要绿的，花总是要开的。等待不就是一种过程吗？用心体会一种等待的过程，挺美的。我也在等待。不过，我的等待有一种朦胧和模糊。在这黄昏和黑夜的交界处，人非人，花非花，但又何妨？就像你在《与语言共眠》一诗中说的："总想理清走过的路/可脚印模模糊糊/就像飘动的云烟/上升　飘散　消融/很难站在某个季节的边缘/说声再见。"

"情感的花朵在记忆深处开放/我不愿做那守花的人/轻轻走开　或是悄然睡去/在梦里抑或梦外/在远处亦或近处/我愿意一个人走来走去"（《一种方式》）。我在琢磨着那"情感的花朵"，你肯定充当过很长一段时间的护花使者。怎么就想着要离开呢？这其中自然是有原因的。我曾经为一个"单身广场"写过一首诗，其中有这么两句："我知道一个人走来走去的滋味/我知道孤独的影子也会流泪。"在春天，人很容易多愁善感。其实，有些时候，孤独的影子便是你最真诚的朋友。你说，很想"远离城市/寻一方净土"（《栖居在心灵的家园》）。可我想说，在这个世界上又哪有真正的净土呢？恐怕只能清者自清，浊者自浊。照说，这诗该是一方净土吧？可你举目一望，有多少人打着诗歌的幌子在招摇撞骗、在拈花惹草、在追名逐利，在他们那一行一行排列着的文字里，你闻到的是一股腐臭。因此，我想说，真正要远离的，应该是这样的人和这样的诗。

不说这些了，在春天，说这些是大煞风景的。石灵，我们还是继续谈诗吧。"行走的脚步上溯到远古/走过泥泞　涉过无知/路边的树青了又黄/路边的花开了又败/只有地平线固执地横亘于远方/那不是诱惑/那是一种存在"（《走在路上》）。远方的地平线，怎么不是一种诱惑呢？对于一个诗人而言，远方永远都是一种诱惑。远方是神秘的，也是未知的。你的目光如果不投向远方，你的脚就抬不起来，你的心胸就会狭窄，你的生活就会变得单调而又无趣。我经常一个人爬到自家的屋顶上，傻傻地望着远方，有时在晚上，就看天空的星星和月亮。

石灵在给我的信中说，如果我有闲暇，就给他的诗集写一点批评文字。我最不擅长的就是写所谓的"批评文字"。我读诗，首先想找的就是一种感觉。感觉只可意会。诗是见仁见智的，诗也是经不起分析和推敲的。你说含蓄好，没错，但"白日依山尽，黄河入海流。欲穷千里目，更上一层楼"又何尝不好呢？大江东去是一种气势，小桥流水是一种情调。真正的好诗，你看了，你的心是会动的。在真正的好诗面前，你最好什么都别说，就让一颗心和另一颗心以独有的方式对话。

太阳早就落山了。遗憾的是，现在的黑夜已经掺假。如果黑夜能像被子一样盖在我的身上，我真想在这捞刀河的河堤上睡一晚。捞刀河的刀是关羽的青龙偃月刀。当年关羽战长沙，不慎将刀落入河中，恰逢湘江涨水，捞刀河口便有了一股巨大的逆流，因此，关羽的刀便漂到了上游。后来刀终于被打捞了上来，其河也就称捞刀河了。我要是睡在这捞刀河的河堤上，梦中怀抱着关公的青龙偃月刀，那是何其豪气的一种诗情画意？或者，怀中抱着的就是石灵的诗集，那更好，不遥远，不陌生，而且还有一种格外的亲切。只是有些担心，我怕睡着了，真的会像石灵在《四月，永恒的主题》一诗中所说的"心已经发芽/朋友　你可曾看到绿色？"

二〇〇六年四月六日

曹老师的书，长沙民俗的大辞典

　　曹老师大名曹泽扬，是我的中学语文老师。他在二十世纪六十年代末从湖南师范学院毕业后，便分到了我的家乡江背。我当时差一点因"调皮"进不了高中，便是曹老师好说歹说，并向学校打了包票，我才有幸受教于他的。曹老师年轻的时候是学体操的，翻得空心筋头；也拉得二胡、京胡同小提琴。还打得一手好篮球与乒乓球。在中学时，我最佩服的就是曹老师了。好多年后，我和曹老师都到了长沙，且我上班的所在距他教课与居住的地方都很近。因此，我到曹老师家去讨一杯酒喝的事是经常发生的。特别值得一提的是，曹老师做得一手好菜。

　　曹老师是抽烟的，和抽烟一样持之以恒的是喝酒。我喜欢和曹老师一起喝酒，因为他一喝酒，个性也就跟着张扬了起来。或针砭时弊或臧否人物，真可谓才气与酒气横飞，恍惚间，让人产生"天下英雄，唯使君与操尔"的错觉。说实话，曹老师在我的人生路上，是有着重大影响的。比如读书。又比如对长沙民风民俗的偏爱。

曹老师是正宗的老长沙。他说："长沙是个极具个性的地方。有文字可考的历史达三千多年之久。其城址一直是以五一广场为中心。我于长沙的家，五迁其址，无非是围着五一广场转圈子。"大约是十年前，有一次我在曹老师家喝酒。酒过三巡，他忽然说，他想对长沙的民风民俗，作一些系统的梳理。他不喜欢那种论文式的，也不喜欢学究式的，还有那种在资料中爬梳的活，他也干不来。他想做的是，写一篇一篇的小文章，写那种"有情节、有情趣、有个人亲身感受的民俗"。有道是一方水土养一方人，一地风俗育一地人。长沙这地方有这地方特有的民俗文化。只是我们大多数的人因身在其中而浑然不觉。然而，也就在不知不觉中，很多极具地方色彩的东西忽然间便不见了踪影。比如"剃头担子""擦牙灰""钉碗匠"等。又比如一些耳熟能详的儿歌，如某小孩的牙齿缺了，与之同龄的一些小孩便会取笑地唱道："缺牙齿，扒猪屎。扒一箩，送给外婆；扒一担，送给外婆看。"现在的小孩也唱儿歌，但大多是"春眠不觉晓，处处蚊子咬"之类了。曹老师说，他要将这些鲜活的东西一一地记录下来。

我以为曹老师喝了酒，一高兴，图个痛快，说说而已。因为他向来是"述而不作"的。曹老师是很会写文章的。他曾经在《湖南日报》的副刊偶尔露了一小手，写了十多篇文白夹杂的"趣"文，现在看来，篇篇都像好多年前的"白糖冰棒"一样，"过得敲！"但他实在是写得太少了。我多次劝他，要他多写写。他总是笑笑。笑完后继续地喝酒神聊。谁知这一回曹老师真的拿起了那一支极富责任的笔。没过多久，曹老师就交给我一个任务，说他要出一本书，其名叫《长沙忆旧》。他让我帮他联系相关的出版事宜。他在这本书的后记中说，他写这本书花了将近一年的时间。也将花去将近一年的工资来出版印刷。但只要能为长沙的历史风貌留下一点真实的记录，也就值了。

现在我的手边摆着曹老师的四本书：《长沙忆旧》《湘人百态》《湘城掌故》《泽扬散文集》，全都是与长沙民俗文化有关的。老出版家李冰封先生在《湘人百态》一书的序言中评价其书："不去粉饰或歪曲现实，而是按现实的本来面貌，真实地在作品中再现现实。""不管是好人坏人，他都是现实中实实在在的人物……书中还写了'大跃进'和'文化大革命'中湖南底层人物的各种形态，以及他们经历的各种煎熬和灾难……所有这些，都是湖南实实在在的历史，都是深入了解湖南人特色的很好的文学资料。这样的书，它的出版和流传，我想，它的价值也在这里。这样的书，和那些假、大、空唱高调的文学作品，孰优孰劣，在已经大大提高了判断能力的读者眼里，自会立刻作出泾渭分明的判断。"

十来年的时间，曹老师就这么默默地用自己的心和笔记录着长沙的民情风俗。这四本书他都是自费的。没有任何的所谓扶持和赞助。我现在也在关注着长沙的地域文化，也出版了好几本与长沙文化相关的书，但说实话，如果要我自费出版，我是做不到的。我没有曹老师这样的境界。而且最让人难以接受的是，他的第四本书《泽扬散文集》落到我手上时，是去年他老人家的追悼会上。他还只有六十多岁，去年的某一天上午，他忽然就在他教了几十年书的校门口倒下了，一倒下去就没有再醒来。痛哉哀哉！曹老师说，他太熟悉长沙了，熟悉得不能与之分离。但他为何那么往校门口一倒，就舍得与之分离呢？还有那么多与长沙民风民俗相关的文章没有写，还有那么多的朋友和学生想和他一道喝酒，还有……

　　眨眼间，曹老师离开我们又一年了。我轻轻地抚摸着曹老师的这四本与长沙血肉相连的书，欲哭无泪。我还是用曹老师曾经为自己写书所作的一首打油诗来为这篇小文作结吧："砚贮三湘水，毫凝四季风。休言池墨浅，冷暖在其中。"

二○一○年十月三日

浓得化不开的乡情
——致诗友胡述斌的信

述斌兄，你好！

请允许我用信的方式和你聊聊天。自从有了手机和电脑，正儿八经的写信似乎就成了一件奢侈的事了。但我看了你新出版的诗集《南方大雪》，忽然就有了一种想奢侈的冲动。

去年腊月的二十九日，我与一个朋友在湖南大剧院十一楼那个很雅致的茶馆喝茶，阳光透过窗子赐给我冬日特有的温暖。我们兴致颇高地在聊书，聊着聊着，电话响了。一接，是你——述斌兄的电话。说真的，每次接到你的电话，我都是异常的愉快，因为你总是那么的激情那么的诗情画意，而且总是会有那么多的好消息从你那里弥漫出来。这次也是，你说你刚出版了一本新书《南方大雪》，湖南文艺出版社出版的。现在你手上拿着的还是样书。你想让我先睹为快！因为诗集的后记便是一篇与"新乡土诗派"有关的长文——《一张诗报与一个诗派》。紧接着，你便与另一个朋友飘然而至。

自然是节日前的互致问候，自然是新朋旧友间的绍介寒暄。我当然是第一时间地要悦读《南方大雪》了。当然不能细读，只能是先看看封面，再看看版式，以及目录，以及前言与后记。后记也不能静下心来细看，因为太长，且又与我们的"新乡土诗派"血肉相连，那是要花专门的时间慢慢赏读的。可话题也就因了《南方大雪》的出现，而顺理成章地转向了久违的诗歌。那一个黄昏，茶室内弥漫着诗之芬芳，窗外的夕阳也余晖着诗之雅韵。

紧接着，便是春节。春节我是在老家的叔叔家度过的。春节也是你的这一本《南方大雪》陪伴着我的。你的诗集分了四个部分，即《楚之风》《国之魂》《爱之恋》《雪之韵》。也许是春节特有的氛围，也许是人在老家触景生情，总之，我对其中的《楚之风》一辑情有独钟。"躺在童年的木床上 / 感觉着身下稻草的温柔 / 不怕别人说我贱 / 我硬是觉得 / 稻草比席梦思舒坦 / 母亲的咸菜稀饭 / 和慈祥的笑容 / 如太上老君的金丹 / 十天半月 / 我便不再戚戚而心忧。"说到稻草，我便想到了我的第一次进城。我那时候也就十一二岁吧。我的父亲用板车拖一车的稻草进城，从浏阳的九鸡洞出发，到长沙的黄泥街，一百多里路，我是跟在父亲的板车后面，一步一步地推着板车进城的。多少年以后，我在黄泥街一个一个的或批发或零售的书店里进进出出，但我已经不记得我们父子曾经送过稻草的那一个远方亲戚的门牌号码了。但我知道，很多很多年以前，在这条闻名全国的黄泥街上，有一户人家，他们家的床上铺的稻草，是我和父亲用板车从一百多里外的乡下拉来的。在城里，在乡里，在城乡之间，我是用脚一步步地丈量过那距离的。有时候我以为城乡的距离近了，但有时忽然觉得城乡的距离比原来更加地遥远。

你也在城市摔摔打打左冲右突地好多年了，每次和你打电话，便感到了你的一种累。工作累，心也累。怪不得你母亲从你的照片上就可以看出你有了内伤。"最心疼我的母亲说／回来吧孩子／回到老屋／千万别逞强／／母亲翻晒好陈年的稻草／铺在我童年的木床／然后 带我／回乡疗伤。"在城里，在乡里，你都有些疑惑有些迷茫。在乡里，你向往着城市；在城市，你怀念故乡。我在说你，其实也是在说我自己。所以，我们有了共同的语言。我看你的诗，也就产生了一种共鸣。当年我们因了"新乡土诗"而走在了一起，也就如《周易》中所说的"同声相应，同气相求"吧。我们称自己为"两栖人"，一只脚在城里，一只脚还在乡里。父辈们都还在乡下，我们的根在那里；可我们却在城里谋生，在城里娶妻生子。在乡里，乡里乡亲总是会问，你何时回城呢？逢年过节的，城里人又会问，你何时回乡下呢？回回回，我们的家到底在哪里呢？于是，我们写诗，我们做梦。诗里梦里，我们苦苦地寻觅着让我们困惑与迷茫的"精神家园"。

还是回到《南方大雪》上来吧。你这本诗集有一个极富史料价值的后记，即前面提到的那篇长文《一张诗报与一个诗派》。"新乡土诗"的概念是一九八七年由江堤、陈惠芳和我提出来的。这个诗派的特点是围绕"两栖人"和"精神家园"两个主题来写作的。为此，我们出版了三册内部交流的《新乡土诗研究资料》，同时也在湖南文艺出版社等处出版了《世纪末的田园——青年新乡土诗群诗选》《家园守望者——青年新乡土诗群力作精选》和《新乡土诗派作品选》以及江堤、陈惠芳和我三个人的新乡土诗合集等。我知道，这其中是有着你的汗水与心血的。但说实话，我是直到看了你的这篇后记，方才得知你及你的那几位常德诗友竟然为"新乡土诗派"付出了那么多。这篇后记我看了好几遍，如果说仅用"感动"二字来形容，那分量就实在是太轻了。凡溪、行人、高立、苏小河、山山、楚人、宜男等，凡溪是你的笔名。行人当然我也知道是谁的笔名。据说苏小河在北京。高立呢？山山、楚人、宜男呢？为了生活，人们四处奔波。可在那个年代，你们却经常地聚集在长沙市五家井一条巷七号。你们真的是可以称得上为了诗而节衣缩食了。但在那段时间，你们快乐、你们兴奋、你们胸怀大志，更为难能可贵的是，你们并没有因为有了自己的阵地，就另竖旗帜招兵买马，而是为了"新乡土诗"添砖加瓦。是你和你的那几位常德诗友多年的努力，为新乡土诗奠定了坚实的基础。并且，无论是在理论上，还是在创作上，都为新乡土诗的走向全国，甚至于走出大陆走向港台与海外的华人圈，作出了不可低估的巨大贡献。然而，你们却是那么低调。"请莫用疑惑的眼光打量我们，不要问我们从哪里来。站在生养血肉的土地上，我们是一群生命的游民。从太阳升起的山岭出发，穿过地腹，我们相聚于缪斯的殿堂。为了诗，为了脚下的这块土地，为了友爱和善良，请不要问我们从哪里来，也不要问我们到哪里去。"这是你们当年《诗歌导报》的发刊词。这是真正的诗人的心声。但我还是有些疑惑，当时我们相隔那么近，又都是为了新乡土诗而在那里发烧发热的，为何那时我与你的相聚是那么的少呢？

你那时与江堤的交往多吗？说到江堤，他为新乡土诗所付出的代价是最大的。他离开我们又快八年了。说到他，我心里就痛。忽然又想起了你说的一个细节，也就是你到湘雅医院的太平间去看望江堤的最后一眼。你说你进去时，那里面躺了好多上了天堂的人，他们的脸上都蒙着白布。你并不知道江堤的本名叫李君辉。你一个一个的去揭那白布。当你看到江堤的遗容时，你觉得脑海中一片空白。你默默地在他的身边站了好久。你在心里说："江堤啊江堤，你太累了！太——累——了！"我真的是难以想象，你一个人站在那个太平间里的情景！说起来真是惭愧，我和他的交往那么密切，可都没有在他临终前去看他最后一眼。我只记得在他的追悼会上，我说了一段话，说着说着，差一点就晕倒了，因为我的腿颤抖得站不住了。

述斌兄，这信写得有些长了。你的《南方大雪》我还会慢慢品尝的。而且我还想再好好地看看你收藏的那一到九期的《诗歌导报》。谁的家中还藏有那第十期呢？最后，我想用你《与城市握手》一诗中的诗意来作为此信的结尾，也算是我们的共勉。那便是，我们要学会好好地亲近城市的土地，好好地与城市握手言欢。

即颂春安！

诗友彭国梁

二〇一一年三月二十四日

何顿小说中的诗化语言

　　我喜欢何顿的小说。何顿的小说最大的特点是故事性强，好读。他曾经的一些中长篇小说，如《我们像葵花》《我们像野兽》《黄泥街》等，那都是一拿起来就不想放下的。非得一口气读完，且读完了还意犹未尽。特别是去年湖南文艺出版社出版的那本《黑道》，厚厚的两大册，那更是"害人不浅"，一个个美好的白天和夜晚，就被他无端地耽误了。记得是去年的秋天，我去泰州参加一个与书相关的座谈会，会后与南京的薛冰、苏州的王稼句陪同天津南开大学八十八岁高龄的来新夏教授与夫人一道，从泰州、经扬州、再苏州、再杭州，整个的旅程大约十来天，我带去的唯一的书便是何顿的《黑道》。有时在车上，有时在宾馆，一有时间，我便沉迷在那《黑道》之中。同行的薛冰和王稼句见状，便很好奇：真的那么好看？我说，何顿说故事，一环套一环，悬念接悬念。我是身不由己地被其勾引与诱惑。后来，我还没看完，就被他们横刀夺爱地抢了过去。至于他们在《黑道》中是如何的安全脱身，就不得而知了。

近日，何顿又推出了一本大部头的小说《湖南骡子》，近六十万字，人民文学出版社出版。这部小说与他以往的长篇有着很大的不同。最明显的有这么两点。原来的那些小说，写的都是当代。而这本小说，却写的是历史。而且是通过长沙青山街一何姓家族五代人来折射中国历史一百年的沧桑。原先的那些小说，基本都是用长沙方言写的，里面到处可见这"鳖"那"鳖"的，可这本小说里，用的是普通话。曾经有人评价说何顿是一个"痞子作家"，说的便是他小说中有太多的方言痞话。可这本小说却是如此的庄严与干净。而且，最让我感到意外的是，在这本庄严、残酷，甚至充满了血腥的小说里，却不乏柔情与浪漫。特别值得一提的是小说中的诗化语言。这在何顿原来的小说中似乎是并不多见的。

比如写到"我爹"的情窦初开。"奶奶不是瞎子，第一次感觉我爹开春了，那片尚未开垦的冻土融化了，有青草不顾一切地滋生出来。""接下来的几天，这个叫李春的姑娘每天都光临爹的梦乡，不是坐在梦乡的草地上，就是在爹梦见的塘边洗衣服，有天，两人在爹的梦里粘在一起，粘得紧紧的。"又比如当年军阀混战，"爹"所在的湘军攻打鄂军。既然是一个战士，那杀人便是神圣的使命了。一将功成万骨枯，这是铁律。

"爹"的手上自然也就沾满了鲜血。但"爹"毕竟也是血肉之躯，人心都是肉长的。有天晚上，那个被"爹"一枪击毙的骑兵便出现在梦中了。"爹"想躲也躲不开。"那张被爹一枪打烂的脸，在爹的注视下忽然变成了一朵盛开的牡丹，红艳艳的，有只蜜蜂飞落在花蕊上，正振动着透明的小翅膀。爹很惊讶，不敢相信地揉揉眼睛再看，就见那骑兵的身体化成树根，正往地里钻……"这里引了"爹"的两个梦，都是很诗化的，前一个很美；后一个看了却让人心里一紧一麻。

再看他写李文华那双灼热的眼睛："一双眼睛夹着两团火苗，盯一眼烤炉，烤炉就会起火，所以他妈和奶奶都不许他进作坊，因为有两次他一进作坊，火盆里冒着烟的湿糠忽然就燃烧起来，弄得他妈手忙脚乱地扑打。"想象一下，这样的一双眼睛，可以点燃多少冷漠与孤傲的心。我发现，在何顿的这本书里，这种诗化的文字几乎一不留神就冒了出来。有时如雪中送炭，有时又似锦上添花。他说"二妈"："她没读书，心灵上的那块地就十分坚硬，只栽着几棵树，那是她的亲人。"二妈后来越来越不爱打扮了："因为她把那颗爱心打上封条，藏在地窖里了。"他写长沙的热："一个太阳下来，树木就一色耷拉着脑袋，有的就索性枯死。"

我就喜欢这样的文字。每看到这样的地方，我就会从那故事里探出头来，舒上一口气。这样的文字是富有弹性与张力的。看一个作家的功力如何，首先要看他对语言的驾驭程度。有不少的所谓畅销书作家，想要他写一篇像样的千字文都是很困难的。这是题外的话。何顿说："语言有趣和人物有趣，是小说的关键。这么长的小说，如果语言干巴巴的，谁会去读？"
我经常与何顿在一起喝茶聊天，当我说到他这本小说的诗化语
言时，我和他都发出了会心的一笑。

真正的金子，总会发出光来。

二〇一一年十一月二十三日

无耻的流氓文化与丛林法则

　　最近一段时间，我一直在看一本有意思的书，书名叫《中国人的思维批判》，副题是"导致中国落后的根本原因是传统的思维模式"。作者：楚渔。楚渔先生我也见过两三次，说准确点，是在一起吃过两三次饭。曾有人说"革命就是请客吃饭"，我觉得，在饭桌上，三杯酒下肚，那要聊一个什么话题，是很容易聊得风生水起的。我感觉和楚渔先生聊天，很轻松也很愉快。特别是聊到"思维模式"，那更是一不留神他就会让人茅塞顿开。说实话，我是先觉得他这个人有趣，才去认真读其书的。

　　在他的这本书中，有一段话引起了我强烈的共鸣："我们的学校对流氓文化的传播是持纵容态度的，甚至有意无意帮助这种流氓文化的传播。自古以来，流氓文化在我们的社会和市井生活中占有相当大的成分。所谓'成者为王，败者为寇'，就是这种流氓思想上的反映。"

我来讲一个故事吧：某次学生家长座谈会，我有幸恭逢其盛。说是座谈，有些欠妥。好大的一个体育馆，球场上，席地而坐着上千学生，四周的看台上，端坐着上千家长。而校方领导和某些特邀嘉宾，自然坐在主席台上。因此，准确点说，不是座谈，而是听讲，即球场和看台上的听，主席台上的讲。

会议的高潮是校方隆重地推出一位号称"儿童教育专家"的女士，据称她目前忙得晕头转向，主要是她的日程排得太满，在全国各大名校巡回演讲，题目是"与时俱进，改变思想"。她说，她每次演讲，真不知要改变多少学生和家长的命运。长话短说，"专家女士"开场白后，便说："在这全民从计划经济向市场经济过渡的转折时期，我们的学生，我们的家长该如何与时俱进，改变思想呢？我说的思想，就是思维。现在，我不用逻辑思维，而是用形象思维和大家说。"紧接着，"专家女士"便说出了一个故事。话说两个年轻人，正在深山中行走。忽然，他们听见远处有树叶唰唰作响。凭直觉，他们知道，老虎来了。怎么办？其中一个赶忙弯腰系鞋带，另一个奇怪地问："你系鞋带干什么？你未必跑得比老虎还快？"系鞋带者说："我有什么必要跑赢老虎呢？我只要跑得比你快就行了。"结果可想而知，这是一个老故事。"专家女士"说这个故事现有一个新的版本，可以充分地说明改变思想是何等的重要。还是老虎来了，还是两个年轻人，还是一个系鞋带，一个问："你系鞋带干么呢？你未必跑得比老虎还快？"答曰："我有什么必要跑赢老虎呢？我只要跑得比你快就行了。"结果如何呢？结果是：老虎来了，系鞋带者拼命地跑，还未系鞋带者则急中生智，爬到了树上。而老虎是不会爬树的。结果可想而知。现在要说的是，爬树者改变了跑的思想。这一改变何等重要，活活地捡回了自己的一条命。

会后，我问儿子："你觉得'专家女士'的故事怎么样？"儿子说："总感到有些什么地方不对。"什么地方不对呢？其实，两个版本的故事如出一辙，换汤不换药，都是极度的自私，你死我活。而对外来的劲敌，没有团结，没有互助，想的都是如何牺牲别人而苟全自己的性命。这样的"教育"，这样的"专家"，实在是让人心寒。

儿子一脸的茫然。儿子说，这故事就不能有一种另外的结局？我说，我也给你讲一个故事吧。

在西方，某国，两位修女正从荒郊野外往回赶路。这两位修女一个叫逻辑修女，一个叫数学修女。她们快走到一个岔路口时，忽然发现背后紧跟着一个强人。用前面的话说，就是她们发现"老虎来了"。一种危险正在逼近，一种不祥正在高悬。怎么办？两位修女商量着，首先，必须把危险的系数降到最低。现在的问题是，强人太强，两个弱女子死拼根本就是以卵击石。前面就是岔道，两人必须分道而行。强人不能同时走两条道。这样，危险就减少了一半。其次，强人选择哪条道追击，这是天意，谁遇上，谁认命。没遇上者赶忙回去叫人，并拿起武器前来相助。烦言休叙。最后数学修女安然无事。待她拿起武器（比如一根粗粗的木棒）前去解救逻辑修女时，只见逻辑修女安然无恙地归来了。问："怎么回事？那强人追上你没有？"答："追上了。"逻辑修女说："你受伤害了吗？"数学修女说："我把裙子撩了起来。""哎呀，那强人？""强人脱下了他的裤子。""那，那岂不是……""准确地说，那强人的裤子刚脱到膝盖处，我转身就跑！""那后来呢？""后来还用问吗？撩起裙子的我当然比脱下半截裤子的他跑得快了。"数学修女恍然大悟，再看那不远处，强人正在尴尬地系着他的裤子。故事完了。儿子频频地点着头，并会心一笑。

　　这两个小故事同样讲的都是思维模式的改变，但要表达的内涵却是大相径庭。前者可以说，就是一种流氓文化的传播，而且传播得是那样的大张旗鼓，那样的嚣张。我当时真想走上台去，把她的话筒摔掉。然而可悲的是，这样的人物居然可以在中国的校园大行其道，我们那些一个又一个学校的领导们都把她奉为上宾。会后，她还要像搞传销一样地推销她那些霉腐的充满了毒素的狗屁书与碟。无奈啊！

　　也是在前不久吧，网上热炒一个什么"中国狼爸"："将三个孩子打进北大，香港商人萧某某跻身成功父母行列，出版教子经《所以，北大兄妹》。"打进北大。就凭了这四个字，可见这人是何等的无耻。问题是他不以为耻，反以为荣。像他这种思维的人也大有人在，同样的不以为耻，反以为荣。有一个叫"熊猫爱笑笑"的在网上留言道："你根本不懂什么是父母和孩子之间的感情，眼睛里就只有北大，难道上不了北大就不是父母的孩子？还拿爱来当托词，那么多可以表达的爱的方式，非要用打来表达？"曾任《实话实说》主持人的崔永元说："宁愿孩子没文化，也不打他上北大。"这个"中国狼爸"，便是典型的流氓文化的实施者与传播者。他一脑壳的"成者为王，败者为冠"的思想。他以为上了所谓的"北大"便是一种成功，他不知道北大一样出贪官污吏、出流氓混混。据说"他的儿女们赞同他的教育方式，甚至准备把自己的孩子也交给他教养"。当我看到这样的"儿女们"，我是很有些无语的。

还是回到楚渔的书上来吧。我之所以对上面提到的那一段话产生了强烈的共鸣，我是有着很多亲身经历的。比如，在我的周围，我就认识好多个从北大毕业走向了社会的角色。当然，他们中有非常优秀的，但也有很平庸或者很无耻的。我们怎么能把考进了某一所大学就当作成功来到处炫耀呢？很久以前，好像也有一本叫"上哈佛"的书，其价值取向也和这本"教子经"差不太多的。其实我们每个人都是希望成功的，没有成功的，也曾经做过成功的梦。自己这一辈子没办法成功了，便把希望寄托在儿女们的身上。这些都是正常的，可以理解的。但我们真的不能为了成功而不择手段，在思维上犯糊涂而在行为上走一种极端。我们需要人文的关怀，需要自由民主的启蒙，需要常识的普及。需要人与人之间的和谐与爱。如果"成者为王，败者为寇"的丛林法则畅行无阻，那我们这个社会就会充满了争名夺利、尔虞我诈，这个世界也就会永远处在战争之中。正像楚渔先生所说的，一旦流氓成功了，比如像刘邦、赵匡胤、朱元璋等称王称帝了，他们给整个民族整个国家带来的灾难也就可想而知。我以为，楚渔先生的这本书是可以一读再读的，至少对我而言，它起到了当头棒喝的作用。

二〇一一年十二月二十日

字里行间，有一种温度

—— 古农《原本是书生》序

古农者，于晓明也。于晓明者，《日记杂志》和《书脉周刊》的执行主编是也。有关于晓明自筹资金创办《日记报》三十多期、《日记杂志》又三十多期，已有不少文朋诗友撰文介绍，故从略。在此，倒是想说说我与古农之间两件颇为有趣的事。

其一，我的日记。二〇〇七年四月，湖南教育出版社出版了"开卷文丛"第三辑，其中有我的一本《书虫日记》。在其序言中有这么一段："本来，我是不大习惯写日记的。二十世纪八十年代末，我曾在弘征先生主编的《青春诗历》上写过两三年寥寥数语的日记，那是因为一九八八年的'诗历'上选有我的诗。然后，不知怎么就断了。一断就是十四五年。直到二〇〇五年，因为山东自牧、于晓明等主编的《日记杂志》特邀我加盟他们策划的元月一日至十五日的《半月日谱》专号，我才又慎而重之地买了一个精美的日记本，一五一十地写了起来。《半月日谱》完稿后，意犹未尽。好像每天晚上不写上几句，就欠了什么，就有些睡不安稳。那就写吧。有话则长，无话则短。或三言两语，或罗里巴唆。流水账有之，心情感悟亦有之。记书账是向鲁迅学的，但对所买之书却又记之不详。日记，不像平时的文章那么讲究，轻松而又随意。总之，写着写着，就感到这写日记原来是一件很好玩的事。"

　　写日记确实是一件很好玩的事。我的生活也因此而变得更加充实。《书虫日记》之后，我又在上海辞书出版社出版了《书虫日记二集》，这是我二〇〇六和二〇〇七两年日记的结集。现在二〇〇八和二〇〇九年的《书虫日记三集》、二〇一〇和二〇一一年的《书虫日记四集》也将由上海辞书出版社出版。俗谚云"吃水不忘挖井人"。如果我的日记是"水"，自牧和于晓明自然就是我的"挖井人"。

　　其二，我的画。古农《原本是书生》二〇〇七年四月十三日载："下午彭国梁来，交谈半时许，相约至彭燕郊先生府上拜望。国梁兄即电话告知彭老，老人很高兴地同意我们前往。步行十五分钟，至湖南省博物馆彭寓，送上书，老人非常高兴。闲谈时许，参观两套书房，拍照，请彭老题字。彭老欣然题曰：

　　万金宝剑藏秋水，一片冰心在玉壶。

　　　古农先生正腕。彭燕郊　二〇〇七年四月

　　受赠《彭燕郊诗文集》一套四卷，湖南文艺出版社，二〇〇七年版。

　　告别彭老，国梁兄驱车带我们去参观他的书房——近楼。这是座四层小楼，装修简单而书味浓郁，七八个书房分门别类装载着不同内容的书籍，每间房屋里都是通上而下的书架，阵容颇为壮观，直令我大开眼界、叹为观止。难怪被卓雅称为"中国最美丽的书房"呢。拍照若干。国梁兄近来迷恋上钢笔画，乘兴也在我的册页上画了一幅。我建议他在《书脉》开一个专栏，一文一画，肯定好玩。他欣然同意。受赠国梁兄编的《跟鲁迅评图品画》中国卷、外国卷各一册（岳麓书社二〇〇三年版）。"再翻开我的《书虫日记二集》二〇〇七年四月十三日："于晓明来长。住芙蓉中路的新闻大厦。下午约三点半至他的房间。我和他是第一次见面。他赠我新书《门外漫谈》和杂志《名流周刊》等。并转交自牧给我的新书《尚宽集》。扉页上有自牧题联：'庭栽竹少堪容鹤，池种莲多不碍鱼。'陪于晓明和与他同来的画家宋肇水二位拜访彭燕郊先生。彭老师赠《彭燕郊诗文集》一套给于晓明。赠《走近彭燕郊》和黄礼孩编的《彭燕郊专集》给宋肇水。在彭老师家的门前合影留念。然后又带他们至近楼观书。送他们二位《跟鲁迅评图品画》各一套。晚上与晓明聊书和杂志至十二点。"在我的日记中没有谈到画。原因是我当时心里没谱，所以也就不好意思把晓明的

"稿约"记下来。谁知晓明回到北京后，还真把这事当了真。他来电要我把与"书"相关的画寄过去，在《书脉》杂志的封二上开一个"彭国梁画书"的专栏。就这样，《书脉》杂志二○○七年的第四期、第六期、第七期连载了我的"胡乱涂鸦"。我在二○○七年七月二十四日的日记中写道："……于晓明寄来《书脉》第四期，封二载'彭国梁画书'线描画四幅……《书脉》上的'彭国梁画书'是我的'处女画'，意义非同寻常。于晓明说，杂志出来后，他周围的几个朋友见了，没有人相信我是从来没画过画的。"

我的日记和画，都是在晓明主持的杂志上首发，这对我而言，晓明就是我的福星了。

写了这么多，无非是想说，我和古农是有着特别缘分的。他的这本《原本是书生》我是一字一句看了的。给我的总印象是：亲切。实在。有创业的艰难，有书中的乐趣；有朋友的情谊，有亲人的关爱……字里行间，有一种温度。古农是一个性情中人，也是一个有着理想情怀的人。古农啊，晓明啊，用他自己的话说，原本是书生！

我喜欢这样的书生，也喜欢这样的日记。因此，乐而为序。

二○一二年六月三十日

让天证明地久　　让地证明天长

——卓雅镜头里《沈从文的湘西世界》

　　桌上一字排开卓雅新出的一套由她选编和摄影的大书：《沈从文的湘西世界》。岳麓书社出版。精装十四册，计有《从文自传》《往事》《新与旧》《卒伍》《湘西》《边城》《长河》《湘行散记》《湘行书简》《丈夫》《萧萧》《阿黑小史》《压寨夫人》《月下小景》。如此浩大的工程，就摆在我的面前，让我除了景仰，便只有发呆。

　　我一本一本地翻看着。沈从文的文字是亲切的，卓雅的摄影更是亲切的。我和卓雅相识，算来已有二十多年了。十多年前，我便写过两篇谈卓雅的文章。一篇题为《在星辉的斑斓里放歌——女摄影家卓雅散记》；一篇题为《美丽总是愁人的——卓雅镜头里的湘西》。后一篇是为卓雅二〇〇一年在上海文艺出版社新出的《沈从文和他的湘西》而作。我在文中盛赞此书为"四绝之书",即:沈从文的文,一绝;黄永玉的序,二绝;卓雅的摄影,三绝;袁银昌的设计,四绝。当时我对此书真的是爱不释手,我在文中坦陈:"我也不知翻了多少遍了。高兴的时候翻一翻,不高兴的时候也翻一翻,悠闲的时候翻一翻,心情浮躁的时候也翻一翻。说起来你也许不信,无论什么时候,我只要坐下来,从容地翻着卓雅的这本书,我的心就变得异常的宁静。"

记得在那篇《美丽总是愁人的》文中,我对"四绝之书"是作了一番陈述的。沈从文谈故乡湘西的文字,自不必多说。"他笔下的湘西,而今已成了世界的湘西。不知有多少的文人墨客,沿着沈从文的笔,去湘西寻找吊脚楼,寻找翠翠,寻找赤膊拉纤的纤夫,寻找那醉酒的汉子留下来的鼾声……"卓雅说她第一次到湘西,是一九七九年。当时她是参加湖南省卫生系统的一个美术培训班去湘西写生。她一去,便被湘西那神奇且又神秘的风景迷住了。她感觉怎么画都画不过来,美不胜收啊!于是,她便拿出相机拼命地拍。一九八一年底,她在长沙五一路的新华书店发现了一本《沈从文散文选》,买回来一读,不得了,从此便与沈从文和他的湘西结下了终生之缘。卓雅在一九九九年为《沈从文和他的湘西》一书所作的后记中说:"从我第一次独自背上摄影包,带上先生的著作离开长沙到湘西,找到当地的朋友租了一条小船,顺沅水而下沿途拍摄,细雨微风中,先生笔下的山山水水如一幅青绿长卷在我眼前徐徐而过,我人生的画卷也由此展开。"黄永玉叫沈从文表叔,对沈从文除了亲情之外,在文学上也是深受其影响的。卓雅想让黄永玉为这本书写个序，便把一叠照片寄给了他。开始，黄永玉并没当一回事，可是，"有一个晚上，我拆开来看了，连眉毛都差点挣脱了，竟然是这么严肃而深情的东西。""这是一种对沈从文的作品重要的演绎，就好像作曲家的作品让后几代的乐队指挥演绎一样，让后人蒙受光耀和福祉。"黄永玉为卓雅的摄影所感动，知音难得啊，于是欣然为之序。再说设计，我当时是很震撼了一下的："卓雅的这本书，拿在手上，感觉朴实而厚重，高雅而大气。翻开，任何一页，都感到舒服。设计者是用了心的。用心二字，说起来容易，但真正落到实处就不那么简单了。什么叫默契，什么叫理解，什么叫到位，什么叫提升，看了袁银昌的设计，便什么都明白了。卓雅真是走运了……"

写着写着是不是有些走题了？明明是要写"沈从文的湘西世界"这套大型丛书，却一下子扯到十多年前的那本《沈从文和他的湘西》上去了。其实不然，明眼人一看便知，现在的这套书便是前者的延伸和扩展。如果说前者是选集，那后者就是全集了。卓雅在前面那本书的后记中提到，她花了近二十年的时间追寻沈从文笔底的湘西。那现在的这套丛书呢，距前面那本书的出版，是整整十二年了。也就是说，从那以后的十多年的时间里，卓雅的镜头依然在执着地继续追寻着沈从文和他的湘西。

卓雅是个理想主义者，也是一个使命感很强的人。在她的眼里，而今现代化的暴风骤雨实在是来得太猛烈了。她不能眼睁睁地看着沈从文笔底的诗意湘西和纯情湘西被破坏得荡然无存。她说，从二十世纪八十年代的某一天开始，"我便争取各种机会，无数次走进湘西的山山水水，感受着湘西的风土人情，与翻天覆地的时代变迁抢速度，与日新月异的居民生存方式抢时间，将一幅幅正在消逝的地理人文图景定格在底片上。"我没有和卓雅一道去过湘西，但我和卓雅一道去过永州。三次，共一个多月的时间，我们跑遍了永州的每一个县。卓雅对历史人文景观的痴迷和投入，我是亲眼目睹且感受至深的。有时为了拍摄某个景点的日出，天还没亮便前往守候。我跟随前往，但我一不留神就在车厢里睡着了。而卓雅却如一棵树一样捧着镜头立于山巅。有时天雨，车颠簸于泥泞的途中。忽听卓雅一声喊："停车！"我还没反应过来，只见车门开处，卓雅猫腰一跃，就到雨中捕捉她的风景去了。卓雅三十年间，跑了多少次湘西，恐怕她自己都没数了。有好几次，她在湘西给我电话，叫我无论如何要赶过去，说实在是太美太好玩了。"长长的码头，湿湿的河街，湍急的青浪滩，美丽的酉水河，满江浮动的橹歌和白帆，两岸去水三十丈的吊脚楼……"我呢，口里答应得好好的，却不知为何没去与她分享沈从文笔底下的湘西所带给她的一个又一个的惊喜。遗憾，天大的遗憾！

好在现在这一套大型的丛书就摆在了我的面前，我可以慢慢地欣赏，慢慢地梦游，慢慢地沉醉在沈从文的湘西，黄永玉的湘西，袁银昌的湘西和卓雅三十年来梦里梦外痴迷追寻的湘西里。"让天证明地久，让地证明天长"，这声音在卓雅的心底升起，而此刻，却分明回响在我的耳边。

二〇一三年二月二十九日

无可奈何花落去

——李冬山《樱花凋零》序

冬山兄让我为他的《樱花凋零——日本文化名人的人生苦旅》写序，这真是有点难为我了。因为我对他所作的这个严肃的研究并没有太多的关注，而且我似乎还有点想要敬而远之的意思。自杀，或曰自尽、自绝，一个人要不是对人生、对世界绝望到了极致，那是无论如何也不会走到这一步的。沉重的话题。我想推托。但冬山兄说，他已将文章发到了我的邮箱，让我先看看再说。

先看他的《后记》。在后记中，他附录了《日本淘书记》总题下的四篇小文章，即东京篇、名古屋篇、京都篇、大阪篇。其实，有两篇我已经在范用先生主编的《买书琐记（续编）》中读过了。说实话，就凭了这几篇淘书记，我便把冬山兄引为了同道中人。我对所有的书痴书迷都是深怀敬意的。因为在当今这个俗世红尘之中，真正爱书的人是越来越凤毛麟角了。很多年前，有一个晚上，冬山兄不知和我的一个朋友在哪里喝茶聊天时说到了我的近楼，我那朋友说近楼的书如何如何之多，冬山兄说耳听为虚，眼见为实，硬是当即乘着雅兴拖着我的那个朋友跑到近楼来观书。那天不巧我有事外出，他们便在近楼女主人的导引下，楼上楼下地把我的书看了个够。也好像就是从那天开始，冬山兄与我之间仿佛就因了书的缘故，平时见面自然就有了几分难得的亲切。他"偷窥"我的近楼之书，来而不往非礼也。早几天，我逮着了一个机会，便也到了冬山兄的两处书房去"视察"了一番。有很多的读书人是不大愿意别人去其书房参观的。会看的看门道。看一个人的书房，对书房主人的知识结构等便有了大致的了解。稍不留神，就露了马脚。冬山兄的书房，比我想象的要扎实厚重。他有几个书房里的书柜都是顶天立地式的，且还是双层。其中，日本的原版书就有将近一个书柜。看来，他的《日本淘书记》所言不虚。

　　再看《樱花凋零》的正文吧。川端康成、三岛由纪夫、芥川龙之介……看着看着，我就不由自主地到书架上把他们的著作一一找了出来。冬山兄文中有云："一九二一年，芥川龙之介曾以每日新闻社海外特派员的身份来到中国，先后游历了上海、庐山、长沙、武汉、北京等地，并写了《上海游记》《江南游记》等作品。"于是，我便在河北教育出版社出版的芥川龙之介著的《侏儒的话》一书中，找到了那篇《湖南人的扇子》。"阴天，然而天是高高的，山前的白墙和黑瓦屋顶构成的长沙，壮观的程度超过想象。"芥川龙之介与一位谭姓朋友坐着摩托艇，在湘江之上逛了两个多小时："响晴的五月天，两岸风景多姿多彩。看得见和我们的右边相连的长沙风景：黑瓦白墙映着日光闪闪发亮，但是丝毫不见昨天那样的抑郁。况且橘子树生长茂盛，长长的石头墙围起来的三角洲上，随处可见小巧玲珑的西式房屋，以及那些洋房之间拉起的绳子上晾晒的衣服，的确生机盎然。"我的思绪有些混乱，我时而遥想着当年两个年轻小伙子坐着摩托艇在湘江之上穿梭的情景，那是何等的兴高采烈；时而，我的眼前又出现了他枯坐桌前在一笔一画地写着《致一个老朋友的信》："无论哪个自杀的人都没有将自杀者自己的心路历程原原本本地写出来过……而我在这封最后寄给你的信里，我想要将这样的心理清楚地传达给你。"这样冷静和从容地述说着自己为何要结束生命的心路历程，且设想自己即将选择的一种又一种自尽的方法，真是让人恍惚而又唏嘘。

樱花凋零。曾经盛开着的樱花，并非季节的自然更替，是樱花对本身和世界的绝望而自我凋零。冬山兄这么多年来，一直都在探寻着樱花凋零背后的隐曲，试图给生者以警示和希望。然而，无可奈何花落去啊！面对这一个又一个选择了自尽的文学大师，除了叹惋，还是叹惋！

最后，我还想啰嗦一句。冬山兄坚守着这么一个严肃的话题进行研究，时至今日，自然也就有了累累的果实。我除了景仰之外，对他最大的敬意便是认真地读他的书了。除了这本《樱花凋零——日本文化名人的人生苦旅》之外，还有前不久由湖南文艺出版社出版的《白桦悲歌——俄苏文化名人的人生苦旅》等。

二〇一三年四月三日

抱朴求真曹隽平

　　人和人若要成为朋友，是既要讲缘分，也要讲气场的。说得通俗点，那便是要臭味相投。我和曹隽平现在是否可以称得上好朋友呢？如果他认可的话，我以为是没有问题的。因为我感觉气场对，在一起轻松，不隔。其中最重要的一点是，他爱书。我们是在真正的书人萧金鉴先生去世一周年的一次小型追思会上相识的。后来，我看他写怀念萧先生的文章《他在天堂里读书》，其中有这么几句："我很快爱上了萧老编的《书人》，却又不舍得一次读完，于是，厕上、枕边，随时都会放上一本……"就凭了这篇文章，不用说，我们是臭味相投的。

　　最近，曹隽平把他多年辛苦耕耘后所结的累累硕果整理成了四本大著，总题为《抱朴求真》，其中一本为他的书法作品集《纵是馆阁亦风雅》，另三本分别副题为：人文自古重精神、淘尽黄沙始得金和江山代有才人出。他让我在其书前写上几句话，我觉得似乎有些不妥，因为我于书法、文物收藏与鉴定均是外行。他说又不要我写评论文章，就写写我的读后印象即可。盛情难却，我也就不好再推辞了。好在我这人还知道扬长避短，不懂是不会装懂的。

我看了一下他的简历，其中有这么七个字：嗜古、擅书、好写作。我以为，这七个字基本上就把他这四本书的内容囊括了进来。先说嗜古，《抱朴求真——淘金黄沙始得金》《抱朴求真——人文自古重精神》二书便是。说句大实话，曹隽平的这四本书，除了作品集外，这三本我是一篇一篇认真读完的。读完后的感受是开了眼界，长了见识，也分享了他的快乐。特别是那种收藏的乐趣，我是深有同感的。我曾经收藏了不少的杂志创刊号，我的收藏并不靠其升值而赚钱，而是觉得也还有味，也还好玩，碰上了就碰上了，不去刻意为之。而且我以为，收藏如同写文章和交朋友，贵在一个缘字。真正的好文章，说不定是妙手偶得；真正的好朋友，很可能是意外相逢。我不知道曹隽平的收藏是不是刻意为之，但那种妙手偶得和意外相逢，我看他的书中是俯拾皆是的。就说他与欧阳厚均的翰墨缘吧，二〇〇〇年初冬的某一天，一位下乡收货的朋友打电话告诉他，说是收到了一批字画。他去一看，其中有一张落款为"欧阳厚均"的六尺对开的条幅。开始他对欧阳厚均并不是太了解，后来他翻阅资料，得知欧阳厚均乃岳麓书院山长，在嘉庆和道光年间执掌其院二十七年，湘军的重要人物如曾国藩、左宗棠、胡林翼、郭嵩焘等均出其门下。他当时只花了四十元，便把这张条幅买了下来。有意思的是，他和几位同道从内容等判断，都认为这条幅是完整的。谁知到了第二年的夏天，那位收货的朋友又打来电话，说是收到了欧阳厚均条幅的另一半。这一次，他以六十元购得。前不久，中央电视台寻宝栏目组到郴州鉴宝，他收藏的这副对联被评为唯一的民间国宝。隽平说他现在把这副重新装裱好的对联（鸠杖同心鹿车携手／兰陔衍庆莱彩承欢）挂在了他的书房，"每当夜深人静的时候，我总是喜欢独自静静地欣赏，感受着先哲的气息，享受着收藏的快乐。"

还有那一册"淞沪抗战中的留言本"，薄薄的六十余页，每一页仿佛都还在弥漫着抗日战火的硝烟，每一个字也都在展示着无情的惨烈。尽管那一笔一画显示的是稚拙与单纯。我以为，这个留言本是可以另外做成一本书的，其意义实在非同一般。

二〇一三年六月的一天，我到长沙潇湘华天参观拍卖会预展，当时，有一件湖南已故著名书法家黎泽泰的十米长卷，是老人家一九七六年六月为一个年轻小伙写的，整个长卷用小字行书写完，录了杜甫的几十首古诗，可谓皇皇巨制。当时"文革"还未结束，可谓黎明前的黑夜，黎老先生为一个年轻人写如此的长卷，这当中包含着怎样的一段心路历程，不得而知。我认为那是整场拍卖会中最有亮点的一件藏品，过了两天，我告诉曹隽平，他鬼鬼的一笑，说："拍卖会上无人问津，第二天我买下了。"人弃我取，这需要独到的眼光和魄力！

上述提到的两本书，一本重在收藏的过程与乐趣；一本则重在鉴定与评论。两者均为嗜古也。

　　其二，擅书。四本书中，有一本是书法作品集。曹隽平师从的是邬惕予与欧阳中石等书界大家，自己又在大学当了十几年的书法老师，其作品端庄大雅地摆在那里，行家如何评说，我不得而知，反正我看了感觉是赏心悦目，如饮甘露，除了喜欢，还是喜欢。

　　其三，好写作。《抱朴求真——江山代有才人出》一册，有人物访谈，亦有作品赏析等。他要是没有这一"好"，也自然就没有这几本书的诞生。或者勉强地做出几本书来，也是干巴枯燥，缺乏灵性的。

　　嗜古、擅书、好写作。如果这是一副对联的上联，那我就试着续一下联：能干、笃实、爱本真。这当然只是宽对，凑趣而已。在我和曹隽平不长的交往中，他的能干是让我特别欣赏的。比如由他策划并实施的这次"湖南首届文人书画邀请展"，我是从始至终看在眼里，且深有感触的。其中多少艰难曲折，个中苦辣酸甜，真不是三言两语可以表述。但展览毕竟是如期展出了，且反响极好。"笃实"二字，来自黄兴笔下。曹隽平可说是当之无愧。爱本真，这与他的书名是相契合的。他给人的印象也是如此。朴实无华，求善求美求真。嗜古无真，古便不成其古；做人无真，人也不成其人。近日，著名学者、出版家锺叔河先生以一首五言相赠隽平，诗曰："写字即写心，作书如作人。培基能广厚，态度自从容。"我想以钟先生的这首诗作为本文的结尾，并以之作为我与隽平的共勉，似乎是再恰当不过的了。

　　　　　　　　　　　　　　　　　　　　二〇一四年四月八日

书友阳卫国

——《书长书短》序

　　株洲书友阳卫国先生捎来一册即将由岳麓书社出版的书稿《书长书短》，让我为之作序。有些意外，又有些顾虑，毕竟他的身份特殊，即在政府部门担任着要职。好在电话中，阳卫国给了我明确的提示，即从书友的角度着笔。

　　花了两三天，慢慢把他的书稿看了一遍。总的印象是：阳卫国，一个真正的爱书人。称他为书友，名副其实。他在《〈珞珈〉书缘》的开篇写道："逛旧书店'淘书'最大的乐趣，往往在于不期而遇中那份意外的惊喜。人与人有缘分，人和书何尝不是如此呢？"那我就先说说我和阳卫国因书结缘的几则小故事吧：

　　其一，二〇〇七年四月，南京师范大学出版社出版了我的

《长沙沙水水无沙》，在后记中，有这么一句"感谢杨里昂先生、陈先枢先生、龚明德先生和欧阳卫国先生为我提供史料"。大约是二〇〇六年的某月某日，我在"述古"旧书店淘书，想找《湘城访古录》《湘城遗事记》和《沅湘耆旧录》等与长沙相关的史料。老板说没有，但有一个人有，下次碰见了帮你问问。我当时也没在意，以为是老板顺便一说。可是，没过多久，老板便打电话，说是有一个叫欧阳卫国的书友，放了一袋子书在店里，让我去拿。我去一看，好家伙，满满一袋，全是我上面提到的书。此时，我还未见过他，不知何许人也。

其二，那是去年还是前年的事了，某日在长沙八一路的星星书店，他和我打招呼，我都没想起他是谁。他说，你不记得了，你写《长沙沙水水无沙》，我还借过资料给你。哦，想起来了！于是寒暄，很是投缘。那天下雨，有点大。我买了好大一包书。他看在眼里，知道我正在为难，便说："别急，等下我让司机送你回去。"这真是雪中送炭雨中送胡子和书，让我很是感动。

其三，今年中秋，收到他的短信："今年的中秋不一般，十五的月亮十七圆。在这样一个圆满的时刻，祝福您的生活和事业永远圆圆满满！"我回谢谢，并让他告知地址和电话，以便寄书。他回："谢谢！改天我上门来取吧。我一直想有机会一睹近楼芳容。"果然，没过多久，便收到他一条短信："今天晚餐后想到府上拜访，不知方便否？"有书友自远方来，当然欢迎。于是，就在当天晚上的八点半，他如期而至。从一楼到四楼，看书聊书。他说，我的书有一半他都有。哪些书在青山书店买的，哪些书在广通书局买的，哪些书在星星书店买的，他都知道。于是说起青山书店的贺老板，广通书局的张国强……估计楼上楼下地看了个把小时，我们便在三楼的茶桌前坐了下来，一杯清茶，继续聊书和书人。聊到株洲的聂鑫森、郑玲，又聊到袁昌英、蔡仪等。没有隔，我也忘记了他的另一个身份。那天，他还特地站在聂鑫森的画下面照了张像。他说，聂鑫森是他最尊敬的文化人……

因书结缘成书友，自然而然。

再来说《书长书短》。我看得很是认真，有共鸣处还画上几笔。现录数条如下：

> "我自己也很奇怪，为什么会有那种几乎是与生俱来的对纸质印刷物的不可抗拒的亲近和迷恋"（《儿时读书》）。

> "最吸引我的，要算一中的图书馆。在借书证还没有发下来之前，我不止一次围着图书馆，透过玻璃窗户窥视里面的藏书。那密密层层的书籍，对我而言，就像是一个财迷见到了满屋的黄金一样，无疑是一个不可抗拒的巨大诱惑"（《一中琐忆》）。

> "在那一年中，我几乎都是每天早上九点左右才起床（说起来惭愧），洗漱完毕后就步出宿舍，从容不迫地将武大校园里的书店、书摊挨个巡视一番。要

是哪一天不去逛上一圈，心里便会感到若有所失。现在回想起来，那些日子是多么值得留恋。没有功利目的，没有考试压力，悠闲地逛书店，随意地买书、读书，这样的时光也许再也不会复返了"（《购书珞珈》）。

"勤跑特价部的结果，使我渐渐养成了一副侠义心肠。我觉得那些被折价处理的好书，像是一群不幸落难的贵族，把它们从厄运中拯救出来是我义不容辞的责任。""以区区几毛钱的代价'淘'到一册寻觅已久的张中行先生的《负暄琐话》时，我真不知道世界上还有谁比那个时刻的我更加快乐呢"（《我的买书经》）。

"我的第一个书架是一个简陋的小木架……这只床头小书架忠实地陪伴了我两年时光"。"这本好久不曾打开的《外国爱情诗选》，是多年前一个女孩送我的礼物，看到扉页上她留下的娟秀的字迹，刹那间，尘封的往事恍如发生在昨天……""多少次夜深人静的时候，我把刚刚读完的书插回书架，却仍然徘徊于书架之前，久久不忍离去。当我的视线抚过一排排书脊，那些书名也仿佛是哲人们深邃的眼睛，用智慧的目光默默无言地注视着我灵魂的深处。那种与书无声交流时的感觉，实在是太好了"（《书架》）。

……

　　还可以再摘录下去，但我得留点悬念，以免其他的书友说我剧透，扫了他们的雅兴。我现在是以"书虫"自称的了，且与阳卫国在大学毕业的前后有着大致相同的经历。比如，他说读高中时，曾在宿舍熄灯后，借着窗外透进来的一线光看书。我没他那么好的运气，但我在读大学时，宿舍熄灯后，我是躲在被窝里，用手电筒照着看书的。又比如，他说一个小书架陪伴了他两年。我大学毕业后，在一个子弟学校教书三年，就是一个小书架陪伴着我。后来，我调到长沙县文化馆，我居然还把那个小书架打包托运，又让它陪伴了我两年。还有，他无论走到哪里，最想去的一定是书店，就是出国了，也要挤出时间往书店跑。比如，他说某次在美国，只有半天的自由活动时间，可他就毫不犹豫地把这半天的时间留给了书店。而且，他在美国还花了二十美元买了一个大号的帆布书包，感觉比法国的名包 LV 还要有价值。我也是，我去美国那次，也是想方设法地带回来好几本书。现在，我每天背在身上的布包，便是在无锡的先锋书店买的，而且一买就是两三个，且价格都在二十美元以上。

　　当然，《书长书短》中的某些篇什，其观点未必我都认同，但有什么要紧呢！书友之间，我们求同存异，也许更能友谊长存，书趣共享。

　　最后，再八卦一下。我曾在《长沙沙水水无沙》的后记里感谢的是欧阳卫国先生。我也一直称他为欧阳卫国。但上百度一查，却是阳卫国。我以为我搞错了，便电话请教聂鑫森先生。聂说应该是姓阳，姓氏中也有阳姓。再者，他从认识他起，就叫阳卫国。而且曾经的干部公示上也是阳卫国。但是，聂先生又说，哪天遇到他，再问问。没过几天，聂先生发来短信："国梁兄：昨晚与卫国兄同桌进餐，乃问及其姓，为欧阳，但读书时代起就省略为阳。"

　　是为序。

二〇一六年十月二十六日

《另类快意——民国文坛奇男子》后记

　　我是二十世纪七十年代末进的大学，当时有一门课叫《中国现代文学》，用的教材是唐弢主编的三卷本《中国现代文学史》。这套书现在看起来，自然是"左"得出奇，好像整个民国文坛只有"鲁郭茅、巴老曹"似的，但对当时的我而言，却是让我大开了眼界的。后来，我对民国文坛情有独钟，这套书所起的作用似乎也是不可低估的。当然，真正让我受益，让我对民国文坛发生浓厚兴趣，则是一九八五年，我在长沙蔡锷路的水风井古旧书店买到了一套司马长风著、香港昭明出版社出版的三卷本《中国新文学史》。这套书让我更多地了解和认识了唐弢那套书所批判和忽略的作家，如郁达夫、沈从文、废名、胡适、林语堂、梁实秋、丰子恺、田汉、周作人、徐志摩、戴望舒、张资平以及鸳鸯蝴蝶派等诸多作家们。

民国文坛的这些作家们，实在是让人着迷。他们有太多的故事，太多的传奇。随便从中请出一个人来，如果你想研究他，那都是可以让你花去大半生甚至一生的时间，你都会乐在其中的。比如一个胡适，又比如一个周作人，不知有多少人为之沉迷，他们如同一座座的矿山，你怎么淘也淘不尽其中的宝藏。一九九一年，我选编了一本《悠闲生活絮语》，其文章的来源便是林语堂、梁实秋、丰子恺等这些民国文坛的大佬。此书当时一出，便深受市场青睐，重印七八次，发行二十余万册。这是我编书生涯中的第一本书，没想到开张大吉，且领一时风气之先。

民国文坛的这些大家，他们的作品自然是各有各的好，他们的为人却也是各有各的趣。我特别喜欢他们那个时代"文人笔下的文人"，个性张扬，快意恩仇。今天在报刊上打得你死我活，明天又在一起喝酒聊天。那是几多的生机勃勃，又几多的五彩纷呈。比如温源宁先生写胡适之："适之绰号'胡大哥'并非偶然。梁漱溟多骨，胡适之多肉；梁漱溟庄严，胡适之豪迈；梁漱溟应入儒林，胡适之应入文苑。学者也好，文苑也好，但适之是决不能做隐士的……然而适之对于女子，又不是像漱溟、雨生那样一副面孔。在女子前献殷勤，打招呼，入其室，必致候夫人，这是许多学者所不会而是适之特长。见女生衣薄，必下讲台为关课室窗户，这是适之的温柔处……"又比如温先生写吴宓："世上只有一个吴雨生，叫你一见不能忘。常有人得介绍一百次，而在一百次，你还得介绍才认识，这种人面貌太平凡了，没有怪样没有个性，就是平平无奇一个面庞。但是雨生的脸倒是一种天生禀赋，恢奇的像一幅讽刺画。脑袋形似一颗炸弹，而一样的有爆发性，面是瘦黄，胡须几有随时蔓延之势，但是每晨刮的整整齐齐，面容险峻，颧骨高起，两颊瘦削，一对眼睛亮晶晶的像两粒炙光的煤炭——这些都装在一个太长的脖子上及一副像枝铜棍那样结实的身材上。"你看看，这样的描写，难怪吴宓老先生见了要大发雷霆："呜呼，温源宁一刻薄小人耳！纵多读书，少为正论。况未谙中文，不能读我所作文……"

又比如，郑逸梅先生写"紫罗兰主人"周瘦鹃："……他为人很风趣，曾品饮那莲蕊中留置一宵的碧螺春茶，有诗以傲古人：'卢仝七碗寻常事，输我香莲一盏茶。'某年他居住沪南蓬莱路，邀我到他家去玩，我以路途太远为谢，他说：不远不远，李商隐不是有这么一句诗'蓬莱此去无多路'吗！他的朋友越中王锦南，喜啖鸡，日必杀鸡以恣口福，署名：'曾食越鸡一万九千八百六十七羽客'，瘦鹃认为锦南夸张胡言，不足凭信，便和锦南开玩笑说：我喜吃暹罗蜜橘，历年所吃，为数惊人，不妨自署'曾啖暹罗蜜橘十万七千枚客'，这个数目便把你压倒了。"

活到一百零八岁方才驾鹤西去的章克标先生，流沙河先生说他一生出过两次大的风头。其一是一九三三年五月，他在上海以"绿杨堂"的名义自费印刷的大作《文坛登龙术》。该书一问世，立即轰动文坛，当年就重版两次，成为名著。鲁迅先生因此还写过一篇《登龙术拾遗》，以至在若干年后的文坛，还引起过这样那样的误解，章克标先生也因此吃尽了苦头。其二，便是他百岁时在上海《申江服务导报》上刊登征婚启事，且后来还真的找到了一位五十七岁的林青女士陪伴他走完了人生的最后一段旅程。就是这位章先生，在二十世纪的三十年代，曾在上海的《申报》第一版刊登过一则谋职广告："敝人攻习算学，曾任大中小学教员，稍弄文墨，并有编著译作出版，粗通日语，略识英字，编辑有小经验，经营缺大手腕，办事容可对付，交际全无本领，洁身自好，有类狂狷，守约重诺，形同伪善。数年来借笔耕以为生，号称自由职业，实为体面乞丐。兹为生活，欲求职业一个，报酬必须计较，工作要有范围。如有意录用，请授函×××转交便妥！恳托介绍，甚怕麻烦，且登广告一试！"后来他老先生的百岁征婚，那一则启事，也是写得妙趣横生，限于篇幅，从略。

再说说废名。废名的小说，周作人先生说最好是一个人在树荫下闲坐着，边晒太阳边读。确实，废名的小说用他自己的话说，是以唐人写绝句的方式来写。不肯浪费语言，几多难得。读他的小说，就像读诗一样，你得悠着看，读一篇两篇便放下。他的小说是能让人安静的。照说，这样的人，似乎该是绅士型的，待人接物彬彬有礼。可是，哈哈，请让我引用一则我曾在一篇小文中的文字："忽然又想起废名的一则逸事来。佛学大家熊十力先生是废名的同乡，平时，废名对这位老乡是非常钦佩的，可后来自己也学起佛来，其意见不免就与老乡相左。某日，废名与熊翁又因'僧肇'而大声争吵，继而，忽然又静得有些出奇。怎么一回事呢？原来，他们君子动嘴也动手，两人扭打着滚到桌子底下去了……"

　　打住打住，民国文坛的那些大腕，大多活得有声有色，其趣闻逸事实在太多，我知道，好多人读书也会和我一样，喜欢先从后记看起，那就像电影电视一样，我不能一高兴就口无遮拦地剧透，到时亲爱的读者只怕是不会饶我的。当然，你如果是循规蹈距地从头看到尾，至此，但愿读者诸君也不会骂我是个骗子。不过，稍有遗憾的是，还是因为篇幅的原因，我们不得不忍痛删去一些奇人奇文。好在，我们算是给读者提供了一条寻幽的路径，会心的读者自会找到比我们更多的宝藏……

二〇一五年十一月二十日

《绝代张扬——民国文坛新女性》后记

　　从二十世纪八十年代开始，我就对民国的文坛极度关注。民国文坛的女作家，数量虽不算多，但她们却像一颗颗璀璨的星星在漫漫的长夜里闪耀着特殊的光芒。她们个性张扬，人生的故事一个比一个精彩。比如苏雪林，我曾在一篇题为《文坛老祖母》的文章中写道："苏雪林是一个奇女子。她的长寿长到中国文坛女作家之最（享年一百零三岁），这是上帝对她的偏爱。其次，她是集诗人、作家、画家、学者、教授于一身的'国宝级大家'，出版的各类著作有近七十部之多。还在'五四'时期，她就与冰心、凌叔华、冯沅君、丁玲被誉为中国五大才女作家。曾经以《孽海花》名世的曾孟朴先生有次去台湾的成功大学拜访她，她拿出一本读书时代写的诗集请他指教，开始，曾老先生并没在意，回家一读，竟拍案惊呼'奇才'，而且还写了两首七绝作评。其一曰：'此才非鬼亦非仙，后逸清新气万千。若问诗坛论王霸，一生低首女青莲。'由此可见一斑。能将上述五者集于一身，且个个成就不菲者，在中国女作家中，似亦无人能出其右。其三，她从小就有一种男孩子的性格，驰骋文坛，更是巾帼不让须眉。她极喜逆水行舟，多次掀起文坛笔墨风波，特别是对鲁迅的批判上，简直是不遗余力，故有一本写她的传记，将之称为'反鲁事业'。她有一本专著《我论鲁迅》，与李长之的《鲁迅批判》，人称双璧。鲁迅逝世，全国文艺界沉痛非常，而她却发表了一封致蔡元培先生的长信，从'鲁迅的病态心理''鲁迅之矛盾人格''左派利用鲁迅为偶像'三个方面历数鲁迅'劣迹'，同时，还给胡适也寄去了内容大致相同的长信。胡适也觉得苏雪林有些过分，在回信中说：'凡论一人，总须持平。爱而知其恶，恶而知其美，方是持平。'把反鲁当成了事业，这也算是一奇吧……"

早几年，某杂志请我当策划，我便为其做了几期民国作家的专号。其中一期，题为《史海拂尘更闪光》，就是把凌叔华、谢冰莹、苏雪林三位女作家放到了一起。我在其"编辑前言"中写道："之所以把苏雪林、凌叔华、谢冰莹三位现代女作家放在一起做一个专号，实在是因为她们三个有着太多的共同点。其一，三位都是寿星：苏雪林一百零三岁，凌叔华九十岁，谢冰莹九十四岁。其二，一九四九年之后，她们三位都不在大陆。苏雪林在台湾，凌叔华在英国，谢冰莹在美国。其三，三位在中国文坛上都非主流，很边缘，以至很多圈内人都对她们颇为陌生。然而，她们又确实在中国的文坛上大红大紫过，有过属于她们自己在那个年代应有的辉煌。而且，她们各自的创作风格与成就又特别的鲜明。苏雪林除了文学，她在古典诗词的研究上是堪称大家的；凌叔华出身名门，其夫君又是名扬中外的大才子陈西滢，就连难得夸人的苏雪林都说'叔华女士文字淡雅幽丽，秀韵天成'。同时，凌叔华的绘画却是在国际上都好评如潮的。谢冰莹的从军经历之独特，恐怕是中国众多现代女作家中的唯一，仅林语堂作序的那本《从军日记》，在当时就连印了十九版。还有，她四次从家中逃婚，两次东渡日本，并在日本的狱中饱受皮肉之苦，归国后又因政治的原因东躲西藏，这种种的人生传奇，也恐怕是一般的女作家所未有的……"

再说说萧红吧，因为电影《黄金时代》的上演，汤唯把萧红演得那么文艺范，于是，萧红忽然一下子又红了起来。有记者采访汤唯，要她谈谈对萧红这个角色的理解，汤唯说："她是一个真实的人，而且是一个质朴的人，细腻、敏感，其实也脆弱。有她所谓叛逆的一面，比如说她追求去读书，但她并不是有这个自主的能力，因为那时候的女性是没有这个权利的，所以她的这种大胆行为让她相应承受了很多随之而来的坎坷，她能很勇敢地去面对，同时又强烈地依赖别人的帮助……"我是很喜欢萧红的长篇小说《呼兰河传》的。今年夏天，我受朋友之邀，专程去参观过萧红的故居和纪念馆，并在那条小小的呼兰河边久久地张望。茅盾说，萧红写《呼兰河传》的时候，心境是寂寞的。其中有讽刺，也有幽默。开始读时有轻松之感，然而愈读下去心头就愈会一点点沉重起来。可是仍然有美，即使这美有点病态，也仍然不能不使你炫惑。我在萧红的故居走着的时候，感到有一种巨大的孤独包围着我。

张爱玲呢，好像红得有些发紫，火得有些发烫。有太多太多的张迷在围绕着她。就在我的近楼之中，与张爱玲有关的书就有几十种之多。不说也罢。

林徽因呢？也是！热火朝天！她是人间四月天啊，她家那个"太太的客厅"啊，一个哲学家为她终身不娶，一个诗人为她粉身碎骨，一个建筑学家为她无怨无悔……可惜的是，红颜薄命，她过早地离开了人间。

丁玲呢，一个矛盾的悲剧的复杂人物。她与胡也频的故事，与沈从文的故事，与冯雪峰的故事，与陈明的故事……她的人生中有着太多太多的爱恨情仇。她不少的早期作品我都特别喜欢，如《莎菲女士的日记》等。丁玲研究是一门显学，在我的书架上，就有《丁玲研究》《丁玲研究在国外》等著作数种。

梅娘呢，当年有"南玲（张爱玲）北梅"之称啊，其影响可想而知；关露，一九三九年至一九四五年，受组织派遣，先后打入汪伪政权和日本大使馆与海军报道部合办的《女声月刊》任编辑，以此为掩护，收集日伪机密情报。可是，一九五五年因受潘汉年案的牵连，两次入狱，前后达十年之久。直到一九八二年才平反。其命运悲惨之极。

还有陆小曼，学者柴草先生一共推出了四部关于陆小曼的力作。正如他所言：陆小曼是个有争议的人物，她的离婚和再婚，她较为奢侈的生活方式，徐志摩的"飞天"以及她在志摩逝世后的生存状态等。

　　还有冰心，我们不会忘记课本中的《繁星》《春水》《寄小读者》吧？还有她翻译的泰戈尔和纪伯伦的那些精美的小诗。林徽因那著名的"太太的客厅"，便是冰心的大作，据说林徽因读了那篇大作之后，便送给了冰心一瓶"山西陈醋"，那个年代个性张扬的趣事啊。

　　还有吕碧城、陈衡哲、白薇、袁昌英、方令孺、庐隐、毛彦文、冯沅君、石评梅、罗淑、张近芬、罗洪、赵清阁、凤子、王莹、苏青、施济美……

　　值得说明的是，这其中也有几位似乎与文坛关系不大，比如毛彦文女士，她只有一本回忆录《往事》传世，但她与著名学者吴宓之间的感情纠葛，与民国第一任总理熊希龄先生的浪漫传奇，又实在使人难以割舍。又如张近芬、施济美，前者作品不多，后者晚年淡出文坛。再就是王莹，她是以演员名世的。编选时之所以把她们纳入其中，主要是考虑她们当时也曾在文坛引起过关注，现在逐渐被人遗忘，有些史料很是难得，能留存一点算一点，也许对一些关注民国文坛的读者不无裨益吧。同时，对前面提及的那些在民国时期就已经大红大紫，近年来又因各种原因依然热气腾腾的女作家，我们在编选时就尽量找一些比较不太常见的文章，这样一来，也就成了本书既有可读性又有史料性的特色。不知读者诸君以为然否？

二〇一五年十一月十二日

湖湘文化之湖南阅读

　　何谓湖湘文化？似乎并无定论。综合众多专家的研究，概而言之：湖湘文化是指一种具有鲜明特征、相对稳定并有传承关系的历史文化形态。它不是一种学派，而是长期以来在湖南地域范围内形成和发展起来的一种地域文化。

　　说到湖湘文化，不妨先来说说湖南人引以为傲的岳麓山。岳麓山位于省会长沙湘江西岸，虽不算太高，但奇珍幽美并具。明代吴道行有《岳麓山水记》，篇末盛赞曰："岳麓之胜，甲湖湘而光古今也。然而岳麓之传自书院，其重以朱张，况乎禹碑蝌蚪，千秋欣慕，递汉、晋、唐、宋以迄于今，帝子名贤，禅宗羽客，风韵如斯。夫岂非山川奇异，足畅胸襟而开清旷之致也。"岳麓山实在不是一座凡山，它既有自然的大美，又有文化的内涵；它博大精深，神秘莫测；它兼容并蓄，集中国传统文化精华之大成。它是真正的儒、佛、道三教合一。山脚下，有"惟楚有材，于斯为盛"的岳麓书院；山中间，有"汉魏最初名胜，湖湘第一道场"的麓山寺；山顶上，有"西南云气来衡岳，日夜江声下洞庭"的云麓宫。对岳麓书院深有研究的江堤先生曾在《山间庭院》一书中写道："湖湘文化自周敦颐始，才有杀伤力。由周敦颐所建立的'心性义理'体系，首次将湖湘文化提升到了哲学的高度，从而出现与理学纠缠发展的格局，在岳麓书院创立之前的数百年，佛教已经传入中土并在岳麓山安家落户。一些佛教徒为了解决佛性问题，开始借用子思和孟子的心性术语，超脱儒学淑世淑人的教化目的，而赋予'心性义理'以本体上的意义。"可以说，周敦颐的学术研究思想的根源是受到了佛学启示的。"另一方面，在岳麓书院创立之前，道教已先于儒教抵达岳麓山，周敦颐吸收了陈抟的道教系统《太极图》，以《周易》的'太极'范畴为主体，杂糅道教的无极、无欲、主静等概念重新描绘了《太极图》，并作《太极图说》，向人们展示了一幅极富哲学思想色彩、结构精密严谨的宇宙生存图式和人类生成图式，从而解决了儒道之间的矛盾，从客观上促进了岳麓山的儒、佛、道三教合一，为湖湘文化的包容性、开放性的学风的形成奠定了基础。"

周敦颐之后有张载，有程颢、程颐。张载在理学领域与周敦颐齐名。其著作《西铭》《东铭》《正蒙》等被视为理学经典，"为天地立心，为生民立命，为往圣继绝学，为万世开太平"则是他的人格使命。二程则提出过有名的"存天理，灭人欲"。江堤先生认为，在当时，二程是对自己所处的阶级在利欲关系上的反思，要求本阶级成员从公心出发，克服私欲，是有着进步意义的。至于后来这一文化命题口号化，并蔓延到普通的民众之中，这是犯了"扩大化"的错误。这种错误的背后有领导者的私利在作怪，应该由那个时代负责。

再之后，便到了朱熹、张栻的时代。朱张的学问源自二程。朱张在湖湘文化中占有非同一般的地位，自然也对湖湘文化起到了很大的推动作用。张栻的《孟子说》《论语解》《南轩答问》等，被公认为是湖湘文化最早的经典。张栻还培养了大量的人才，为湖湘文化的发展作出了卓越的贡献。朱熹却善于总结和综合前人的儒学成果。正如江堤先生所说："在朱熹手上儒学完成了由经学向理学的转变，宋明理学也只是在朱熹手里才确定了它特立独行的学术规模和价值体系，奠定了确然不拔的基础，影响尔后学术思想的发展达六七百年之久。明清两代统治者，以皇帝为代表，编印教化天下的书籍如《五经大全》《四书大全》《性理大全》《性理精义》无一不与朱熹有关。"

到了明代中期以后，程朱理学被不断质疑，朱张为代表的湖湘文化也逐渐衰落，此时，王阳明的心学便应运而生了。他的"致良知""知行合一""心即理"等命题是在对朱熹等的批判上提出来的。王阳明是湖湘文化的一座高峰。王阳明之后两百多年，魏源、曾国藩等的经世致用之学便大行其道了。且井喷出一大批影响近代中国的响当当的人物。这些人物翻天覆地或砸破旧世界或建立新世界，不管历史如何评说，他们的思想、他们的理论、他们的方方面面都丰富了湖湘文化，使得湖湘文化至今生机勃勃，果实累累。

宋代苏轼在《李氏山房藏书记》中有云："孔子圣人，其学必始于观书。"上述所提到的与湖湘文化相关的诸多先辈，无不是"读书破万卷"者。阅读使人充实，使人明理。用林语堂先生的话说，阅读"所以开茅塞，除鄙见，得新知，增学问，广识见，养性灵"。

湖南阅读的历史渊源。这题目有点大。只要从其中扯出一根线来，便可以写出一本书。那就简单一些，从中挑出几个闪光的点来说说。比如，历史上湖南书院的繁荣；抗战期间，湖南的"长沙临时大学"与十几所"抗战流亡中学"；又比如，湖南古今名人的读书生活；湖南的藏书大家；以及湖南今天的读书种子与传播书香的人。

一、历史上湖南书院的繁荣

书院，无疑是一个读书人汇集的地方。讲得学术一点，那就是由儒家士大夫创办并主持的文化教育机构。我们知道，在远古是没有书这个概念的。原始人结绳记事，好多好多万年之后，才慢慢有了缣帛和简牍。但缣帛太昂贵了，简牍又太笨重了。那时候形容一个人有学问，说是"学富五车"。现在想想，那车也并非现在的载重汽车，而是马车，且马车上装的又不是现在的纸质书，而是缣帛抑或简牍。现在一套稍厚一点的书，估计五车都装不下。如，二〇一三年八月完工、历时七年之久的"湖湘文库"大型丛书，总共七百零二册，摆成一排长二十八米。所以，在孔夫子的那个时代，读书和现在的方式方法是大不相同的。直到伟大的蔡伦诞生，发明了造福至今的纸，阅读的方式才发生了比较大的变化。不过，从简帛时代的结束，到印刷术的诞生，这中间有相当长的一段时间，人们所读的纸质书，是要经过人工抄写的。所以那个时候"抄书"也就成了一种职业。总之是自从纸质书代替了简帛，书也就变得越来越多了。书的流通也变得方便了许多。于是，在官方，也就有了专门的藏书机构。在民间，也有藏书家建起了藏书楼。据专家考证，"书院"这个称谓最早出现在唐代的官牍之中。如唐玄宗时，就曾有集贤殿书院，那是一个专管抄书、校书和藏书的机构。在民间，有些藏书家也把自己藏书的地方叫作书院。如《全唐诗》中就提到过南溪书院、田将军书院等。但这些书院都还是限于私人藏书与读书之所，至于变成传道解惑的教育场所，那就是后来的事了。如现在要介绍的湖南的书院，那都是到了宋代或以后了。

湖南的书院在历史上是非常发达的。史称中国有"四大书院"，湖南就占有了两个（当然，也流传着多个版本，这是其中比较公认的一说，后文详述）。一个是长沙的岳麓书院，一个是衡阳的石鼓书院。那我们就先从岳麓书院说起吧。我曾经写过一篇题为《岳麓书院》的文章，现摘抄其中的一段：

清长沙人郭祖翼写过一首题为《岳麓书院》的诗，诗曰：

赫曦终古屹崔嵬，四座弦歌讲帷开。

乔木百年思宿彦，名山一代养奇才。

云端梵呗随风落，槛外泉声绕竹来。

惆怅残碑兴废局，渊源谁溯道乡台。

　　岳麓书院坐落在岳麓山下，被百年千年的古树掩映着。在岳麓山顶有一个"赫曦台"，半山腰上有麓山寺，又名岳麓寺，做法事时的"梵呗"，即赞叹歌咏之声随风飘落，山顶还有一云麓宫，那是道教的福地。讲堂的帷幕拉开，学识渊博的大师侃侃而谈。少顷，便又闻莘莘学子琅琅书声，在院外绕竹而来的泉声的伴奏下，是那样和谐，令人神往。书院内有各种碑刻，其中有一著名的"麓山寺碑"，系唐代李邕撰书。李邕，字北海，故此碑又称李北海碑。该碑因岁月久远，残缺了三分之一。据传，麓山寺碑其文、书、刻均系李邕一人所为，人称"三绝碑"，但有专家质疑，其文是否出自李邕之手，尚无足够证据。在爱晚亭的右上方，赫曦台的下面，还有一个道乡台，那又是一个动人的故事……我觉得这首诗像素描一样勾勒出了岳麓书院的大致轮廓，让一个对岳麓书院比较陌生的人见了，能产生初步印象。

　　岳麓书院，创立于宋开宝九年，也即公元九百七十六年。在这之前，书院已具雏形，但管理权在佛家弟子的手中。儒和佛之间存在着矛盾，那是一定的。

史载岳麓书院的第一任山长叫周式。据说周式这人以行侠仗义著称。他主事岳麓书院不到三年，就已声名远播，连远在汴京的皇上宋真宗都对它产生了很大的兴趣，公元一千零一十五年，宋真宗在汴京召见周式，想封一个"国子监主簿"的官，但周式无意于仕途，执意要回岳麓书院。宋真宗当时还算开明，没有为难他，而且还赠送了马匹和不少书籍，并题了"岳麓书院"四字相赠。现在这四个字依然高悬在岳麓书院的大门之上。

自宋真宗御书"岳麓书院"之后，岳麓书院更是名声大振。北宋有"四大书院"之说，究竟是哪四大书院，一直没有统一的说法。但不管多大的分歧，岳麓书院都是稳居其中的（一九八四年四月二十九日，中国邮政发行了一套四枚的中国古代书院邮票，所选的书院依次是长沙的岳麓书院、江西庐山的白鹿洞书院、河南登封的嵩阳书院和河南商丘的应天即睢阳书院。其实，北宋时期非常著名的书院还有湖南衡阳的石鼓书院、江苏金坛的茅山书院、山东徂徕即今书坊的徂徕书院、河南洛阳的龙门书院等）。到了南宋，著名的理学家、教育家张栻任岳麓书院山长时，朱熹两次访院讲学。现在，岳麓书院的讲堂之上还摆着两把古老的木椅，据称那就是当时朱熹和张栻会讲时坐过的。朱熹和张栻都是理学大家，但各有各的"理"，会讲之时，两人同时坐在讲堂之上，针尖对麦芒，互不相让。那一种"得理不让人""认理不认人"的学术空气和氛围，直让人羡煞。据说那一次的"朱张会讲"坚持了三天三夜，学生近千人。于是，岳麓书院便有了"潇湘洙泗"之誉，"湖湘学派"也就应运而生。

此后，岳麓书院历元明清各朝，或兴或废，或起或伏，自有史笔记载，也自有会心者钩沉。翻阅岳麓书院的史料，在历代山长、师长、著名的访院学者和著名的学生中有一串长长的闪光的名字，这些名字我以为诸君见了，是不可能无动于衷的。比如：车万育、陈际鼎、廖俨、李文照、易宗沼、曹耀珩、黄明懿、房逢年、王文清、旷敏本、欧阳正焕、张九镒、熊为霖、罗典、袁名曜、欧阳厚均、王先谦、谭嗣同、梁启超、唐才常、陈宝箴、皮锡瑞、宾步程、陈傅良、真得秀、魏了翁、张忠恕、吴澄、李东阳、王守仁、季本、罗洪先、邹元标、高世泰、毕沅、吴大澄、彭龟年、彭九言、王夫之、陶澍、魏源、曾国藩、左宗棠、郭嵩焘、胡林翼、刘蓉、刘长佑、曾国荃、李元度、刘坤一、沈荩、熊希龄、蔡锷、杨昌济、范源濂、程潜、蔡和森、邓中夏、杨树达、黎锦熙、陈天华、谢觉哉、毛泽东……在岳麓书院的讲堂上，还高悬着两块大匾。一块是康熙皇帝玄烨赐的"学达性天"匾，另一块则是玄烨的孙子乾隆皇帝弘历所赐的"道南正脉"匾……

关于岳麓书院，一说就有说不完的话。上述那些名字排在一起，便是群星闪耀。任何一颗星，都曾让这个世界发出过璀璨的光芒。有关他们的阅读故事，那是多不胜数的。限于篇幅，只得暂时将笔转到另一个同样群星荟萃的书院——衡阳石鼓书院。石鼓书院位于衡阳北门外湘水与蒸水交汇处的石鼓山上。山似半岛，海拔近七十米，面积约四千平方米。山上有石鼓一座。《水经注》云："石鼓高六尺，湘水所经，鼓鸣则有兵革之事。"东晋庾阐有《观石鼓》诗，其中有句曰："鸣石含潜响，雷骇震九天。"韩愈有《合江亭》诗："红亭枕湘江，蒸水会其左。瞰临眇空阔，绿净不可唾。"因此，宋人又名其亭为"绿净阁"。后南宋范成大亦有《合江亭》一诗，其序曰："韩文公所谓'绿净不可唾'者，即此处，今有绿净阁。"又，石鼓山的东侧悬崖下有朱陵洞，唐杜光庭在《洞天福地记》中将其列为"第二十二洞真虚福地"。洞内有摩崖石刻无数，曾有朱陵洞内诗千首之美誉。

唐元和年间，衡阳隐士李宽在山上筑庐读书。宋衡阳郡人李士真在此基础上扩建为书院。宋仁宗景祐二年，也即公元一〇三五年，集贤殿校理刘沆奏请钦赐学田与"石鼓书院"匾额。至此，与岳麓、白鹿、睢阳，并称为北宋四大书院。曾在岳麓书院会讲的朱熹和张栻也在石鼓书院开坛演讲。石鼓书院有一"七贤祠"，所祀者：韩愈、张栻、朱熹、周敦颐、李宽、李士真、黄榦。其中李宽，系石鼓书院的首创者。据《石鼓李氏族谱》载："宽，祖，字裕卿。唐元和（公元八〇六—八二〇）时来自巩昌（今甘肃陇西），结庐石鼓山，昌明理学，多士景从。"李宽出身仕宦人家，自幼饱读诗书，但却对官场缺乏兴趣。曾有宰相裴垍要荐其入朝，他为了避免麻烦，便远走他乡，来到了距南岳不远的衡州石鼓山。当时，正遇韩愈途经衡州时，兴之所至，写下了《题合江亭寄刺史邹君》一诗。李宽深受其感染。李宽站在石鼓山上展目四望，只见三江相会，烟波浩淼，心胸无比开阔。仿佛脚底生根一般，再也不想离开了。于是，他便在寻真观安顿了下来，静静地读书。因此，中国古代最早的书院也就因了李宽的因缘际会而宣告诞生。当时，任衡州刺史的吕温也经常与李宽吟咏唱和。《全唐诗》中便有一首吕温的《同恭夏日题寻真观李宽中秀才书院》，诗云："闭院开轩笑语阑，江山并入一壶宽。微风但变杉香满，烈日方知竹气寒。披卷最宜生白石，吟诗好就步虚坛。愿君此地攻文字，如炼仙家九转丹。"李士真前面已经提及，他是李宽的后裔。他最大的功劳是捐以私财重建石鼓书院。黄斡是朱熹的女婿，著述颇丰。他在朝廷当过不小的官，并利用手中的权力为石鼓书院置田三百多亩。据称，他还在白鹿洞书院讲授《易经》，听众不少。

　　衡阳文史研究者甘建华先生在《石鼓书院七贤》中写到大儒韩愈时有如下一段值得一提："试想一下，如果没有韩愈经过驻节和留咏题诗，会不会有李宽来衡阳办书院，石鼓书院能否得到宋仁宗恩眷题额，能否被朱熹、周必大、楼钥、吴泳等南宋理学名家，列为'天下三大书院'（石鼓、岳麓、白鹿洞）之一；被宋元之际著名史学家马端临在《文献通考》卷四十六中，列为'宋兴之初天下四书院'（白鹿洞、石鼓、应天府、岳麓）之一；被南宋理宗朝国史实录院检讨兼编修官刘时举在《续宋编年资治通鉴》卷十中，列为'宋朝五书院，（嵩阳、石鼓、岳麓、应天府、白鹿洞）之一，恐怕很难说。"但不管怎么说，以上提到的三大四大五大书院，湖南均占其二。中国书院何其多，但我们湖南这两大书院所占的地位那可是重中之重，谁也不能低估的。

其实，上面说到岳麓书院时，是应该把城南书院放在一起来说的。因为地处长沙河东妙高峰上的城南书院系南宋时张浚、张栻父子所创建。其时，朱熹在河西的岳麓书院，张栻在河东的城南书院。两书院仅一江之隔。他们经常乘船往返，故有渡曰"朱张渡"。前面提到的"朱张会讲"便是宋代两书院的鼎盛时期。城南书院的另一个鼎盛时期则是清末。其"丽泽风长"的匾额系道光皇帝御书。当时，著名学者孙鼎臣、余廷灿、贺熙龄、何绍基、郭嵩焘等都曾在城南书院主讲并主事。曾国藩、左宗棠、王闿运、张百熙、黄兴等风云一时的人物也曾在此修读。据说，左宗棠十九岁就读于城南书院，老师夸其曰"天朝花月毫端扫，万里江山眼底横。开口能谈天下事，读书深抱古人情"。

再来说说周敦颐先生与以他的故里濂溪命名的濂溪书院。在周敦颐的故里，有溪一条曰濂溪，有山一座曰道山。道山之上，有一亭，今修，称"太极亭"。亭的顶上有太极图。阳动，阴静。金木水火土。乾道成男，坤道成女。万物化生。周子曰："无极而太极。太极动而生阳，动极而静，静而生阴，静极复动。一动一静，互为其根。分阴分阳，两极立焉。阳变阴合而生水、火、木、金、土。五气顺布，四时行焉……"周敦颐被称为理学的鼻祖。他的《太极图说》和《通书》被后人评之为"推明阴阳五行之理，命于天而性于人者，了若指掌"。周敦颐在生时，他的声名并不显赫。他的学问之所以成为显学，与后来朱熹的推崇宣扬是分不开的。朱熹曾以周的《通书》进行校订，并使之出版。若干年后，又对《通书》进行再校，并使之成为白鹿洞书院生徒的教材。此后，有《周子全集》《周元公集》《周濂溪先生集》《周敦颐集》等诸多版本，大都是在朱熹校注的基础上衍变而成的。周敦颐的"濂溪学"风行一时，成为显学。同时，在全国，以濂溪、宗濂、太极、爱莲、濂山、景濂等命名的书院也大量出现。特别是以"濂溪书院"命名者，据专家统计，当时在中国有四五十所之多。仅以湖南为例，便有邵阳濂溪书院、桂阳濂溪书院、江永濂溪书院、永州濂溪书院、永州宗濂书院、长沙濂溪书院、郴州濂溪书院，以及桂东、永兴、江华、新田、东安、蓝山、宁远、新化、道州等地均有其濂溪书院。特别是周敦颐先生的故里道州濂溪书院，更是非同一般。江堤先生在其《书院中国》中有如下描述："道州濂溪书院的前身，为祭祀周敦颐的专祠，后逐渐发展为集祭祀、藏书、教学三位一体的学府，濂溪书院闻名天下是在南宋景定三年（公元一二六二年），郡侯杨允恭请得皇帝御书'道州濂溪书院'匾，此后，著名学者李挺祖被任命为'掌御书臣'，对院舍进行了大规模扩修，凡寺宇、斋舍、讲堂均修葺一新。杨允恭亲作《濂溪书院御书阁记》，宣扬兴学宗旨，'国家之建书院，宸笔之表道州，岂徒为观美乎？！岂使之传习文词为决科利禄计乎?！盖欲成就人才，将以传斯道而济斯民也。'时设山长、斋长，主持教学、祭祀和掌管书院事务。入元以后，朝廷明令对濂溪书院严加保护，复塑濂溪先生神像，其间进行过两次大修，建有应门、濂溪祠、杨公祠、两庑、诚源堂、光风霁月堂、清远楼、爱莲亭、瞻德亭，规模宏大，为湘南之最。又援例聘请周氏子孙之贤能者，世为山长。著名学者欧阳玄作《道州路重修濂溪书院记》告诫师生'教者师之自树'，'学者善人自期'，作一个真儒。明代弘治、正德、嘉靖、万历，清代顺治均有修葺。康熙二十五年（公元一六八六年）皇帝垂青，赐'学达性天'匾，学风昌盛一时。乾隆以降，屡修不止，直至光绪二十八年（公元一九〇二年）改为校士馆才停顿，数朝名院从此废学。时至今日，沧桑之变，已有百年。"

还有一个比北大的前身"京师大学堂"还早一年的时务学堂值得一提。此学堂系熊希龄、陈宝箴、黄遵宪、徐仁铸等新党所创办，梁启超、唐才常等任教习，其优秀学生有蔡锷、范源濂（民国教育总长、北师大的创办人）、杨树达等。时务学堂在辛亥革命时期所产生的影响是波及全国的。

以上概述湖南历史上书院之繁荣，自可见其学风之昌盛。

二、抗战时期湖南之特别学校

长沙有一个"湖南圣经学校"，旧址在今五一东路南侧原省人民政府机关二院内，具体一点，其中的第三办公楼便是。该圣经学校系美国内地会传教士葛荫华创办，时间是一九一七年。湖南圣经学校是很具规模的，一色的琉璃瓦让人有一种庄严肃穆之感。学校创建后，因时代风云多变，故也是起起落落。兴盛时期生源遍及全国十七个省，甚至包括台湾、南洋等地区。一九三七年，"卢沟桥事变"后，抗日战争全面爆发，在这多事之秋的一年里，湖南圣经学校经历了两件具有历史意义的大事。其一，它软禁了一个特殊的人物达数月之久。谁呢，张学良。因与本文关系不大，故事从略。其二，一九三七年十月至一九三八年二月，它成为"长沙临时大学"的校址。

柳亚子的儿子柳无忌先生一九八七年十一月二十四日于美国加州写了篇回忆在长沙临时大学任教的文章，其中提到当时长沙临时大学的文学院设在南岳衡山（湖南圣经学校校舍不够），文学院的教授二十余人。其时北大历史系的教授容肇祖和清华大学哲学系教授冯友兰合作写了首好玩的诗，现录如下：

冯阑雅趣竟如何（冯友兰），闻一由来未见多（闻一多）；
性缓佩弦犹可急（朱自清），愿公超上莫蹉跎（叶公超）。
鼎沈雒水是耶非（沈有鼎），秉璧犹能完璧归（郑秉璧）；
养士三千江上浦（浦江清），无忌何时破赵围（柳无忌）。
从容先着祖先鞭（容肇祖），未达元希扫虏烟（吴达元）；
晓梦醒来身在楚（孙晓梦），皑岚依旧听鸣泉（罗明岚）。
久旱苍生望岳霖（金岳霖），谁能济世与寿民（刘寿民）；
汉家重见王业治（杨业治），堂前燕子亦卜荪（燕卜荪）。
卜得先甲与先庚（周先庚），大家有喜报俊升（吴俊升）；

功在朝廷光史册（罗廷光），停云千古留大名（停云楼，我
们的宿舍）。

　　这是柳无忌先生当年日记的摘录。看看这教授的阵容，这
还仅仅是文学院的。此外，还有理学院、工学院和法学院，四
院共设十七个系。抗战初期，汇集在长沙的文化名人特别多，
有一份《抗战初期长沙抗日救亡文化运动实录》的资料显示，
当时在长沙的文化名人有七百多。我看了好几遍，发现这七百
多人中，光是在长沙临时大学任教的就有近百人，这份资料还
是不完全统计。除了上述柳无忌先生提到的十九位教授外，我
现摘其有简历者按姓氏笔画列出如下：王力、叶企孙、皮名
举、朱光潜、朱经农、汤用彤、刘仙洲、刘崇铉、庄前鼎、李
继侗、杨石先、杨振声、吴宓、吴大猷、吴有训、沈嘉瑞、张
伯苓、张奚若、张景钺、陈垣、陈总、陈桢、陈梦家、陈雪
屏、邵循正、林徽因、罗庸、贺麟、钱穆、钱思亮、浦薛凤、
黄钰生、梅贻琦、梁实秋、梁思成、蒋梦麟、曾昭抡、雷海
宗、潘光旦、戴修缵。在上述的这些教授中，留学美国的有三
十多人，留学英国、法国、德国的有十余人。长沙临时大学怎
么会汇集如此之多的著名教授呢？这还得从"临大"是怎么来
的说起。

　　抗战前夕，蒋介石在庐山召开了一个国是座谈会，邀请
了许多全国的知名人士，其中包括北大校长蒋梦麟、清华大
学校长梅贻琦、南开大学校长张伯苓等。正在开会期间，
"七七"事变爆发了，北方各校因此恐慌起来，群龙无首，

于是纷纷向庐山致电告急，要求校长们速归，以便想法应付时局的变化。同时，在北平的著名学者及教授陆志韦、查良钊、罗隆基、梅贻宝等二十一人还联名致电庐山谈话会，要求守土抗战……可以想象，当时北方的大学肯定是人心惶惶的。直到七月十七日，梅贻琦才给清华大学的教务长潘光旦吃了一颗定心丸，梅电告潘曰："今早重要会议，当局表示坚决并已有布置。"什么布置呢？就是国民政府已做出决定，将北京大学、清华大学和南开大学三所名校迁往湖南长沙组成国立长沙临时大学。

八月二十八日，教育部教育司给清华校长梅贻琦寄去了一份公函："奉部长密谕，指定张委员伯苓，梅委员贻琦，蒋委员梦麟为长沙临时大学筹备委员会常务委员。杨委员振声为长沙临时大学筹备委员会秘书主任。"就这样，三位校长及相关的负责人接到上司的指令后，便匆匆地赶到了长沙。蒋梦麟在《西潮》一书中回忆："我到达长沙时，清华大学的梅贻琦校长已经先到那里。在动乱时期主持一个大学本来就是头痛的事，在战时主持大学校务自然更难，尤其是要三个个性不同历史各异的大学共同生活，而三校各有思想不同的教授们，各人有各人的意见。"接着，他又谈到长沙临时大学成立时的情况："联合大学在长沙成立以后，北大、清华、南开三校的学生都陆续地来了。有的是从天津搭英国轮船先到香港，然后再搭飞机或转粤汉铁路到长沙。几星期之内，大概就有两百名教授和一千多名学生齐聚在长沙圣经学校了。联合大学租了圣经学校为临时校舍。书籍和实验仪器则是在香港购置运来的，不到两个月，联大就初具规模了。""因为在长沙城内找不到地方，我们就把文学院搬到佛教圣地南岳衡山。"

在民族存亡的生死关头，在天上飞机轰炸、地上随时都要跑警报的动乱时期，"联大"的两百余名教授秉承着"天下兴亡，匹夫有责"的传统，为保住读书的种子，为了国家的人才不至于流失，他们风餐露宿不辞辛劳地来到了湖南长沙。他们用读书人的本分坚守，他们用文化学术抗战。当时的条件之恶劣是难以想象的。比如林徽因到长沙后，曾给沈从文写过一封颇长的信，其中有这么一段："个人生活已甚苦，但尚不到苦到'不堪'。我是女人，当我立刻变成纯净的'糟糠'的典型，租到两间屋子烹调、课子、洗衣、铺床，每日如在走马灯中过去。中间来几次空袭警报，生活也就饱满到万分。（注：一到就发生住的问题，同时患腹泻，所以在极马虎中租到一个人家楼上的两间屋。就在火车站旁，火车可以说是从我窗下过去！所以空袭时颇不妙，多暂避于临时大学。）"当时的沈从文在武汉，曾专程到长沙看望过一次林徽因。林送走沈后不久，又给沈写了一封长信，其心情很是凄楚："在黑暗中，在车站铁篷子底分别，很有种凄凉味道，尤其是走的人没有找着车位，车上又没有灯，送的打着雨伞，天上落着很凄楚的雨，地下一块亮一块黑的反映着泥水洼，满车站的兵——开拔到前线的，受伤开回到后方的；那晚上很代表着我们这一向所过的日子最暗淡的底层——这些日子表面上固然还留一点未曾全褪败的颜色。这十天里长沙的雨更象征着一切霉湿、凄怆、惶惑的生活。那种永不开缝的阴霾封锁着上面的天，留下一串串继续又继续着檐漏般不痛快的雨，屋里人冻成更渺小无能的小动物，缩着脖子只在呆想中让时间赶到头里，抱着自己半蛰伏的灵魂。接到你第一封信后，我又重新发热伤风过一次，这次很规矩的躺在床上发冷或发热。日子清苦得无法设想，偏还老那么悬着，叫人着一种无可奈何的急……"一九三七年十一月二十四日，日本鬼子的四架飞机首次轰炸长沙，目标火车站。正好就是林徽因所住的地方。还是引用林徽因给费正清、费慰梅的一封信吧："在日机对长沙的第一次空袭中，我们的住处几乎被直接击中。炸弹就落在距我们的临时住房大门十五码的地方，在这所房子里我们住了三间——外婆、两个孩子、思成和我都在家。两个孩子都在生病。没有人知道我们怎么没有炸成碎片。听到地狱般的断裂声和头两响稍远一点的爆炸，我们便往楼下奔，我们的房子随即四分五裂。全然出于本能，我们各抓起一个孩子就往楼梯跑，可还没来得及下楼，离得最近的炸弹就炸了。它把我抛到空中，手里还抱着小弟，再把我摔到地上，却没有受伤。同时房子开始轧轧乱响，那些到处都是玻璃的门窗、隔扇、屋顶、天花板，全部都坍了下来，劈头劈脑地炸向我们。我们冲出旁门，来到黑烟滚滚的街上。当我们往联合大学的防空壕跑的时候，又一架轰炸机开始俯冲。我们停了下来，心想这一回是躲不掉了，我们宁愿靠拢一点，省得留下几个活着去承受那悲剧。这颗炸弹没有炸，落在我们正在跑去的街道那头……"

　　吴宓比较豁达。他是天天都写日记的，且写得十分详细。他是一九三七年十一月十九日到达长沙的。二十四日这一天上午他先到明德中学，然后又坐人力车再转轮渡过河。"步行，过湖南大学，登岳麓山，至爱晚亭小坐。山谷中，绿树参天，日光照灼，更以到处红叶，实为美景。至黄兴蔡锷墓而止。饮茶休息，乃徐归。渡湘江，入城。"中午，他应朋友宴请至李合盛牛肉馆就餐。"食毕，正将下楼（时为下午一点三十），而日本飞机忽至，在东车站投炸弹，毁交通旅馆及中国银行货仓等，死二百余人，伤众。此为长沙初次空袭。当时，远闻轰击之声，楼壁微震，街众奔喧。乃下楼步行而北。行至中山北路，别徽等，宓独沿大街东行。警察禁止行动，而街中人民拥护奔窜。宓依檐徐进，至湖南商药局门口，被警察饬入局内。众留该局久久，至警报解除，始得出……"

环境恶劣，条件艰苦，但学习的氛围却空前的好。蒋梦麟说："虽然设备简陋，学校大致还差强人意，师生精神极佳，图书馆虽然有限，阅读室却座无虚席。"联大学生向长青在《衡山暂住》一文中回忆："老师们根据多年教学的心得，循序善诱，把古代的语言文学知识传授给我们。朱自清老师讲陶潜诗，闻一多老师讲《诗经》，罗常培老师讲语音学，罗庸老师讲杜甫诗，魏建功老师讲中国音韵学史，可谓各尽其妙。当时，虽然教学设备非常简陋，甚至连个小型的图书馆也没有，然而老师们凭着他们的讲稿，照样把古代的文学、语言知识传授给下一代，而同学们则凭着一支钢笔，几个笔记本就把这些文学、语言知识继承下来。使人感到这名山中的临时教学场所，并不次于北京沙滩红楼里宽敞的教室。特别是老师和同学们随时见面，更增进了彼此之间的友谊，大有古代书院教学的风味。"更为难得的是，教授们除了教学生，还挑灯夜读、秉烛笔耕。金岳霖先生写出了《论道》；冯友兰先生则写出了《新理学》；闻一多考订《诗经》和《楚辞》；汤用彤则著述《中国佛学史》……

长沙临时大学前后存在了不过三个多月，一千多个学生，他们除了上课之外，课余活动也是非常丰富的。开始，师生还没到齐，上课没有走入正轨，学校便安排了四场演讲。第一个演讲者是《大公报》的张季鸾，他讲的是关于战局发展的形势估计。第二个演讲者是陈诚将军，他讲的是关于战略与士气的一些情况。第三个演讲者是陈独秀，他刚从监狱出来，还留着囚犯的头发，他讲的是国际形势发展的预测。陈独秀演讲时，来的人特别多，大礼堂黑压压地挤满了人。第四个演讲者是教育家徐特立先生，徐老讲的是动员民众的问题。他的演讲特别受欢迎，总是掌声不断。有一个叫马伯煌的联大学生事后回忆，说当时的学生对这几位的演讲都非常满意，觉得很有意义："既反映出兼容并包的传统学风，也表现出民主科学的历史精神。"除了请人来校演讲之外，"临大"另一项很有影响的活动就是演戏。他们组织了一个剧团。一九三八年的元旦前后，在天心阁、经武路、东山街、中山路、教育会坪等处，演出了《疯了的母亲》《暴风雨的前夜》等。著名戏剧学家董每戡曾在当时的《戏剧新闻》上发文给予了很高的评价，说最近的长沙剧坛"在省垣方面是寂静得很，幸有临时大学的剧团冲破了沉寂……"此外，"临大"的学生还积极地组织和参加各项与抗日相关的活动。比如纪念"一二·九"运动两周年，学生们便组织了颇具规模的演讲会。又如一九三七年十二月十三日，也就是南京沦陷的第二天，"临大"的学生就在校园里举行了隆重的集会，参加者有学生一千多人……同学们深感侵略者的铁蹄在祖国的大地上肆意践踏，国已破，家将亡，再也不能忍耐下去了，于是纷纷报名，要求上前线，其中有四十多人参加了湖南青年战地服务团。

　　长沙临时大学自开学起，长沙的局势是越来越紧张。南京沦陷后，蒋梦麟便亲自请示蒋介石，希望能够将临时大学迁往云南昆明。蒋介石权衡再三，终于做出了同意的决定。一九三八年二月下旬，在长沙活跃了百余天的临时大学全体师生，便开始了艰难的迁徙，从水陆两路，向着昆明日夜兼程。一九三八年四月二日，国立长沙临时大学正式更名为国立西南联合大学。至此，长沙临时大学便完成了它的历史使命。

　　长沙临时大学迁往云南后，就在同一年，即一九三八年，在湖南湘西的蓝田又诞生了一所国立师范学院，这便是湖南师范学院的前身。当年国民政府教育部决定要成立一所国立师范学院，校址拟选在抗战的大后方湘桂黔。长沙战火纷飞，肯定是不适合了。受命负责筹办的廖世承先生因此而来湖南考察。其时长沙的长郡中学已经迁往蓝田，长郡的校长鲁立刚在长沙的一个书店偶遇来湘考察的廖世承，鲁便向廖极力推荐蓝田，说蓝田"安定文化""青出于蓝"，"既偏僻而又交通便利"。所谓偏僻，是指离京广线较远，不会轻易遭到日寇侵扰；交通便利是指那里通铁路、公路和水路。蓝田国师成立后，可说是名师荟萃。钱锺书的小说《围城》中有一个三闾大学，原型便是蓝田国师。他们父子都在蓝师任教。钱基博和钱锺书，一个任国文系主任，一个任英文系主任。据吴忠匡《忆钱锺书先生》一文回忆，他说钱最喜"神侃"，经常在晚饭后与人闲聊，臧否古今人物，或评龚自珍、魏源，或评曾国藩、左宗棠等，说到激情处，便挥舞手杖，比比画画。他说听钱锺书的清谈，在当时是一种最大的享受。他的声音仿佛有一种磁性。或者说，有一种色泽感。总之是像在听音乐一样。而钱锺书的父亲因在蓝田任教数年的缘故，曾写过一本书，名《近百年湖南学风》。书中写了十几个大名鼎鼎的人物，如汤鹏、魏源、罗泽南、李续宾、胡林翼、曾国藩、左宗棠、刘蓉、郭嵩焘、王闿运、谭嗣同、蔡锷、章士钊等。用钱先生的话说："其人有文人、学者、循吏、良相、名将，不一其人，而同归于好学深思；其事涉教育、政治、军谋、外交、欧化，不一其术，而莫非以辅世长民。"现在湖南师大"仁爱精勤"的校训，便是源自蓝田国师。

　　湘西还有一所国立八中非常有名。该校是一九三八年从安徽迁来的。著名的历史学家唐德刚和原国务院总理朱镕基都是该校校友。唐德刚有一首诗，其中有句云："三千小儿女，结伴到湘西。"国立八中怎么会从安徽迁到湘西，这其中自有不少曲折，不及细表。国立八中是极具规模的，《潇湘晨报》"湖湘地理"栏目的记者薛小林曾采访过当年国立八中的校友，有校友回忆道："由于国立八中人数众多，集中在一起办学无法供给，分散在各富裕商镇或湘川公路边交通便利的村镇，利用寺庙、书院、'大屋'（大型民居）等公私建筑作校舍。教学点分布在湘西、川东六县的十一个地方，每处为一个分部，校本部在湘川公路边的小镇所里（今湘西州吉首市）。十一个分部中，四个高中分部，六个初中分部，另设一个师范部。高中和初中各有一个女子分部。国立八中师生习惯叫各分部简称，如高中第一部简称'高一部'，初中女子部简称'初女部'，以此类推。但这只是最初的安排，日后又根据当地交通条件、供给及生源变化情况做了一些调整，各部之间有分合。"国立八中的师资力量也很强："被学生提及较多的，如'不带三角板和圆规，随手一画，圈圆线直'的数学老师沈沅湘，讲解古文如从胸中出的国文老师张汝舟，用英文和到访的美国大兵流利对话的英语老师王道平。彭庆海转述当时从长沙来的同学评价，称国立八中老师'比战前长沙名校教师毫不逊色'。"条件愈是艰苦，学生好像愈是下了决心要刻苦地读书："据国立八中校友徐成龙回忆，每天课余时间，学生们就在'附近田野里，农家柑橘园中，甚至稍远的山坡上油桐与油茶林中，河边草地上及巨轮水车旁'，三五成群看书。由于学校地处偏远，他们和乡野的接触更为频繁。有的假期还深入苗族、土家族村寨开展抗日宣传演出，行走在乱世如世外桃源一般的静林里，陶冶了性情。"

　　当时，像"国立八中"这样的"抗日流亡学校"在湖南就有十多所。又比如因"五卅运动"而成立于南京的"五卅中学"，也于一九三七年底先迁到武汉，不久再转迁到湖南的资江。之后不久，又迁到湖南益阳桃江县武潭镇下天湾村，从此在这个山村办学十余年。再比如，国立茶峒师范学校。茶峒为湘西四大名镇，湘川公路从茶峒穿过，西接重庆，东承沅陵、长沙。据说"茶师"第一届女生班，十九个女生全部来自安徽。"茶师"和国立八中相距不是很远，如果走路，走五六个小时便可到达。一九四四年至一九四六年，风华正茂的朱镕基与夫人劳安都曾在湘西就读。六十年后，他故地重游，感慨良多，曾赋诗一首发表于《中华诗词》，诗曰："湘西一梦六十年，故地依稀别有天。吉首学中多俊彦，张家界顶有神仙。熙熙新市人兴旺，濯濯童山意快然。浩浩汤汤何日现，葱茏不见梦难圆。"意犹未尽，再说一说国立十一中。作家李渔村、易岷庄夫妇联手写过一部纪实性的长篇小说，名《烽火弦歌》。其内容便是描写抗日战争烽火中国立十一中师生的生活，即"在民族生死存亡的危急之秋，一批爱国教育家挺起不屈的脊梁，筚路蓝缕，创办抗战中学，以求教育报国，一批一批莘莘学子，卧薪尝胆，发奋读书，期作国家栋梁……"该书的结尾处，作者引用了其校友王一中为母校所撰的碑文：

　　国立十一中，一九三九年十月一日创建于竹篙塘。师生员工两千余人，杨宙康李际间先后任校长。时日寇凭陵，国难方殷。学校致力抢救沦陷区失学青年，且以殷忧启圣，多难兴邦相激励，把教育与民族、国家命运联系在一起。一时，名师荟萃，桃李争荣，在湖南高中历届会考中，均名列前茅。

　　一九四四年秋，日寇犯湘西，师生两度搬迁，风雨如晦，弦歌不绝。四六年秋迁校岳阳，更名省立十一中，即今岳阳市一中……

为何在那么一个特别的时期，会有那么多流亡的学校选择
湖南这块宝地来保存读书的种子，并使之生根、开花、结果
呢？我以为，湖南这个地方，从古至今，都有一种特别的气
场。正气、霸气、豪气总是占着上风。既质朴务实，又倔强傲
岸；既吃苦耐劳，坚忍执着，又刚健自信，好学多思。还特立
独行，不怕死，不要命。在中国近代史上，曾有"中兴将相，
十九湖湘"之说，又有"若道中华国果亡，除非湖南人尽死"
的超强音。因此，莘莘学子选择这么一个地方来饱读诗书，自
然是能为将来成为国家的栋梁打下坚实基础的。

三、历代湖南名人的读书故事

这个题目是可以写厚厚一本书的。因为篇幅的缘故，只能
从数不胜数的名人中选出几则来说说。

岳麓书院的文庙有一楹联，系清代湖南的大学问家王闿运
先生所作："吾道南来，原是濂溪一脉；大江东去，无非湘水
余波。"好大的口气！但说到湖湘文化，认祖归宗，其源头自
然要寻到濂溪那清澈之中去的。距濂溪不远，有一月岩，是道
州一大奇景。这月岩如同一个城堡，既有东门也有西门，且这
东西两门都威武异常。铜墙铁壁算得了什么？这城门估计是盘
古开天地时顺便挥了两斧头，两斧头便开了两个城门。这月岩
之所以称为奇景，奇就奇在：从东门进，抬头望天，天如一弯
新月。走一步，天上的月就丰满一分；再走一步，那月又丰满

一分。走到东门和西门的正中间，头上的月也就成满月了。还往不往前走呢？

　　月满则亏。再迈出一大步看看，再迈出一小步看看，一大步，一小步，那满满的圆圆的月忽然就变成下弦月了。初三初四禾苗月。再跨几步，从东门到西门，眨眼间，一个月就过去了。而在这月岩的半山腰上有一洞，洞中有一石床。据说当年的周敦颐先生经常一个人在月圆之夜，来这洞内秉烛读书，深思悟道。有时半夜醒了，出得洞来，伸长长一个懒腰，然后看天上的月亮与星星，然后在这石头上打坐。也许，他在琢磨，这月为阴，日为阳。月亮一走，太阳就来了。太阳一走，月亮又来了。再说这月岩。月岩没动，是人在动。可人总喜欢说，这月岩之中有三种不同的月。什么上弦下弦，什么满月。那是人的变化，而不是景的变化。阴和阳，动和静，这其中到底是一种什么关系呢？"五行，一阴阳也；阴阳，一太极也；太极，本无极也。""太极动而生阳，动极而静；静而生阴，静极忽动。一动一静，互为其根。"这月岩的顶上是天，这月岩当然是地。人在这天地之间，感受着四时的变化，能不能按照着月岩的某一种形状，画出一个太极图来呢？有人说，周敦颐先生的太极图说是因为在月岩的山洞里读书而获得的灵感，想必也是有一定道理的。

　　湘西草堂。王夫之晚年读书著述课徒之处，地处衡阳县曲兰镇石船山下。三百多年前，万山丛中，纵横的稻田旁边，有一溜三四间不显眼的砖瓦房，里面住着一个老头。他经常坐在大门口的街沿上读书，看着太阳从屋的前方升起又从屋后消失。看着春夏秋冬从容不迫的更替。门前的树叶绿了又黄黄了又绿。他的周围总是有一些年轻的后生来来往往，向他问这问那。他也就不紧不慢地回答着。比如某年的冬天，雪就要来了。有后生问："老师，是不是要下雪啊？"老头答："好好读书吧，下雪之前，你得把书上的内容都记熟了。"于是，那后生继续读书。这个老头本来是可以做大官的，如果他愿意低低头，就会有享受不尽的荣华富贵，可他宁愿饥寒交迫，也不愿苟且偷生。"清风有意难留我，明月无心自照人。"他身逢明末清初时局动乱之际，不愿做亡国奴。他要守身保节，头不愿顶清朝的天，脚不愿踏清朝的地。他头上的发要保持汉人的本色。这个老头曾经是行伍出身，并带兵在衡山一带阻止清军南下。但毕竟势单力薄，无力回天。几经周折，最终他选择了归隐。顺治十七年，即公元一六六〇年，他在衡山以西一个叫茱萸塘的地方找到了一个栖身之所。于是，他在那里建了个竹篱茅舍曰"败叶庐"。从此，他在这里开始了读书课徒并著述的隐居生涯。十余年后，"败叶庐"再也经不起雨雪风霜的摧折，眼看就要倒塌了。于是，他又在其后构筑了一个新的栖身之所曰"观生居"。依然是读书课徒并著述。这之后，又是六七年。再之后呢？他又隐居到了石船山下，筑屋名"湘西草堂"。在这里，他度过了人生最后的十七年。这个老头隐居山林四十余年，课徒无数。写的书多得不得了。道光二十二年，即公元一八四二年，由这个老头的六世孙王承佺交付著名学者邓显鹤校阅、邹汉勋编辑、守遗经书屋刊刻的《船山遗书》，共十八种，一百五十卷。这个老头的书整理出来之后，在朝野引起了相当大的震撼。在湖南，第一个给他最高评价的是时任两江总督且有湖湘经世学派领袖之称的陶澍。他为"湘西草堂"题"衡岳仰止"匾，其跋文曰："衡阳王船山先生，国朝大儒也，经学而外，著述等身，不惟行谊介特，足立顽儒。"并撰联赞之："天下士，非一乡之士；人伦师，亦百世之师。"百世之师，一语中的。谭嗣同说："五百年来通天人之故者，船山一人而已。"章太炎说："当清之季，卓然而兴起顽儒，以成光复之绩者，独赖而农一家。"后岳麓书院有船山祠，中山路曾国藩祠旁有船山学社，在世界各地，研究王船山的专家学者数不胜数。船山之学已成显学。一个在湖南衡山之西的山中读书课徒著述的老头，估计他自己也不会想到，他的学问和思想在几百年之后还能产生这么巨大的影响。

关于曾国藩读书的故事，有一则流传得比较广。说他年少时天赋并不是特别高，记忆也很一般。某晚，他在昏黄的灯光下读一篇文章，并试图背下来。可是，他读到月过中天，依旧背不下来。这时，有一个在窗户底下等候多时的人却实在忍无可忍了。于是，便把窗子敲了几敲，嚷道："你这种记忆，读什么书啊！"说完，他把那文章背诵一遍，扬长而去。开始，曾国藩都没有反应过来，后来才明白，那家伙是个贼。他以为曾把那篇文章背出来以后，就会去呼呼大睡。然后，他就可以破窗而入偷东西。谁知曾怎么背也背不出来。实在气不过，便露了一手，一走了之。曾国藩是个读书广博的学者，其《曾文正公全集》有一百六十七卷之多。他读书的方法可用三字概括，即"耐、专、诵"。所谓"耐"，就是一字不通，不看下句。今日不通，明日再读。今年不精，明年再读。如是反复。
而所谓"专"，他认为："古人书籍，今人著述，浩如烟海，人
生目光所能及，不过九牛之一毛耳。既知书籍之多，而吾所见
者寡，则不敢一见自喜。"而要有所选择。他以为看全集不如
看专集，学诗则先看一家集。如他喜欢王夫之，有人从他的日
记中摘录：

> 二更……四点入内室，阅王而农（夫之）所注
> 《张子正蒙》。（十月初五）
> 二更三点入内室，阅王而农先生《通鉴论》数
> 首，论先主、武侯、鲁子敬诸人者。（十月十七）
> 二更三点入内室，阅王而农先生《通鉴论》杨
> 仪、孙资 诸篇。（十月二十八日）
> 二更四点入内室，阅王而农先生《通鉴论》何晏
> 等篇。（十月二十九日）
> 二更三点入内室，阅王而农先生《通鉴论》数
> 首。（十一月初一日）

据说，曾国藩听人说起李鸿章晚年住在北京时，每晚必将京报
从头至尾细看一遍，方才入睡，且寒暑不问。甚为佩服。因
此，每晚他处理完官事之后，圈点京报，也成了他的必修功课
之一。

左宗棠。在新疆有左公柳、左公渠之称。我曾在新疆一位
将军的家里，见过长沙书法家史穆先生的一帧条幅，上书：

"大将征西久未还，湖湘子弟满天山。新栽杨柳三千里，惹得春风度玉关。"我想史先生把当年某湘人献给左公的一首诗转赠于这位将军，也算是一种恰到好处的奉承啊！说一则左公少年时北上赴考途中的故事吧。某年秋试，与湘潭欧阳某同舟北上。船行时，左伏几作书，问写什么，他说是与夫人写信。船在某处停泊，左上岸观望，欧阳某翻看他所写的信，其中有云："一夕泊舟僻处，夜已三鼓，忽水盗十余人，皆明火持刀入舱，以刀启己帐，己则大呼，拔剑起，力与诸贼斗，诸贼皆披靡，退至舱外，己又大呼追之。贼不能支，纷纷逃入水中，颇恨己不习泅，致群盗逸去，不得执而歼旃也。"欧阳见后，感觉大怪。心想：我与他一直在一起，发生这么大的事，我怎么一点都不知道呢？莫非是我睡得太死的缘故？于是，他便去问船上其他的人，都说没有的事。这时，左观景归来，欧阳急问之。左笑答："我那写的是做梦啊。"欧阳说："做梦，你怎么在家书中不加说明，写得像真有其事一样？"左说："你真是呆子。昨晚上我读《后汉书·光武纪》，见其昆阳之战，上书云垂海立，使人精神飞舞。晚上就做了这个梦。因此，我想前人写历史叙战事，大半也和我写这个梦差不多。比如昆阳之战，可能就是光武做了一个像我一样的梦罢了。"

王闿运。湘绮楼主，曾任清史馆馆长。幼喜读书，为文章有奇气。年二十，即弃俗学，而专力于古。通《尚书》《毛诗》《春秋公羊传》及《庄子》《史记》《汉书》等。曾著《湘军志》《湘潭志》《衡山志》《桂阳志》诸书，被称为杰作。然《湘军志》者，因他与湘军诸将有某些过节，行文之中，有不少偏颇处。有洋务先知之称的郭嵩焘读后，摘出其中谬误百余处，后辑成《湘军志平议》。这也是当年文坛或学界的一段佳话。又，王好诙谐，他主讲长沙某书院时，有浏阳某增生在解释"浏"字时写道："'浏'与'快'通。"王批曰："浏与快通，则浏阳可作快阳矣。快阳有此增生也，何患不快中哉？"当然，这似乎有点不厚道。又，某些为师者，只认衣冠不认人。而王却是只认其才，而不认其衣冠。他有三大弟子，一个是木匠，一个是铜匠，一个是镍匠。他在衡州的船山书院主事时，有一个锻工出身的张正阳，在某个月明之夜，看见一树白色的桃花盛开，来了灵感，得句曰："天上清高月，知无好色心。夭桃今献媚，流盼情何深。"他拿着这首诗，去书院请教王先生。那天正好下雪，他便戴着斗笠穿着木屐。且衣衫不整。到得书院时，又逢王处高朋满座，邑令缙绅咸在。守门者见来者面垢衣敝，便不通报。张说，我拿诗来请教，你为何不通报？守门者不得已，只得为之通报。张进门后，见者嫌其污，谁也不搭理他。王展读其诗，大声称赞。并请张上座。后将张收为弟子。后来张写出《诗经比兴表》《礼经丧服表》等，王到处向人夸奖，说其发前人所未发也。

　　齐白石。《新唐书》之《李密传》载：（李密）闻包恺在缑山，往从之。以蒲鞯乘牛，挂《汉书》一帙角上，行且读。越国公杨素适见于道，按辔蹑其后，曰：'何书生勤于此？'密识素，下拜。问所读，曰：'《项羽传》。'因与语，奇之。"李密将书挂在牛角上，边走边读。后人遂以"书横牛角""角挂经"

"书挂（牛）角""牛角之悬"等来形容勤奋读书。齐白石少年家贫，放牛砍柴那是日常功课。他曾在《自述》中写道："我每回上山，总是带着书本的，除了看牛和照顾我二弟以外，砍柴捡粪，是应做的事，温习旧读的几本书，也成了日常的功课。有一天，尽顾着读书，忘了砍柴，到天黑回家，柴没砍一担，粪也捡得很少，吃完晚饭，我又取笔写字。祖母憋不住了，对我说：'……难道说，你捧着一本书，或是拿着一支笔，就能饱肚子吗？……'我听了祖母的话，知道她老人家是为了家里贫穷，盼望我多费些力气，多帮助些家用，怕我尽顾着读书写字，把家务耽误了。从此，我上山虽依旧带了书去，总把书挂在牛犄角上，等捡足了粪，和满满地砍足了一担柴之后，再取下书来读。我在蒙馆的时候，《论语》没有读完，有不识字的和不明白的地方，常常趁放牛之便，绕道至外祖父那边，去请问他。这样，居然把一部《论语》读完了。"齐白石先生成名之后，专门刻了一方印"吾幼挂书牛角"。他每每拿起印盖在画作上，便会不由自主地想起年幼时的这段读书生活。

　　沈从文。沈从文是中国现代文学史上一个不能忽略的大家，他曾经得到了诺贝尔文学奖的提名，可惜不久便逝世了，而诺奖是只颁发给在世作家的。沈从文当年到北京之前是在陈渠珍的部队当一个抄写文件的书记。他觉得像待在牢笼里，周围充满了腐败和堕落。于是，他决心要走出去，要去北平读书，读大学。然而，理想与现实总是有着很大的距离。到北平后，对于只有高小文化程度的沈从文来说，上大学的梦很快就被打得粉碎。可性格倔强的沈从文是坚定了信心要读书的。开始，他住在一个名叫酉西会馆的地方，每天早上，他吃两个馒头，就一头扎进京师图书馆，直到闭馆才出来。半年后，他又在北京大学的旁边找了一间将煤棚改造而成的屋子，并自嘲地称之为"窄而霉小斋"。将自己的七尺之躯安顿好以后，他就到北大去当旁听生。他领过国文讲义，也听过历史和哲学等课，还听过日语课。在那么多的教授中，给他留下最深印象的是辜鸿铭先生。后来，沈从文在回忆里写到辜鸿铭当时在北大讲课时的情景："辜先生穿了件湘色小袖绸袍，戴了顶青缎子加珊瑚顶瓜皮小帽，系了条蓝色腰带。最引人注意的是背后拖着一根细小焦黄辫子。老先生一上堂，满堂学生即哄堂大笑。辜先生即从容不迫地说，你们不要笑我这条小小尾巴，我留下这并不重要，剪下它极容易。至于你们精神上的那根辫子，据我看，想去掉可很不容易。因此，只有少数人继续发笑，多数可就沉默了。这句话给我留下了深刻印象……"沈从文在当旁听生的时候，还曾假装正式的学生去参加过一次考试，不但及格了，还得了三角五分钱的奖金。

还有一个张百熙，实在是不得不提，因为他有着中国"大学之父"的称谓。张百熙是长沙县人。为何称他为"大学之父"，因为北京大学的前身"京师大学堂"便是他创办的。其中详情不表。只说他小的时候，与其兄共着一盏灯读书，互相探讨学业，共筑远大理想。后来张百熙在《哭仲兄》里回忆："吾家世诗书，清白贫亦好。与君少年时，文字共搜讨。澹然轻富贵，亮节持永保。"

四、藏书家、爱书家和播种书香的人

湖南历代藏书大家太多，只说清代，就有安化的陶澍、长沙的叶德辉、善化的唐仲冕、常德的罍榕、道州的何绍基、湘潭的袁芳瑛、宁乡的黄本骥、衡阳的常大淳、巴陵的方功惠、湘乡的曾国藩、浏阳的刘人熙、益阳的胡林翼……数不胜数。在此，仅以长沙叶德辉为例。二〇〇九年，中华书局出版了苏精的《近代藏书三十家》，其中第六家便是"叶德辉观古堂"。叶德辉爱书如命，他的儿子叶启倬曾描绘："家君每岁归来，必有新刻日本多橱，充斥廊庑间，检之弥月不能罄；平生好书之癖，虽流离颠沛，固不易其常度也。"至宣统三年，即一九一一年，叶的书已达四千余部，二十万卷。以后不断增加。到临终前，估计已达三十余万卷。在观古堂中，叶认为最珍贵的是宋版的《韦苏州集》，此本为北宋胶泥活字印本，并可能是名家制墨印于著名的"澄心堂纸"上。叶看遍各藏书家的目录，似乎都没有关于这种版本的记载，所以他很自得地说是"非止北宋本第一，亦海内藏书第一也"。叶的治学主要以经学、小学为主，所以观古堂中的藏书也以这两类居多。叶的著述极丰。其中目录版本方面印行的有《观古堂藏书目录》《藏书十约》《书林清话》《郎园读书志》，未刊的有《宋元版本考》和《四库全书版本考》等。特别是《藏书十约》和《书林清话》二书，在藏书界的影响极大。时至今日，几乎所有藏书家都会视为经典。著名文艺理论家钱谷融教授曾主编过一套"近人书话系列"，所选者依次为胡适、叶德辉、梁启超、林语堂、周越然、刘半农、顾颉刚、郁达夫、王国维、蔡元培、林琴南、刘师培。他在序言中说："近代学者中，可称以'书话'名家者，有叶德辉、傅增湘、周作人等人。"观古堂位于今长沙芙蓉区苏家巷口，当年号称国内三大私家藏书楼之一。不过，叶的思想守旧，特别是在当年农民运动兴起之时不识时务，因此被杀。他死后，观古堂的书其命运就可想而知。这段故事不是三言两语可以说得清的，对此有兴趣者自会沿着这条线索去探个究竟。

今日真正称得上藏书家的极少，在湖南，如果说要有一个能真正称得上藏书大家的，恐怕非湖南省社科院的何光岳先生莫属。他的学术成就，不是本文范畴，在此从略。何光岳藏书楼位于省社科院的最高处，其地为政府特批。共五层千余平方米，宫殿式蓝琉璃瓦，系何光岳自费前后三年建成。据《何光岳藏书楼藏书目录》介绍：何光岳至今藏书十五万余册，其中明清民国及现代族谱五万五千余册，百分之九十五系孤本，为世界私藏族谱之冠。何爱书成癖，简直到了疯狂的状态。他在其《藏书目录》的自序中说："我把一生勤俭节约的钱，一切稿费、讲课费、咨询费及工资中的节余（其实，我参加工作五十七年的工资全部交我妻子用于全家生活费），见好书和我需要的书，不惜重价，购之而以先读为快，几乎每个星期总要抽空两三次逛书店、书摊，尤其是周末，风雨无阻，必去选购几大纤维袋，高高兴兴回家写日记登书目，每购到好书，往往彻夜不眠，有的当晚看完，还要写笔记摘录，亦为此购书成狂成癖……"他说，他无书则寝不安席，食不甘味。他早两年还专门请名家刻了两颗印,一颗"读死书、死读书、读书死";一颗"愿读书百年"。他还说:"我至今坐拥书城,饱读古今中外奇书、好书、美书,往往通宵达旦不眠,其乐非语言文字所能表达。我是世界上最幸福的大老粗,不与世人争名利、争地位、争享受,终日游泳于书海之中,攀登于书山之上……"因为有了这么多的书,也就为他的"中国姓氏源流史"等研究打下了坚实的基础,至今,他已出版了两千多万字的著作,据他说,还有两千多万字待出。他立誓要"成为世界手写史学著作出版发表之最"之人,从而在世界吉尼斯纪录中占有一席之地。

成都的读书大家流沙河先生称自己为职业读书人。中国现代文学版本收藏家龚明德先生称自己为书爱家。而今这"书爱家"便为全国一大批爱书爱到了骨子里的人所欣然接受。湖南有"湖湘四老"之称的彭燕郊、锺叔河、朱正、朱健四位先生,我以为是真正的读书大家。这其中锺叔河先生曾主编过"走向世界丛书"三十余种,钱锺书先生破例主动为之作序。锺先生还主编过《周作人散文全编》十五卷,并出版了《念楼学短》等书话类的书三十余种。朱正先生系鲁迅研究的专家,也写过《一九五七年的夏季》等有过争议的书;朱健是当年"七月诗派"的老诗人,曾参加过《辞源》的编写。他是过了七十岁才开始写书的。至今已出版了十余本书话类的书。最后再说说彭燕郊先生,因为四老之中,只有他老人家离开了人世。彭老也是"七月诗派"的老诗人,而且可以说是中国到了近九十岁还依然写诗,且写得没有一点老态的唯一一位。彭老曾说:"爱书的人,对书有着特别的感情。一般人对书,不过是读一读算了,爱书的人却是把书当作不可缺少的恩物，想方设法求书，求得之后，读过之后还要当宝物收藏，成了爱书癖。"他说他自己从小爱书，爱买书，生活里少不了书，所以自己也就早已成癖。我曾写过一篇《彭老淘书》的文章，其中有这么一段："我见过不少老人在书店，那是慢慢地翻着，慢慢地找着，慢慢地看着，能十天半月地买上一本两本，那就已经是非同一般了，而彭老淘书，则一点都没有那种老态。他的兴趣特别广，诗的、美术的、民俗的、翻译的，都是他的最爱。他经常是一包一包，一捆一捆地买，提不动，就打的。有时正好被某个学生辈的看见了，便赶忙地开车把他老和书一道送回家。"

在湖南，还有太多太多的爱书家，因为篇幅的缘故，只好在此从略。

最后，再说说播种书香的人。国营的新华书店、出版社暂且不表。只说民间。民间也有许多，比如各个民营书店。民营的实体书店现在是越来越难以支撑了，但依然有不少在坚守，虽然微利，但他们为播种书香，仍不离不弃。在此，我只以长沙的弘道文化为例。弘道的老总叫龙挺，他于一九九二年开始就在长沙全国著名的书市黄泥街从事书业。正式取名弘道是在一九九八年。至今已有二十余年的历史。辉煌的时候，长沙几乎所有的大型商店、超市和大学都有弘道的连锁书店。现在，在长沙著名的定王台书市，一楼有其门面，四楼整整一层，都是弘道的图书超市。长沙曾有一本在全国办得很有影响的读书刊物《书人》，便是由弘道文化出资创办，出版十二期后因种种原因移交岳麓书社继续出版。在此引用一段弘道文化十周年专刊《弘道书缘》上龙挺的一段话吧："优质阅读一直以来是人们的一份精神需求，书业在我看来是那么美，是一份崇高的事业，这始终激励我专注于此，在事业稍有起色之时，我就一直在尝试开一些雅致的书店，期望营造良好的购书环境，读者可以在听着音乐、品茶的同时翻阅喜爱的书籍，包括曾经的弘道阿波罗人文艺术书店、侯家塘的弘道书吧。这样我会很满足很自豪，因为读者在我这里还有个家；我同时又好虚荣，喜欢听读者对好书店的赞美。我曾经失败过，但我从没有放弃对建设理想书店的追求，因为背后是很多爱书人的鼓励和支持……"从龙挺的话中我们是可以看到希望的，不管时代如何地发展，总会有爱书者的一席位置，因为像龙挺这样为播种书香而努力，且真正有着使命感的还大有人在。

再说一个萧金鉴先生吧。著名出版家锺叔河先生说："世上读书人多，爱书人也不少。爱书不顾身，爱书爱到死的人，在我八十年岁月，上百位朋友中，却只有一个萧金鉴。"老萧当了一辈子编辑记者。退休后因为爱书，便又当上了《书人》的编辑，同时还兼着江西农耕笔庄《文笔》杂志编辑。我曾在《书人老萧》一文中写道："老萧是一个书迷，而且他这书迷还迷得让人有些不可思议。我曾经听他说过，在河西他一位学生的家中，借了一间房子装书，一麻袋一麻袋的书捆着，堆在那里……后来，听他说又在哪里租了两间房子放书，请广通书局的老总帮他买书架，一买就是二十余个。他有一首关于书的打油诗，很有趣：'昨日去书市，归时懊恼生。遍寻口袋里，不剩半分文。'"这说的是他某次在岳麓山下一旧书店一下买了二十几种书，把身上的钱都掏空了，等到了公交站一摸口袋，真的是一分钱也没有了。无奈，只得打的，归家再付款。锺先生还说，萧在临终前不久，还到了他家，一是请他为其作序，同时，还在为另一位九十多岁的老人的一本书操心。萧逝世后，锺老为其书写序，其中有云："……这深深感动了我。熟悉的老萧的形象，那手里总是拿着书，衣着总是不讲究，脸上总是带着笑，姿态总是那样低的形象，在我的心中越来越高大起来。"

在定王台某旧书店，还有一个叫小萧的店员，也是爱书成痴。他还经营了一家网上书店，叫春雨秋心轩。他在一个阴暗潮湿的五平方米的房子里住了八年，因为爱书，他还在坚持着，年近四十了，至今未婚……还有一个叫丁红波的民营企业的厂长，业余在电大当心理学的老师，也是爱书爱到了极致。他的经济条件较好，家里有个三层楼，从一楼到三楼，包括走廊上都是书。他不是藏书家，而是把自己的家打造成了一个社区的图书馆，免费对周围的爱书者开放。

南宋诗人陆游有诗云："挥毫当得江山助，不到潇湘岂有诗。"之所以从晚清至民国，曾有"一部中国近代史，半部由湘人写就"之说；之所以钱锺书先生有名言："中国有三个半人，两广人算一个，浙江人算一个，湖南人算一个，山东人算半个，而湖南人的影响似乎更深远些。"之所以是这样，那是因为，湖南这块地方文化的土壤肥沃，从古至今弥漫着的书香使之人杰地灵。

二〇一三年九月十一至二十日

编 "闲" 书　写 "闲" 文
—— 答 《藏书报》 记者王雪霞问

　　王雪霞：彭老师，您好！认识您时间不长，虽然到现在我们还没有见过面，但从您的照片以及和您通过多次电话后，您给我最深的印象就是您的外表和您自身的反差很大，别看您留着满脸的胡子，但其实是个内心十分细腻的人。您自己怎么认为？大胡子是代表什么吗？

　　彭国梁：我是从一九八九年开始留胡子的。那时刚过而立之年，仿佛把胡子一留，人也就成熟了不少。我的胡子浓且密，没留多久，便就有了 "大胡子" 之称。我的散文集《感激从前》出版后，王跃文写过一篇文章，题为《一条自在的鱼》，开篇便是："国梁兄是很以他的胡子为自豪的。我曾纳闷他为什么没有一个外号叫'虬髯客'。我是一看到他就会想隋末那位赤髯而虬，有龙虎之状，却乘着一匹跛驴做了大事业的'虬髯客'。那是我自少年时就时时神往的英雄。我以为凡虬髯者，不是叱咤风云的豪杰，必是隐身世外的雅士。国梁兄一副好虬髯，自然是豪杰和雅士都要沾些边的。我后来知道了国梁兄的雅号叫彭胡子，这倒比虬髯客的名字更为雅俗共赏。我也知道了他虽然也喝酒，也散淡，但并非能飞檐走壁，或者高雅到不食人间烟火，倒真真实实的的确确是个性情中人。"关于胡子，我还写过一首《胡子与头发》的诗（另文中有，从略）。我的外表和内心是否存在着比较大的反差，我倒没有认真想过。何顿说我："他那把胡子仿佛是一张门，隔绝了他与你的交流，这犹如丛林与江河，你得透过那片丛林才能达到彼岸。"也许，他的意思与你说的不谋而合。而我，只缘"身在此山中"，若非要讲大胡子代表了什么，不知可否用"城标和城市"的关系来相比？

王雪霞：您学的是中文，曾经做过教师、文化馆文学专干、编辑、记者、杂志主编，这些经历是不是都与您喜欢读书有关？它对您后来的写书、编书、藏书有着什么样的影响？为什么现在放弃了这些职业，专门写书编书？

彭国梁：我所从事的每一种职业都是离不开书的。我喜欢书，因此，我在从事每一种职业时，自然也就乐在其中。但我也不得不承认，我在从事你所说的那些职业时，我的读书是非常有限的，也很不系统，大量的时间都花在了平庸的重复和无奈的应酬上了。直到我离开杂志主编的岗位，我才有了比较充裕的读书时间和编写时间。

对我而言，职业和我喜欢的生活方式是紧密相连的。我这人颇为散漫，过于讲究作息时间的工作我是不太适应的。大学毕业后，我被分到一所子弟学校，干了三年，我感到我不是太称职。如果长此下去，就有可能要误人子弟了。于是，我便选择了转行。从此，文学专干、编辑、记者、杂志主编这么一路干了下来。就像船，要经过一个一个的渡口；就像走路，要跨越一座一座的桥。这便是经历，这便是过程。我以为生活是一段一段的。每一种经历，都是一段值得怀念与留恋的生活。现在，一个一个的职业都因了种种的机缘而成了过去，因此，我便将我的一本散文集题为《感激从前》。我现在一门心思地编书写书，是因为我发现只有在书中我才能获得最大的充实与快乐。

王雪霞：听说您的藏书非常多，您的寓所堆满了书，那您的淘书、藏书起于何时？主要都是哪些方面的？在您的生活中占据什么样的地位？

彭国梁：我的书比较多，这是不假的。你说我的寓所堆满了书，这个"堆"字用得不太准确。我过去"堆"过，但我为了不让我的书到处堆着，我便选择了在离市中心颇有一点距离的捞刀河畔安了一个家，名曰"近楼"。有四层，从一楼到四楼，每一层都为书设置了相当宽裕的空间。书在我的家中享受的是至高无上的地位，我虔诚地供奉着。麦绥莱勒有一幅木刻，是系列版画《光明的追求》中的一幅：四壁皆书，顶天立地的。地上和桌上也都有书在散落着。一个人在书梯上，正翻着一本散发着光芒的大书。这幅画曾给过我非常强烈的震撼！

现在，我每一层的书房中都配置了书梯。我经常攀登到书梯上，就像麦绥莱勒木刻刀下的那个人物一样，追求着我心中的光明。

大学刚毕业，我分配到永州一个小镇上的子弟学校，我当时的宿舍大约五到六个平方，一床一桌，但在墙的一角，却有一个书架，那是我一个同学做木工的弟弟帮我做的。那个书架陪伴了我三年（后来，我调到长沙县文化馆，我又把那个书架特别托运，它又陪伴了我两年）。也就是说，从一参加工作，我的淘书生涯也就开始了。算算，至少也是二十六年了。

我的书比较杂，但也有大致的分类。开始，以诗歌、散文、小说、文艺理论、古典文学、外国文学居多，渐渐地，随着兴趣的广泛，随着写书编书的需要，分类也就越来越细了。比如诗歌就分为外国诗歌、现代诗歌和当代诗歌几个版块。散文也是。又比如，我为编《茶之趣》和《性之趣》二书，便收集了各类茶书和性书几百种。最近两年，我和杨里昂老师合作，主编了《跟鲁迅评图品画》等鲁迅系列、中国传统节日系列等图文类的书，于是，我便拥有了整整一个书房的图文类藏书。比如《西谛藏珍本小说插图》《四库全书图鉴》《点石斋画报》《图画日报》《中国古代小说版画集成》《中国古版画》《湖南民间美术全集》《中国雕塑全集》《世界雕塑全集》等，这些系列图书，少则四册八册，多则十册二十册，其中有一套《世界名画家全集》共五十册。特别值得一提的是全国图书馆文献缩微复制中心出版的《西谛藏珍本小说插图》十大册，印数只有一百。标价五千二百余元，我还是通过定王台书市的一位朋友帮忙才好不容易买到的。正规出版，印数只有一百的图书在我的近楼之中，这是唯一的。

王雪霞：为什么把自己的寓所称为 "近楼"，有什么涵义？

彭国梁：我现在所住的地方，三面环水：湘江、捞刀河、浏阳河。我经常在捞刀河堤上散步，走着走着就到了湘江边上。我每天出门和回家，大都要经过浏阳河大桥。如是傍河而居，藏身于小楼。有一天，夫人忽然说，不如我们这儿就取名近楼吧？小时候读《增广贤文》，其中有这么一句：近水楼台先得月，向阳花木早逢春。何况，仁者乐山，智者乐水。我们傍河而居，读书写书，多少也沾染些智慧的灵性。我想，也是。我有一本诗集名《盼水的心情》，有朋友评我的诗，说有一种 "湿润感"，也许与我对水的亲近有关吧。至于是否 "先得月"，这似乎是要看各人对月的理解了。各人心中都有各自的 "月"。我的月都与近楼相关，因为近楼有书。

王雪霞：藏书为您编书起着什么样的作用？有的人只藏，有的人只编，您是又藏又编，那您觉得藏和编是种什么关系？

彭国梁：我编的第一本书是《悠闲生活絮语》，湖南文艺出版社出版，从一九九一年至一九九四年，共印了七次，近二十万册（还有不少盗版）。紧接着便是《悠闲生活艺术》《悠闲生活随笔》，由贵州人民出版社出版。何顿写一书商题材的长篇小说《荒芜之旅》，采访某书商，某书商说他挖的第一桶金，便是印发我的 "悠闲系列"。有了这么一个好的开端，之后我的编书之路自然也就颇为顺畅了。至今，我与人主编或与人合编的书已有八十多种，比如中国文化名人真情美文系列、新青年系列、千年论坛系列、百人侃系列等，都算是颇有影响的。

编和藏的关系，是相辅相成的。有的是先有了选题，再去淘相关的资料；有的是先有了比较充足的资料，然后再根据资料推出选题。大多的时候是一个选题定下来之后，便发现"书到用时方恨少"，于是，只得一个书店一个书店去寻找新的东西。因为书多，自然就让我的编书变得相对的容易；又因为我在不断地编书，故我的藏书也就变得越来越多了。

王雪霞：到现在您已经编了很多书，好像这些书都很受欢迎。当初有没有想到这样的结果，就是这些书很畅销？

彭国梁：其实，除了我的"悠闲系列"可称得上畅销之外，其余的准确地说，应称之为"常销"。我编的书并非是时间性特别强的"热点"书，而是经过岁月沉淀之后愈看愈有余味的居多。

王雪霞：说说您近期的打算吧，在藏书、编书、写书方面。

彭国梁：藏书，谈不上打算，因为那是我的日常功课。三天两天，我就要到书店去走走看看，看见了中意的，就买了。比如昨天，我就发现了一套陶菊隐的《北洋军阀统治时期史话》五大册，海南出版社出版的，我二话没说，便买下了。陶菊隐是长沙人，在民国时期的新闻界曾有"南陶北张"之说，北张即张季鸾。这之前，我已有陶菊隐的《记者生涯三十年》《政海轶闻》等。陶是研究"北洋军阀"这一段历史的权威，我准备陆续地将他的书都收齐，如《菊隐丛谈》二十五册、《袁世凯演义》《蒋百里先生传》《吴佩孚传》《筹安会六君子传》《督军团传》《孤岛见闻》等。如果说打算,这也算是打算之一吧。

编书倒是打算不少。我和杨里昂老师合编的中国传统节日系列已出四本,即《我们的春节》《我们的元宵》《我们的端午》《我们的中秋》。还有四本即出,即清明、七夕、中元、重阳。鲁迅系列已出两本,即《跟鲁迅评图品画》中国卷、外国卷。即将出的有两本:《鲁迅评点中国作家》《鲁迅评点外国作家》。还有几本图文类的书也即将交付出版社。

至于写书,春节前后估计有两本出来,一本是南京师范大学出版社的"城市文化系列"中的一种《长沙沙水水无沙》;一本是城市散文集《繁华的背影》。目前,我正在整理《书虫日记》,是"开卷文丛"第三辑中的一种。还有几本书,也正在慢慢地进行着。

总而言之,无论是藏书、编书和写书,都是一种生活,一种过程,我以为都不妨从容一些,尽量地讲究质量和品位。而且,还得有趣。我曾经写过两句话,也算是我的一种生活主张吧:编闲书写闲文,其书其文不必微言大义;找闲人说闲话,其人其文均须臭味相投。

二〇〇六年十一月十一日

歪打正着，与杂文结缘

——答《杂文选刊》记者张迪问

张迪：您以诗而名，又以大量贴近生活、文笔自然的散文化杂文（我们称之为"非常规杂文"）为本刊读者所熟悉。在您眼中是怎样一种文体？请谈谈您的杂文观。

彭国梁：我写杂文是歪打正着，一开始我压根就没有想到要写杂文。我写了一批生活在城市底层的人，写了一些繁华背后的景象。先在《潇湘晨报》和《珠江晚报》开辟专栏，后来又在《散文》《布老虎散文》《岁月》《文学界》等杂志发表了不少。这一系列文章发表后，引起了一定的反响，有的被《小小说选刊》和《散文选刊》转载，更多的是被《杂文选刊》转载。于是，便有人说我是将杂文和小说元素融入散文之中，且融合得非常到位的作家。

散文化杂文。非常规杂文。叫什么杂文是次要的，重要的是我以这样的文章闯进了杂文的队伍，这让我有了一种"承蒙错爱"的喜悦。你问我杂文是怎样的一种文体，我说不清。我也不想说得太清。我怕因此画地为牢，自己做个圈套自己往里钻。

鲁迅先生说杂文是匕首、投枪，这是一说。

某人病了，医生望闻问切后开出药方，这药方也是杂文之一种。

皇帝的新衣，谁都看得一清二楚，说，还是不说。说出来，变成文字，便是杂文了。

繁华的背后，有阴暗的、潮湿的甚或带着霉味的景象，你用写实的笔描绘下来，这样的"图片"，自然也可归到杂文的范畴。

杂文的杂似可理解为一种多元，只有多元，才具有可看性，否则，就单调和枯燥了。

张迪： 本刊曾发过几位诗人的杂文作品，如邵燕祥、刘征、叶延滨、王小妮等，当然还包括您，这些杂文都体现出了诗人的特有灵性。而一些以创作杂文为主的作家却因更注重思辨，显示出愈写愈刻板愈固化的倾向。您怎样看待这一问题？

彭国梁： 诗是文学中的文学。任何一部世界文学名著，都是诗的。一个对诗没有感觉没有悟性的人，无论他从事哪一种文体的写作，都难以达到应有的高度。诗最大的特点是形象思维，讲究意境和灵性。故诗人的杂文会给人留出想象的空间，回味的余地。至于说到诗人杂文中特别的灵性，那是没办法的事，一个真正的诗人，想要他的文字没有灵性，那是一件很难的事。而某些专以杂文创作为主的作家，之所以愈写愈刻板愈固化，究其原因，恐怕还是胸中无诗，读书又太少的缘故。

张迪：据说您的寓所书很多，您也自嘲是一条又勤又懒的书虫，您畅游书海，被书籍的魅力所吸引，就请谈谈您多年的读书心得吧。

彭国梁：最近，我出了一本有趣的书，叫《书虫日记》，这是南京董宁文主编的"开卷文丛"第三辑中的一种，在其自序中，有这么一段话："我的二〇〇五年，真的是很值得回忆和说道的一年。丰子恺先生在一九三五年曾画过一幅题为《钻研》的漫画，一黑一白两本大书中，钻进钻出的都是书虫。我怎么看都觉得，其中的某一条便是我。这一年，闲置了好几年的一楼终于变成了我想象中的书房了。此时，若有人将我这'近楼'称之为'书楼'，似乎也就名实相符了。我兴奋。我将楼上楼下的书重新进行排列组合。汗流浃背着，晨昏颠倒着，一次一次，我在去书店的路上或从书店回家的路上颠簸着。这一年，我除了元月三日到过一次临近的湘阴，我连半步都没迈出过长沙。这一年，除了编书写书，我几乎所有的时间都在逛书店。以买到书为准，这一年我共逛书店一百四十多次。每次买书，我都一笔一笔地记着账。这一年，我买书共花去四万多元。这个数字，让我自己都大吃一惊。于是，我只好用郁达夫先生《自况》中的'绝交流俗因耽懒，出卖文章为买书'来安慰自己了。"我是一九八一年大学毕业的。干过教师、文学专干、编辑、记者、杂志主编。还曾兼任过一家广告策划公司的总顾问。真正变成一条彻头彻尾的书虫，是从二〇〇〇年和龚明德一道陪成都流沙河先生夫妇作"江南行"开始的。那次江南行，让我有幸结识了南京、上海等地一大批"书爱家"，并迅速成为"书虫密友"，从此"换了人间"。书，让我的内心宁静而充实，书也让我的生活简单而从容。

张迪：如果让您给自己的生活状态加上一个定语，我猜应是"闲适"二字。这是您理想的生活状态吗？人说您的诗作有"童趣"，人也有孩子气，说您的心是"年轻"的。在这样一个名与利被人追捧、膜拜的社会，您是如何保持这种恬淡、超然的心境的？

彭国梁：有人说，人生最理想的生活是：吃自己想吃的东西，干自己想干的工作，和自己臭味相投的朋友喝酒聊天。如果就我个人而言，我得加上：读自己想读的书，写自己想写的文。我曾在自家的墙上挂过一幅画，上有我撰的两行字："编闲书，写闲文，其书其文不必微言大义；找闲人，说闲话，其人其话均须臭味相投。"你猜我的生活状态是闲适的，这一点都没错。这"闲"是相对的，也讲究一个"适"字。适可而止。适度。舒适。我追求从容。面对种种名与利的诱惑，我自微笑着，我行我素着。我向往童年，我一有机会就沉迷在童年的梦里。我和卓雅合作过一本书《太阳起床我也起床》，我为卓雅在新疆、西藏、云南、贵州及湖南湘西拍摄的两百多幅"傻傻的童年"一一配诗。其中有四章还被北师大出版社以《童年》为题选进了初中的教材。毕加索到了老年，他还蹲在地上，虚心地向孩子学习绘画。一个没有童心的作家，肯定不是一个好作家。有童心垫底，有好书相伴，其心境自然就会超然起来。

张迪：您的"城市景象"系列作品，关注的大多是城市底层人物，由农村来到城市的"两栖人"的生活境况。您为什么选择关注这些人？

彭国梁：我最近会有一本"散文化杂文"或"非常规杂文"的集子出来，书名为《繁华的背影》，所收文章大都是以生活在城市底层的市民或从农村进城谋生的"两栖人"为关注对象。我二十岁以前生长在农村，我的父母一辈子都在农村。因此，这些进城谋生的"两栖人"都是我的父老乡亲。我工作单位的旁边有一条小街，十多年来，我长期穿行其中。在这条街上，开饭店的、理发的、卖菜的、拖煤的、擦皮鞋的、卖水果的、开食杂店的，大都成了我笔下的人物。我熟悉他们，我知道他们的酸甜苦辣。我看见他们长年累月地卖菜卖出来一辆摩托车或一间小门面，我看见一个"拆"字写在某家的墙上时，那一家人的恐慌。我看见一间几万元一平米的门面一直在关闭着，可那个位置的拆迁户至今工作还没有着落。我知道一个城市如果离开了这些人，将是怎样的没有生气，怎样的黯淡无光。

让一部分人先富起来没有错，但先富起来的一部分人却对还没有富起来的那一部分人，而且是相当大的一部分人是否也该有一种悲悯之心呢？将财富过分地集中在一小部分人的手中，未必对社会有利。这些问题，当然会有社会学家和经济学家去通盘考虑。作为一个作家，我以为我是没有理由对这些生活在"繁华背后"的人无动于衷的。

张迪：偶然读到您的一段文字，其中有这样一句话："人想要表达一点什么，将口张开，自然就有一种声音从其中出来。只是这人鱼龙混杂，发出来的声音也就各有千秋甚或无奇不有了。有的弱智，有的聪明，有的让人反胃，有的让人肃然起敬，不一而足。而在我的心底，一直渴望一种声音，那就是智慧的声音。"在您看来，何种声音可算做"智慧的声音"呢？

彭国梁：我想，智慧是与愚蠢和平庸相对的。智慧的声音大都出自智者之口。比如流沙河先生为朋友题字，其中有一幅黄炎培的教子铭。沙河先生边写边念叨："事繁勿慌，事闲勿荒，有言必信，无欲则刚。和若春风，肃若秋霜，取象于钱，外圆内方。"这声音就是智慧的声音。沙河先生还有一本书叫《Y 先生语录》，那 Y 先生要么不开口，一开口几乎都是"智慧的声音"。智慧的声音一般都在一本一本的好书之中，得有慧眼，得有慧耳，否则，视而不见，充耳不闻，智者虽有智慧，却依然是在"对牛弹琴"。

二〇〇七年六月十日

此中有真味，得失寸心知

——谢宗玉、彭国梁访谈录

绘画与诗配画："跟大师开个玩笑。"

谢宗玉：彭老师，我们太熟悉了，客套的话就不多说，直接进入正题。首先，我想从我最感兴趣的话题说起。呵呵。其实相对你的文章来说，我更喜欢你的钢笔绘画，那真是一绝呀。无论从哪个方面来看，都是非常优秀的。你简直就是一个天才画家，线条在你笔下，特别富有灵性，看似随意的线条，根根都精美绝伦。而且你的创造力非常强，怎么画就怎么有。从意象、构图、主旨和审美上看，都是一流的。远远强过绝大多数职业画家。并且，听你说，画这样的情趣小画，你甚至都不需要打草稿，提笔就来。真希望有一天，你能开一个大画展，肯定会把那些不了解你这方面才华的人吓一大跳。就不知道你有没有过绘画方面的专业训练？你的绘画灵感来自什么？还有，你的这些情趣小插图有没有什么师承？我记得以前也看过类似的情趣插图画，只是你的插图特别富有想象力和表现力，将它们放大，就是一幅幅充满魔幻现实主义的风俗画卷。

彭国梁： 太过奖了。迄今为止，我还真怕别人称我为画家。我曾经写过一篇文章叫《胡乱涂鸦》。其中有这么一段："我从来就没有画过画。三月二十二日之前，我甚至连想都没有想过。因此，二〇〇七年的三月二十二日，对我而言，也就真正是一个非同寻常的日子。那一天晚上，我到一位茶文化研究专家曹进的家中作客。他家从一楼到四楼的走廊上，参差不齐地挂满了弥漫着诗意和想象的画。一问，原来是他儿子画的。他儿子刚从国外归来，前两年还出版过一本《洪通——台湾素人画师》的书。洪通？这书我有。而且，我记得洪通是一个很富传奇色彩的人物，他的画简直可以说让人过目难忘。洪通五十岁以前从未画过画。五十岁之后的某一天，他忽然发疯似的画起画来，且在台湾形成了一种洪通现象。就是那天晚上，我从曹进家归来，便找出了那本《洪通——台湾素人画师》。我开始重读。读着读着，便不由自主地拿起笔来，画了一幅四不像的自画像。而且，画完之后还不过瘾，就再画。后来我数了数，那天晚上我胡乱涂鸦近三十幅。现在看起来，那些画实在是可以用'可笑至极'或'不堪入目'来形容。我不会素描，也没有写生，我就是信笔由之。有个朋友见了说，你这画的到底是什么东西呢？没有透视，也不合比例，不过线条看起来也还舒服。其实，我也不知道我在画些什么。只是我画的时候感觉良好，有一种快感。而且，只要拿起笔在纸上画来画去，我的心便静了下来。"

我一直喜欢画。也收藏了不少与画相关的书。我二楼有一间书房，装的全都是图文类的书。比如《西谛藏珍本小说插图》《中国古画谱集成》《点石斋画报》《图画日报》《四库全书图鉴》《世界名画家全集》《世界雕塑全集》《中国雕塑史图录》等。我也主编过一些与图画相关的书，如和杨里昂先生合作主编的《跟鲁迅评图品画》中外两卷；《名作家的画》中外两卷。我还写过一本《跟大师开个玩笑》，那是从世界上最著名的六十个画家中挑出来的二百多幅画，我在每一幅画的下面配上或长或短的诗与散文诗。

如果说有什么师承，那我的师承便是我二楼的这些图文书。说到灵感，说出来也许你会觉得好笑。我看画，看到某一幅，感觉那画我喜欢，线条也简单，估计我也能画，于是就提笔画了起来。因为我没有绘画的基础，也就没办法真正的临摹。从我下笔开始，就与我看到的那幅画"背道而驰"。于是，我就把那画丢开，按我自己的想法画将起来。我的画，很大一部分就是这么来的。一开始，可能我的脑海中想着要画出一个什么东西来，可等我画完，经常是与原来的想法相差万里。

还有，我画画不是"甚至都不要打草稿"，而是我"有史以来"从来就没有打过草稿。百分之百的信笔由之。有的自己满意，有的自己不满意。但我都留着。现在有二三十个画稿本了。画了很不满意撕掉的，从动笔画第一幅画至今，加起来估计只有十来页。敝帚自珍吧。

　　谢宗玉：记得若干年前，你与何立伟老师有过图文合作的经历，而且合作过很长一段时间，在不少报刊开过专栏，《南方周末》还隆重推介过。结集出版了七本的图文书籍，市场效应也挺不错。请问你如何评价何老师的漫画的？你后来的钢笔插图画有没有从他的漫画中获得什么启示？既然你自己也画，并且有将语言形象化的表现力，为什么你没有自文自画？而充满机智的格言警句很多作家都有，何老师当初为什么会选择你作为他的合作伙伴？

　　彭国梁：那是二十世纪九十年代的事了。一九九六年，我从长沙市广播电视局调到长沙市文联，主持《新创作》杂志。为了活跃版面，便开了个"文与画"的栏目。首先是我的文、何立伟的画。这个栏目很受欢迎。当时《家庭》杂志的两位编辑看了，来湖南长沙组稿时，就和我聊，要我和何立伟也在他们的杂志上开设一个专栏。题目就叫《第三只眼看家》。每期六幅。谁知这个专栏一开，便开了四年。因为《家庭》杂志的影响大，其他的一些报刊也找我们开专栏。我记得当时至少有十余家报刊开了我们的专栏。二〇〇一年，湖南人民出版社出版了我们的图文书四本，即《闲文闲画》《情文情画》《怪文怪画》《痴文痴画》四本，不久，这四本就被香港三联书店买去了版权。二〇〇三年，北岳文艺出版社出版了《第三只眼看家》和《是是非非》，之后，长江文艺出版社又出版了《色拉情画》。何立伟的画有灵气，有趣，线条简单，且与文字有机结合，又来得快。有人找我要开专栏，我问何立伟，画不画？

他说画。然后我就把文字或者说段子写好给他，他很快就画好了。不是何立伟找我合作，而是我找他合作。我接的单，我提供文字，然后稿费二一添作五。他觉得合作也还轻松愉快，也就合作了好多年。我的钢笔画走的不是他的路子。他的简约，我的要繁复些。我是有意与他的画保持距离，我就是怕别人说我的画像他的。我现在还不想"自文自画"，不想借助文字来"相得益彰"，我就是想"不着一字，尽得风流"。

谢宗玉：记得你曾给摄影家卓雅的五百余幅照片配上诗歌和散文诗，还结集出版了两本书《太阳起床我也起床》《月光打湿了草帽》。在文坛和摄影界都反响不错。当时我也读过这两本书，觉得你的诗文为卓雅的照片增色不少，夸张地说，你的诗文成了她系列照片的灵魂。我们都知道，给照片配诗文是很考究一个人的艺术感觉和文字功夫的，何况这么多照片。你当时怎么就想起要给卓雅的照片配诗文的？你是怎么评价她的摄影的？再是，她的摄影对你后来的钢笔插图画有过什么影响吗？对了，你还出版了一部《跟大师开个玩笑》，从六十多位世界名画家中选出两百多幅名画，给每一幅名画配上了诗文。你似乎对诗文配画有瘾？我估计这些对你后来的钢笔画，都有潜移默化的作用吧？

彭国梁：在二十世纪的八十年代，我与卓雅就相识了。最开始是湖南新闻图片社的一个杂志要发卓雅的摄影作品，卓雅让我为之配上一些文字。我很喜欢卓雅的摄影。她的摄影很静，有诗意。我只要一见到她的摄影，就有一种想写诗作文的冲动。也是一种机缘。大约是二〇〇三年吧，我主持了近八年

的《新创作》（后改为《创作》）易主。我也就轻松了起来。有
一天，与新上任的岳麓书社社长丁双平先生喝茶，他听说我不
搞杂志了，便要我帮他们社做书。那一次的聊天我至今还记忆
犹新。他说："你已经编著了那么多书，但都是这里一本那里
两本的。你如果锁定一个好的出版社，比如岳麓，我不敢答应
你最高的稿费，但我可以用最好的装帧设计、最好的印刷来包
装。你只要坚持做上二十本书，想不成为出版家都难。"这几
句话极具煽动性，对我真是莫大的鼓舞。于是，我便下定决
心，认真地做书。做什么书呢？我想到了卓雅的摄影。卓雅在
新疆、西藏、云南、贵州以及湖南的湘西等边远的地方拍摄了
大量的照片。其中小孩是一大主题；原生态的民俗民风又是一
大主题。我把这想法与丁社长一说，他说好！再和卓雅一商
量，她立马就给我寄来了一大堆照片。就这样，我的配诗配文
工程便开始了。两本书，一本《太阳起床我也起床》，一本
《月光打湿了草帽》。五百余幅照片，五百余首诗和散文诗。那
一段时间，我真的是整个的身心都沉醉在诗意和童趣之中了。
后来，又出了一本《跟大师开个玩笑》，走的是同一个路子，
只是将摄影换成了世界名画罢了。今年我在湖南文艺出版社还
出了一本颇有意思的书，叫《世界文学史上最美的诗歌》，我
从古今中外的世界名诗中挑出我有感觉或者是有话要说的诗一
百余首，然后我与之对话。或各抒己见，或借题发挥。走的路
子与上述的配诗配文依然类似。你说我对诗文配画有瘾，还真
没说错。我曾在长沙广电负责《空中之友》的副刊"月亮岛"
时，每一期的"月亮岛"刊头便是一幅摄影作品，然后我再配

上一首小诗。至于说到这种诗文配对我的钢笔画有没有产生影响，我想应该是有的吧，虽然不是很明显。

散文与诗歌："遗憾的是，我没有沿着这条路子发扬光大下去。"

谢宗玉：《散文选刊》的主编王剑冰曾如此评价你的一组散文《城市景象》："是彭国梁通过细微的观察写出的心灵之声，其描写当代社会的世生相，幽默中拌进了嘲讽，点出正面的发展中带有的负面杂质。"出书之前，这组散文还曾在《潇湘晨报》开了半年的专栏，反响很不错。很多读者甚至将文章剪贴下来。后来，你的这些文章结集成书，取名《繁华的背影》，由湖南教育出版社出版。当时蒙你赐书，我也是一口气读了一大半，感觉你把平庸城市的诗意、疼痛、呼吸，以及阴暗都写出来呢。并且涉笔成趣，运斤成风，柔婉的笔调颇有四两拨千斤之效。一般作家，从乡村来到城市，总找不到提笔的感觉。请问你为何这么熟悉城市，仿佛城市每个角落发生的琐碎你都清清楚楚。而你又是如何从嘈杂、浮华、琐碎和平庸的城市生活中提炼出诗意和深刻来呢？还有，这组文章你是日积月累写出来的，还是先有一个大策划，然后批量产生的呢？作家如何融入城市生活，你应该很有发言权，请你也从这方面谈一谈。

彭国梁：我是一九八六年调到长沙市广播电视局的。一到长沙，因为当时单位没有房子，我便自己找房子住。我当时在河西的溁湾镇的一条巷子里住过，每天上班和下班，都要经过

白沙酒厂，真正是"酒香不怕巷子深"啊。后来又在一个叫
"五堆子"的地方租住过。再后来呢，住到了杨家山。二十多
年的时间，我就穿行在长沙这个城市的大街小巷中。可以说，
《繁华的背影》这本书中的文章，所关注的全都是城市底层。
其中的垃圾王、送煤的、拉二胡的、修单车的、开馄饨店的，
等等，都是我亲眼所见甚至有过交往的。他们的有些经历我仿
佛感同身受。我的那一个系列的文章，是因为先在《潇湘晨
报》上开设专栏，一周一篇，写着写着，感觉就上来了。再之
专栏推出来之后，社会反响也好，有不少朋友也打来电话，说
如何如何好。人一听到好话，就来劲。后来，《散文》《布老虎
散文》《岁月》等杂志也发表了不少。其中《布老虎散文》连
发了几期，有一期一次就发了十几篇。这一个系列的散文发表
后，又被多家选刊选载，比如《散文选刊》《小小说选刊》和
《杂文选刊》等。还有年度的散文选、小小说选和杂文选等。
遗憾的是，后来我的写作又转向了，没有沿着这条路子再发扬
光大下去。至于说到作家如何融入城市生活，我以为，我每天
的吃喝拉撒都在这个城市之中。我每天出门，坐公交车或打
的。我淘书，出入一个一个的小书店。我喝茶。我洗脚。我到
小饭馆吃土菜。我在地下走道买碟，听人拉二胡。我到写满了
"拆"字的馄饨店与老板聊天……好像并不需要人为地去融入，
因为我早就与这个城市水乳交融。

　　谢宗玉：还是在大学时代，我就读过你不少诗文。不管你
的诗歌，还是散文，给人的总体印象是，诗意、细腻、精致、
唯美，甚至还透着一点小资和童稚，你把小情怀、小情趣和小

感觉发挥得非常漂亮，看你的文章，如果不看名字，还会以为是一个女性写的。你的大胡子下面其实有着一颗温情脉脉、易感易伤的心。我好奇是什么样的人生经历塑造了你现在的人格和文风？请问你又是如何评价你的为人之道和艺术审美情趣的？还有，你四季不变的大胡子你是如何审美的？是为了让自己看起来更粗犷，还是为了让自己看起来更俊逸？呵呵。记得你曾对我们说过，头在胡子在！宁愿不要老婆，不能不要胡子！好有个性哈！

彭国梁：确实，我的作品中少大江东去，多小桥流水。也许这与我的童年有关吧。我在七岁以前，都是在外婆家。在我的记忆里，外婆家就如同世外桃园。屋后是一片竹山，还有一棵好大的柚子树。屋前是坪，是田垄，是近山和远山。外婆集真善美于一身，是世界上最好的人。还有就是天天在一起玩的同伴。桃园以外的饥寒交迫、腥风血雨仿佛都与我无关。然后从小学到中学，都是在乡村度过。那乡村自然也有"斗争的残酷"，但我少不更事，无知无畏，浑浑沌沌地也就到了一九七六年"文革"结束，接着就搭上了"高考"的末班车。我不记得是谁曾在一篇文章中写到我的胡子，说我大多的时候其实是很害羞的，我不过是用我的胡子掩盖我的害羞罢了。我是一九八九年开始留胡子的。一开始是因为懒吧，天天刮胡子真的很麻烦。后来一留，感觉还不错。我的脸有些圆，留胡子后就显得长了一些。大概留了一年吧，有人说我留了胡子显得年龄大，建议我剃掉。于是，我决心一下，便剃掉了。谁知这一剃，单位诸多美女便强烈抗议。比如现在中央电视台四套的主播徐俐便是其中之一。她们说我把胡子剃掉以后难看死了。为了不让美女们受到伤害，也为了不影响市容，我又重新留起了胡子。这一留，就留到了今天。世事沧桑，人情冷暖，我在"爱情与婚姻"上也是时而乐极生悲，时而否极泰来。在寻找知音的路上，有的确实是因为我的胡子便离我而去的。我也很固执。我认为对我的胡子有反感的人，那将来是很难相处的。我留胡子二十多年了，已经形成了一种特有的气场。如果我把胡子剃掉了，我便要无休无止地向人解释我为什么要剃胡子。再者，我的身份证上都是有胡子的，剃了胡子，我连身份证都要重办，否则，连飞机都坐不了。还有，我如果照镜子，发现原来的那个"我"不见了，我就会无所适从。"我到哪里去了呢？"胡子已经成了我生命的一部分。没有了胡子，我的生命就不完整了。

书虫藏书编书："这样日积月累，便产生了一种良性循环。"

谢宗玉：长沙曾发起过一个评选十大藏书家的活动，你名列其中。长沙电视台女性频道还给你的大书房做过一个专题。我也去过你家，对你的藏书叹为观止。你是什么时候开始藏书的？你的藏书过程一定很有趣，可否给大家介绍一下"此中真味"？我知道，后来你基本上是"靠书吃饭"了，你把你藏书的作用发挥到了极致，这真让每一个文人羡慕，请问你成为成功的图书策划人和编辑家，具有可模仿性和可操作性吗？

彭国梁：我是一九八一年大学毕业就有了第一个小书架。后来调到长沙市广播电视局后，先是有一个小书房，后分了一套八十多平米的房子，我就把最大的一间做了书房。一九九九年，一个偶然的机会，我在捞刀河畔的金霞小区盖了个四层的商住楼。最先是在三楼装修了两个书房。搬家时，把原来的书往书架上一放，发现只占了很小的一部分，好多格子都是空的。于是，便想着要赶快填满。正好那几年长沙的旧书店比较发达，特别是八一路的"青山书店"，进了有好多出版社清仓的书，三折四折的都有。那个时候我买书真是有些疯狂，经常是一捆一捆地往家里拖。很快，三楼的两个书房就填满了。三楼没地方放了，那就往二楼的空房子里放。我记得有一段时间，二楼的那间空房子，也就是现在的书房，房子的正中间书堆得好高好高。我的房子是分两次装修的。我的一楼本来是想做门面出租或者做车库的，但因为书越买越多，我一冲动，干脆把一楼那个层高四米的门面也装修成了书房。就这样，我的那幢房子就成了名副其实的书楼了。我和很多的藏书家不一样，我的书是以一九七八年之后新出版的书为主的。我藏书的目的也不是为了书本身的升值变现，而是因为真心地喜欢，还有就是作资料用。我编书写书，需要资料，于是便去买书；书买多了，又可以策划新的选题。这样日积月累的，便产生了一种良性循环。我这些淘书读书编书写书的过程，在《书虫日记》中都写得颇为详细。此中有真味，得失寸心知。有没有模仿性和操作性，恐怕是因人而异吧。

谢宗玉：近年来，你连续出版了好几本《书虫日记》，又有两本《书虫日记》马上结集出版。国家新闻出版总署的孙卫卫说你的这些日记对他影响很大，并声称是他见过的图书类日记中最好的。我也读过你的《书虫日记》，觉得平凡琐碎的日子里处处藏着诗心和艺术，而你，很轻易就能从中挑出来。可以说，从你的《书虫日记》中可以看出，你一直都是过着一种诗意盎然的生活，尘杂中的种种俗事从来就没有影响到你的心灵。而事实上，相对于其他文人来说，你其实也挺有市场经营能力的。请问你是如何处理好入世和出世的关系的？又是如何淡看红尘，保持内心的清洁和童稚的？再是，你写《书虫日记》的初衷是什么？

彭国梁： 有一个成语叫失之东隅，收之桑榆。意思是上帝给你关闭了一扇门，同时又会给你打开一扇窗。我曾经做《新创作》杂志，那几年是感觉良好，风生水起的。忽然有一天，有人说要"改革"了。于是我也就被"改革"得闲了起来。这一闲，真好。我就开始做书。如果杂志曾是我的门，那书就是我的窗。我曾在《书虫日记》的序言中写到过我写日记的由来。那是二〇〇四年底，我参加了湖北十堰的一个民间读书年会。会上，《日记杂志》的自牧和于晓明倡议，说是请几十位书爱家同时写二〇〇五年元月一日至十五日的日记，叫"半月日志"。谁知我一写就写上了瘾。一发不可收。直到今天，依然乐此不疲。这么多年来，我一直过着一种与书为伴的生活，每天淘书读书编书写书与爱书人在一起喝茶聊天，小日子过得也还算惬意。我明白一个道理。不在其位不谋其政。一个人一辈子满打满算也就三万多天，我得把每一天过好。要对得起自己。名和利我都爱。但如果有些名和利让我难受让我别扭，那我就敬而远之。我曾和一位"权威人士"聊天。我说你就是官再大，大到国务院的总理了，也与我无关，因为我不走那一条道；你就是再有钱，钱多到了李嘉诚的份上，我也不眼红，因为你不会无缘无故地送一把钱给我。但如果你不摆谱，愿意像朋友一样与我来往，我也不会有"酸葡萄"的心态。我现在择友的标准是，在我和他或她的交往中高不高兴，愉不愉快？赚钱也是一样。君子爱财，取之有道。而且我讲究一个过程。如果那个过程让我难受，就是再多的钱我也不在乎。我每天睡觉前写日记，有没有高兴和愉快的事呢？有，好，这一天没有白过。每天早上醒来想的第一件事便是：今天一天有没有两件高兴和愉快的事在等着我呢？没有的话，就赶快想办法。比如请人喝茶吃饭，比如去做个按摩洗个脚什么的。还有逛书店。还有与远方的朋友打个电话。我很容易满足。以上这些都能提高我的幸福指数。

谢宗玉：听说你最近新出版了一本《趣趣留心——写作真的很好玩》，这是一本什么样的书？是教青年文学爱好者如何写作的吗？你的文风一向轻松诙谐，好玩幽默。不刻板，不装深沉，充满童稚，希望这一本也是。很多作家表示写作是一件很痛苦的事，至少我自己现在对写作越来越没感觉了，你为什么觉得很好玩？

彭国梁：其实，这也可以称之为一本"书话"，只是所谈的大都是与"作文"相关的书。我是从一个"趣"字入手的，尽量地想写得轻松随意。我收集了不少与"作文"相关的书，有很多写得太像"教科书"了。我这本书是经过了读者检验的。起因是湖南教育出版社有一本杂志叫《中学生百科》，当时湖南文艺出版社的社长刘清华在那个杂志当主编，他让我在杂志上开一个名为"作文招招鲜"的专栏。每期两篇，每篇五百到七百字。所谓的"招"，就是招数，就是套路。一篇小文章，便是一个招。没想到这个专栏很受中学生的欢迎。专栏一共开了三年。我记得专栏开到一年的时候，责任编辑姚晟女士告诉我，他们的主编说要给我加稿费。由每篇一百加到每篇一百五十元。因为受读者欢迎，主编主动要加稿费，这对作者来说，当然是很高兴的事，也是求之不得的事。我写作，因为是写我想写的东西，所以没有太大的压力，写完以后也感觉心情舒畅。每当我写完一篇自己感觉也还满意的文章时，我内心的那种喜悦真的是难以言表的。

二〇一三年三月二十五日

身有书香走天下，天下归来书更香

——答《天下书香》杂志主编马犟问

写在前边

倘若这世间真有人是为书而生的，那么一定少不了湖南长沙的彭国梁先生。在书友圈里，这个留着大胡子的"书虫"，名气自不待言，识别度也颇高。

"梦见比我还高的精致大书，我打开其中的一部，发现自己变成书里的插图。我把头从书里探出来，老板却让我赔书，说书中有了一张我这样肥胖的插图，谁都背不动了。"暂且不论别的，就这个梦，怕是也只有彭先生这样的"书痴"才能做出来。

彭先生居于近楼，近楼很深邃，因楼里上下四层统统被书籍占领，照此速度下去，估计用不了多久，"书虫"就很难"大摇大摆"地走出去。其实，买书、藏书、写书、编书等已经使他的生活充实、精彩，然而老天对他太眷顾，九年前，又让他拿起一支画笔（极普通的签字笔），让其生活变得更加多姿、绚烂。

曹隽平在给彭先生的画评中写道，"中国人喜欢强调搞艺术要有功底。什么是艺术功底？自幼训练当然是童子功，可家族的遗传，先天的美感，生活的历练，同样是功底。"我感觉，这个道理，对诠释彭先生拥有如此奢华而雅致的书生活，同样适用。

马犇：关于您的访谈，读过一些，提问者多精心设计，有的以书切入，有的从画谈起，有的围绕书房展开，别人的路就不走了，我们还是先谈谈胡子吧。胡子的历史很长，胡子的文化亦很丰富，您何时开始留"大胡子"？对胡子有着怎样的理解？

彭国梁：我是从一九八九年开始留胡子的，具体是哪个月记不清了。我的胡子特别多，长得也快，几天不刮，整个下巴就"黑云压城"了。有一天早晨在镜子前望着自己的胡子发呆，要是不刮呢，会不会也很有特色很有个性呢？我的脸有点儿圆，如果留着长长的胡子，也许能把脸拉长一点儿。再者，借着胡子或许能增加点儿阳刚之气。反正，胡思乱想了半天，牙关一咬，就开始不管不顾地留起来了。总有人以为我有什么深刻的含义，其实没有。如果一定说有什么秘密，那胡子里藏着的也是风花雪月，而不是其他。不过，我当时倒是写过一首以"胡子与头发"为题的诗，颇为好玩。诗曰："奋不顾身往外钻的是胡子/心甘情愿往下掉的是头发/胡子的脾气很倔/一生下来就没有丝毫娇气/你越是咬牙切齿地刮他/他越是要硬邦邦地/活给你看看//头发却很知趣/他知道头皮不堪重负/在弥留之际开一个天窗/让头皮不至因封闭 /而窒息/我经常摸着胡子望着 /掉下来的头发/默默无语。"

马犇：二十世纪八十年代末，您和江堤、陈惠芳等湖南诗人发起了"新乡土诗派"运动，受到当时诗坛的广泛接受。该诗派的创作主张（理念）是什么？您现在还创作诗歌吗？

彭国梁：一九九八年，湖南文艺出版社出版了一本《新乡土诗派作品选》，系江堤、陈惠芳和我合编，在书的勒口上，有诗评家燎原和沈奇的两段话。燎原说："新乡土诗走出了自己的时间区段，它不仅为这个时代奉献了自己的诗人，不仅长起了自己的诗歌大地，更重要的，是它在与大地的滚滚物欲的对峙中，再次呈示了人类不可泯灭的精神理想和道德操守。"沈奇说："以江堤、彭国梁、陈惠芳三位湖南青年诗人发起，并作为其代表人物的'新乡土诗派'自一九八七年春开启于中国当代诗坛，至今已整整十年历程。其间几经沉浮而初衷不改，最终以其独具的精神基因和艺术成就，成为这十年的中国诗歌历程中，具有相当影响的一脉走向……"在这一本书中，有一辑《新乡土诗派史料》和一辑《新乡土诗派评论》，这里就不多说了。新乡土诗派是围绕着"两栖人"和"精神家园"而写作的主题性流派，曾经，我们给"两栖人"定义，说是侨居在城市的农民子孙，他们的父辈或祖辈仍生活在城市之外的村庄。现在，随着城市的不断扩张，你看那些推土机，正张着血盆大口，就在你熟视无睹的麻木里，将那湿润的富有生命弹性的泥土吞噬，取而代之的则是冷冰冰的钢筋和水泥。而那些失去了土地的农民，则变得城不城、乡不乡的，整个的生命都被悬空了。其实，这一拨人又是新加入城市的"两栖人"。因此，"两栖人"有一个巨大的空间，对它的研究和探索是远远不够的。以我为例，在城里，别人说我的家在乡里；在乡里，他们又说我的家在城里。在城里在乡里，我的家到底在哪里？于是，我们只好苦苦寻觅"精神家园"。

我现在基本不写诗，但诗已融化在我的骨子里和血液中了。

马斛：二〇〇七年，您才很偶然地拿起画笔，然而一落笔便停不下来，且自成一格，赢得不少拥趸。作家王开林曾列举了您与达利的数个相似点，称您为"中国的达利"，画家李湘树则视您为"中国的凡·高"。请讲讲您的"原生画"之路，您如何评价自己的作品？

彭国梁：哈哈，什么"中国的达利""中国的凡·高"，还有锺叔河先生在给我的一首题画诗中所说的"毕加索一样"，那都是朋友或前辈给我的鼓励和捧场，当不得真的。他们之所以对我的画特别偏爱，主要是我的画与他们看惯了的那些画不一样，有新鲜感。我从来就没学过画，二〇〇七年三月的某一天晚上，我就像鬼附了体一样，抓起笔在书装设计家朱赢椿先生给我的一个小本子上胡乱地画了起来。且从那一个晚上开始，就疯了一样，越画越来劲儿。我半路出家，没有任何条条框框，想到哪里画到哪里，我画一千幅一万幅，也没有重复。我从不打草稿。我不知何处是始亦不知何处是终。我就是觉得那些线条画在纸上，让我充满了激情。我曾写过一首打油诗："捞刀河畔一髯翁，闲来无事捉雕虫。雕虫本是一根线，一线牵来万事空。"不过，让我感到意外的是，我自二○一三年七月，用现在所用的"镜片纸"画画以来，确实受到了很多藏家和朋友们的喜欢。至今已有六百余幅画被收藏。同时，已在东莞、无锡和长沙等地做了个展，而且湖南大学出版社还给我出版了精美的画册《胡思乱想》。

马犇： 每当看到书友在您的书房留影（准确地说，应该是藏书楼），都会艳羡。您也曾位列长沙十大藏书家的榜眼。能否在纸上领书友们"参观"一下您的"近楼"？

彭国梁： 近楼即我的藏书楼，位于长沙市开福区捞刀河畔，三面环水，南有浏阳河，西有湘江，北靠捞刀河，故取"近水楼台"之意。近楼建于一九九九年，共四层，近四百平方米。最开始时，只在三楼做了两个书房，为此还写过文章《偷懒的地方》，载于董宁文主编的《我的书房》。后来，买的书日渐增多，便又把二楼的一个房子做了书房。再后来，即二○○四年下半年到二○○五年上半年，又把一楼全部装修成了书房，还有四楼，也做了一面墙的书柜。这样，从一楼到四楼，就全都有书房了。现在，又把二楼的客厅也都改成了书房。我的书是有大致归类的。一楼比较杂，有诗友文友的赠书，有传记类，有大型图册和大型丛书等；二楼一间以美术图册为主，一间以地域文化和关于书的书为主；三楼以文学类、工具书和我自己写的编的和收有我作品的书为主；四楼以杂志创刊号和各类杂志为主。耳闻不如目见，有外地书友来长沙，我当尽地主之谊。

马犇：与很多从小就爱读书的人不同，您"很小的时候，读书发懒筋"，后来是如何变勤的？自称书虫的爱书人不少，但已出版四本"书虫日记"的却只有您。您觉得该日记的最大看点是什么？会一直出版吗？

彭国梁：严格地说，我二十岁之前，读的书是极少的。我从小学到高中毕业，十年，正好是最荒诞最愚昧的十年。不说，也能想象。我的家在农村，又不是出身书香门第，能搭上高考的末班车，已经是万幸中的万幸了。那时懒得读书，是压根就不知道哪里有书。这话说来就长了。一九七八年，我考取了湖南师院零陵分院中文专业，一进校，方才发现，我简直像个白痴，外国文学、现代文学那么多的名著，我不但没看过，连听都没听过。于是，我就像一个饿疯了的流浪汉见到了精美的食物，不管不顾地啃了起来。可以说，从那时开始，读书便成了我的一种习惯。

我的《书虫日记》系列之所以受到书友们的厚爱，我想应该是"臭味相投"吧。正像钟叔河先生看了我的日记后所说，我写的大都是书人书事，淘书读书编书写书等。我写的很多人和事，他也熟悉，这就有了亲切感。再就是，他看我的日记，仿佛也就跟着我一起去逛了一个一个的书店，或者与一个一个的书友喝茶聊天。我记得，原上海辞书出版社社长彭卫国先生在一次"开卷文丛"的新书首发式上，提到我的《书虫日记二集》时，也说过类似的意思。《书虫日记》我会一本一本出下去的。目前，《书虫日记五集》即将由湖南大学出版社出版，还是董宁文主编的"开卷书坊"系列，估计春节前后可以出来。《书虫日记六集》正在整理之中，也已被出版社列入明年的出版计划。

马犇：陆游诗云：不到潇湘岂有诗。您将潇湘改为永州，著《文明之野——不到永州岂有诗》一书，且在序中直言："如果说在这个世界上有一个地方让我牵肠挂肚，那地方便是永州。"一九七八年，您在零陵读大学，即柳宗元所述"永州之野产异蛇"的地方，学校后面有座西山，柳宗元"永州八记"的第一篇《始得西山宴游记》写的就是此山。请谈谈您的永州记忆（情结）。

彭国梁：从一九七八年到一九八四年，我在永州待了整整六年。三年读书，三年教书。从二十一岁到二十七岁，那可是充满了希望和期待、浑身有着使不完劲儿的青春岁月啊！我从一个农村孩子变成了大学生，又从一个大学生变成了人民教师。那个时候，每天都是唱着歌出门，走在路上都想飞起来。看见漂亮的女人眼睛都发直。永州，给我留下了太多太多美好的回忆。

我在《文明之野——不到永州岂有诗》的序言中，写的就是我的永州情结。说到永州文化底蕴的深厚，不扯远了，就说我读书的学校——湖南师院零陵分院：背靠柳宗元笔下的西山，前面是柳宗元"欸乃一声山水绿"的潇水，潇水的西岸是著名的朝阳岩，东岸是永州古城；学校的左边是柳子庙，是愚溪，是永州八记中的"小石潭记"等，学校的右边有"诸葛庙"。永州的大名人，除了柳宗元，还有周敦颐、怀素、何绍基……永州有举世无双的浯溪碑林，有改写了中国农业文明和工业文明的玉蟾岩，有世界文化遗产"女书"，有人类始祖的陵墓——舜帝陵，有瑶族的发源地——千家峒，有千年古村上甘棠，有千古之谜鬼仔井……

永州最最难得的是，有我几十年如一日的好同学蔡自新、王满秋、吕国康、郑正辉等，我什么时候到了永州，他们都奉我为上宾，让我感觉超好。特别是我与著名摄影家卓雅为这本书的创作到永州采访，历时一个多月，跑遍了永州的每一个县，如果没有蔡自新、王满秋等几位同学的精心安排和接待，要跑那么多地方，采访的那么细致，几乎是不可能的。

马犇：作为一个在长沙工作、生活了三十年的人，您曾在《长沙晚报》的"彭胡子掉书袋"专栏中写民国名人在长沙，后结集为《星城旧事——民国名人在长沙》，有人说您身上亦有民国名人（文人）的气质，倘让您概括民国文人的特点，您会如何表述？

彭国梁：那个时代的文人，大多学养深厚，有理想、有情怀、有风骨、有独立的思想和鲜明的个性，有做人的底线。比如狂人刘文典，能指着蒋介石的鼻子骂他是一个武夫；又比如怪杰辜鸿铭，精通数国语言，又拖着一条长长的辫子；有名的"情种"吴宓先生，在"长沙临时大学"期间的几十天里，一边做学问，一边风花雪月，并在日记中写下了不少浪漫故事；

还有田汉在长沙办《抗战日报》，没钱也要请客等。我写他们的时候，我看到的是一个个活生生的人。

马犟：二〇一六年十月十八日，是鲁迅先生逝世八十周年，您当天在微信上贴出了五本书的封面以示纪念。这五本书，是您和杨里昂先生合作编著的《跟鲁迅评图品画》（中国卷）、《跟鲁迅评图品画》（外国卷）、《鲁迅评点中国作家》《鲁迅评点外国作家》《鲁迅出版文选》。您认为鲁迅在当下有着怎样的意义？

彭国梁：鲁迅是个永远的话题。我以为，鲁迅无论在什么时候，都不会过时。就像李白、杜甫不会过时，唐宋八大家不会过时一样。鲁迅是思想家、文学家，也是出版家。但鲁迅是人不是神。任何人，一旦成了神，成了主义，成了象征，那就变味了。读鲁迅的书，只要你是用心地读，那便会长见识、长智慧。鲁迅的书是值得好好研究的，比如我和杨里昂先生，从美术的角度研读，便研读出《跟鲁迅评图品画》两本书来；从他谈作家的角度研读，便研读出鲁迅评点中外作家两本书来，从出版的角度研读，又编出了一本《鲁迅出版文选》。我和杨里昂先生还拟编一本《鲁迅评点古今人物》。我这里有一本陈漱渝先生主编的《谁挑战鲁迅——新时期关于鲁迅的论争》，四川文艺出版社出的。我以为，谁都可以挑战鲁迅，无论是从思想的、学术的、文学的，如果哪一天，鲁迅不能批评不能探讨了，那么这个社会就出大毛病了。除了鲁迅，谁都一样，只要是人，谁都是可以批评可以探讨的。谁变成神，都是很可笑的。

马犇：二〇一六年中秋，长沙洋湖湿地举办了一场祈福拜月仪式，您担任主赞礼。时下，一些人一味地反传统，一些人盲目地"见古就复"，显然，两股风潮皆不可取。关于如何对待传统文化，您持什么态度？

彭国梁：一味地反传统和"见古就复"两股风潮皆不可取，我很赞同你的意见。比如，满世界的孔子学校，一听就是个笑话。一听就知道，这里面存在问题。又比如国学，到处都在办国学讲堂，一打听，十有八九都是在忽悠。再比如"孝文化"，何谓孝呢？小时候，我曾听父亲说：天下无不是之父母。我一听，不对。那些偷扒抢窃者、杀人放火者、贪污受贿者，有不少都是人之父母吧，都要无条件地去孝吗？有人现在还把《二十四孝图》画在围墙上，真是愚昧之至。对于传统文化，要有继承有发扬，更要有所批判。我和杨里昂先生还合作主编过一套《我们的春节》等"中国传统节日"丛书，共八本，即春节、元宵、清明、端午、七夕、中元、中秋、重阳八大节日。这主要是从史料的角度来编的。洋湖湿地的中秋拜月，便是在传统的中秋拜月仪式上，融入了当代的商业元素和娱乐元素。主办方之所以请我，一是我与杨里昂先生合编过《我们的中秋》一书，同时我还写过一本《中秋》的书，另外，就在活动的前几天，我还在长沙市图书馆做过一次"书虫大胡子，闲话中秋月儿圆"的讲座。

马犇：谢谢彭老师，请您给《天下书香》的读者送段寄语。

彭国梁：天下书香，香飘四季。古人云：大厦千间，夜眠八尺；良田万顷，日食一升。我以为，八尺之外，应有书房；半亩之内，莫弃书田。让读书成为一种习惯，让书陪伴终生。身有书香走天下，天下归来书更香。

二〇一六年十一月五日

后　记

　　某天早上，万里无云，太阳也刚刚醒来。我站在阳台上，望着捞刀河对岸的近楼，久久地发呆。忽然，灵感来了，满脑子都是与书相关的句子。于是，我赶紧进得门来，把那些忽然冒出来的句子一一记录在案。

　　一、我的近楼，就在河的对岸。每天清晨，我都会站在阳台上，久久地望着，望着我人生的乐趣和希望。

　　二、书，放在书架上，摆在桌子上，堆在沙发上……不读，望着也舒服。

　　三、我的耳朵固执地认为：翻书的声音比任何音乐都要动听。

　　四、我喜欢请漂亮的女人喝茶，前提是：她的身上必须弥漫着一种书香。

五、无论多么高档的住宅，如果没有给书留出重要的位置，在我眼里，便黯淡无光。

六、世上最美的房叫书房，世上最美的楼叫书楼，世上最美的店叫书店，世上最美的人叫书人。

七、书，有时是舟，有时是桥，有时是一级一级的台阶，有时是众里寻她千百度的回眸一笑。

八、书，可以养生，可以养颜，可以养气，还可以养梦。

九、只要你爱她，她就会爱你；只要你对她不离不弃，她就会和你白头偕老。这样的她有吗？有。她的名字叫做书！

十、我的特长不是腿，而是书。

十一、预防脑瘫和痴呆的秘方：最好的锻炼就是思考，最佳的习惯还是读书。

十二、厕中无书便不畅，枕边无书梦不香。

十三、三个口字谓之品：品书品茶品美人。

十四、世上最可爱的人便是播种书香的人。

十五、……

我现在住的地方叫双湾国际，有书房一间。但没有电脑。原因是，我的电脑、打印机、复印机等都在近楼。近楼是我的书楼，也是我的工作室。与我现在住的地方，相隔一条河。如果打车，起步价；如果走路，大约十五分钟。我不在双湾国际的书房放电脑，是怕我懒，怕因此而怠慢了近楼。从二〇〇一年一月一日开始，我所有的文章都是在近楼写的。所以，我这本书话文章的结集，自然就称之为《近楼书话》了。

　　这之前，我出版过一本《近楼书更香》，那是专写人物的，当然大部分都是书人。这本《近楼书话》也有人物，但重点不在人，而在书。其顺序大致按时间的先后，从二〇〇四年至今。内容也稍微分了类，虽都是与书相关的话题，但略有偏重。比如有的是专为某一位书友的某一本书写的序，有的是读某一本书的读后感。还有一篇长文，是为湖南省新闻出版局主编的《湖南与阅读》一书所写的"引言"。最后是几篇访谈。

　　淘书、读书、藏书，这是我个人的爱好，个人的享受。但我以为，我还得多多地编书、写书，我得与人分享，我得播种书香，否则，就有点太过自私了。

二〇一七年一月十四日

策 划

宁孜勤

主 编

董宁文